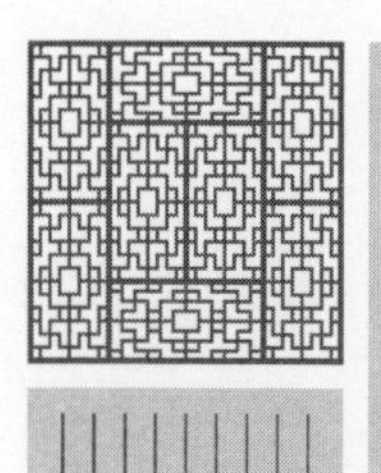

大家学术

炼辞凝意出文心

杨明照论《文心雕龙》

杨明照·著

生活·讀書·新知 三联书店

图书在版编目(CIP)数据

炼辞凝意出文心:杨明照论《文心雕龙》/杨明照著.—北京:生活·读书·新知三联书店,2018.10
(大家学术)
ISBN 978-7-108-06269-7

Ⅰ.①炼… Ⅱ.①杨… Ⅲ.①文学理论-中国-南朝时代②《文心雕龙》-古典文学研究-文集
Ⅳ.①I206.2-53

中国版本图书馆CIP数据核字(2018)第069740号

责任编辑 陈丽军
封面设计 米 兰
责任印制 黄雪明
出版发行 生活·读书·新知 三联书店
(北京市东城区美术馆东街22号)
邮 编 100010
印 刷 四川省南方印务有限公司
版 次 2018年10月第1版
2018年10月第1次印刷
开 本 650毫米×900毫米 1/16 印张 15.25
字 数 158千字
定 价 45.00元

弁 言

李学勤*

日前听闻“大家学术”丛书第一辑的编选整理已经完竣，即将付印问世，我感到非常高兴。在这套丛书的策划过程中，四川师范大学段渝教授多次垂询我的意见，我也得以从他的讲述中获知其对这套书的设想，认识到这些确实是很有学术意义的好书，值得向广大读者做一推荐。

“大家学术”丛书是在所谓“国学热”日渐升温的当口诞生的。我由于参加《中国高校哲学社会科学发展报告》的工作，必须更多查阅学术界的资料，才发现“国学热”在不长的时间里，竟已发展到出人意料的局面。仔细想来，这本来是理所当然的，“国学”就是“中学”，亦即中国传统文化的核心部分。随着中国国势走向振兴，人们自然会增加对传统文化的关注，要求认识、继承和阐扬其中的精华，并将之推向世界。

北宋张载说：“为天地立心，为生民立命，为往圣继绝学，为万世开太平。”常被视为中国学人的最高抱负。这里面“为往圣继

* 李学勤，清华大学教授，“夏商周断代工程”首席科学家、专家组组长，中国先秦史学会理事长，国际欧亚科学院院士。

绝学”，便可以理解为对传统文化学术的继承和发扬。前人已往，其学已绝，所以“继绝学”不能停留在前人固有的层次上，而是要于其基础上续做提高，日新又新。不过，正确地了解传统、分析传统，毕竟是继承并且创新的前提。

从这里我们可以看到学术史的工作是多么重要。事实上，在历史发展中每逢重大转折的时刻，每每有富于远见的学者出现，做出学术史的总结和探究。前人曾指出，战国晚期百家争鸣接近终局之时产生的《庄子·天下篇》，堪称这方面最早的范例。

20 世纪中国学术史的奠基人，应推章太炎与梁启超。章太炎于这方面发轫较早，有关论作虽多，但未成专著。梁启超则在 20 年代先后撰成《清代学术概论》及《中国近三百年学术史》。在后一书开首，梁启超说：“这部讲义，是要说明清朝一代学术变迁之大势及其在文化上所贡献的分量和价值。为什么题目不叫作清代学术呢？因为晚明的二十多年，已经开清学的先河，民国的十来年，也可以算清学的结束和蜕化。把最近三百年认作学术史上一个时代的单位，似还适当，所以定名为《近三百年学术史》。”后来钱穆先生 1937 年出版的书，尽管学术观点与梁氏不同，也用了同样的标题。

梁、钱两书都有相当重大的影响，我认为这主要是因为其所讲述的学术史，对当时学术界而言恰好符合需要。任何一个历史时期的学术，总是以前一时期的学术作为凭借的思想资料，从而有所变革、进步和创新。足知对前一时期学术史的了解，一定会有利于当代学术的前进，甚至应该说是促进学术新发展的必要条件。就梁启超到钱穆那个时代的学者而言，他们面对的问题与挑战，究其渊源，大都可上溯到清代前后的三百年，无怪乎《中国近三百年学术史》两种都不胫而走了。

今天的学人，所处时代已与梁、钱二氏不同。作为我们学术界先行和凭借的，不是清代，而是落幕未久的20世纪。比之清代，20世纪的历史更是风云变幻、波澜壮阔，人物更是群星灿烂、英杰辈出，为学术史的研究提供了十分辽阔的用武之地。为了看清当前学术文化的走向，推动新世纪学术文化的建设，不能不重视对20世纪学术的研究。这正是我近些年一直呼吁加强这一时期学术史工作的原因。

实际上，对20世纪学术的探讨研究，早已在很多学者的倡导支持之下展开了。在这里我想强调的是，这方面的工作还有必要在深度和广度上继续扩展，特别是我们考察20世纪的学术文化，眼界还有必要进一步拓宽。

20世纪的中国学术极其丰富多彩，不能只局限于一时一地，例如北京、上海的几处大学和机构。应该说，由于时势机运的流转变迁，很多地方在学术上曾形成学科或思潮的中心，那里的学者在多方面都做出了独特的成果和贡献。

四川就是这样。自古以来，蜀学有其脉络，虽说蜀道甚难，但蜀地学人影响被于天下。晚清以至民初，情形更是如此。特别是抗日战争爆发之后，学人云集，蔚为盛况，于四川文化发展开前所未有的局面。仔细探究四川的学术史传统，是非常有意义的工作。

“大家学术”丛书即是如此规划的。这套丛书第一辑即专门编选四川地区卓有建树的学人著作，加以介绍其思想成就的前言，便于读者阅读。现在第一辑所收作者，都是中国学术界公认的著名学者，无愧“大家”称号。他们大多著作等身，非短时间所能通览。这些选本足以帮助大家了解他们的学术概要，相信一定会受到欢迎。

这套丛书还将继续编印下去，分辑搜集、编辑全国各地20世纪著名学术大家的专题学术论著精粹，使之成为较为全面反映中国20世纪学术文化发展成就的窗口。

最后，希望四川学术界当前以20世纪学者为主，为撰著系统的20世纪四川的学术史做出准备，将来还可上溯到更早以至古代的蜀地学术，对中国传统文化研究的贡献就更大了。

于北京清华园

目　录

杨明照先生评传

曹顺庆

一

1909年12月5日（农历十月二十三日），杨明照先生出生于四川省大足县的一个“儒医”家庭。他的父亲既教私塾又行中医，对于孩子的教育非常重视。杨先生不到6岁，父亲就让他与二哥一起接受启蒙教育，所读之书品位都相当高，大多属于中国文化的经典著作。先生生前每当回首这段往事时，心中都充满着感激和自豪，他说：“我在私塾待过多年，能读会背，是养之有素的。”①所以，日后对于记一些典籍、典故以及背诵《文心雕龙》，他都不觉得是什么难事。他对《文心雕龙》之熟悉甚至可以达到倒背如流的程度。后来，他在校注《刘子新论》和《抱朴子外篇》时也是从熟读本文开始的。由于对背诵的好处有着深切的体会，杨先生在谈到他研究《文心雕龙》的体会时，第一条就是要熟读，熟读至倒背如流最好。因为只有这样，“才能融会贯通，对上、下篇

① 杨明照：《我是怎样学习和研究〈文心雕龙〉的——在高等院校古籍整理研究规划会上的发言》，《四川大学学报》（哲学社会科学版）1983年第2期。

的理解，也才有较为全面、较为系统的可能。同时，对以后收集注释、校勘、考证诸方面的资料，也才有帮助。如果读得不熟，纵然碰到有关的资料，很可能白白放过。另外，学习它的写作技巧和分析方法，也很有益处”①。受杨先生的影响和启发，我后来都要求我的博士生们背诵古代文论的一些篇章，现已成为一种传统。

1926 年，杨先生走出私塾，开始接受新式教育。先是进大足县一年制的简易师范读一年，临毕业时，新建的县立初中开始招生，杨先生又幸运地考入。作为新式教育，县中所开设的一些课程是私塾所没有的，比如自然科学、音乐、美术等课程。就这样，先生读了许多新书，像谢无量的《中国六大文豪》等名著就是那个时候读的。这大大地开阔了先生的眼界。

1930 年初中毕业后，先生又考入了重庆大学预科。正是这两年的预科教育奠定了先生以后的学术方向。在授课老师中给先生以最大影响的就是著名的《婉容词》作者吴芳吉。在先生读预科的第四个学期，吴芳吉讲授“文学概论”，讲课中经常板书《文心雕龙》原文，而且讲得绘声绘色。先生心悦诚服，再加上被《文心雕龙》那秀辞丽句的骈文所吸引，从此就爱上了《文心雕龙》，并与之结下了不解之缘。先生茶余饭后，总是拿着有黄叔琳注的扫叶山房石印本《文心雕龙》浏览、讽诵。由于爱之笃、读之勤，未到暑期，全书就已背得很熟。由于对《文心雕龙》的兴趣与日俱增，所以放暑假的时候，杨先生又将新买的一本有黄注和李详补注的《文心雕龙》带回家研阅。朝斯夕斯，口诵心惟，终于初

---

① 杨明照：《我是怎样学习和研究〈文心雕龙〉的——在高等院校古籍整理规划会上的发言》，《四川大学学报》（哲学社会科学版）1983 年第 2 期。

得其门而入。他发现黄、李两家注，颇有些未尽之处，尚待补正。尽管这时杨先生对于版本、目录、校勘，什么都不懂，完全是门外汉。但是先生个性强，胆子大，凭着一股初生牛犊不畏虎的精神，没有向困难低头，知难而进，边学边干，边干边学，逐渐由不懂而懂得一些，由不熟悉而熟悉一些，在阅读中的所得也逐渐增多。先生把它们分条记录下来，清写成册，交一位老师斧正。这位老师阅后批道："文中多所匡正，发前人所未发，大有可为！勉之，望之！"这是先生进行《文心雕龙》校注的第一次尝试，获得这样高的评价，大大地鼓舞了先生的学术信心。

1932 年秋，杨先生升入国文系。由于课程相对较少，自由支配的时间也较多，于是，杨先生就充分地利用这个时间来继续补正黄、李两家注，收获也日渐增多。就在这时，杨先生购得了范文澜的《文心雕龙》注本，叹其所注已经较详，无须强为操觚，再事补缀。但转念一想，既已投入了很多，就这样放弃实在有点可惜。于是，杨先生改变了策略，以范注为基础，以完善和补充范注之未足为目标，继续进行校注。在研阅范注的过程中，杨先生果然发现范注中有不少的疏漏和错误。不到两年，所用本子的眉端行间已几无空隙。其间，重庆大学于 1935 年秋，并入四川大学，先生也自然成为四川大学的学生。在川大，他继续钻研《文心雕龙》。到了 1936 年夏，他把将近四年以来所获得的成果整理成学士学位论文上交，顺利地通过了答辩，获得了指导老师的好评："校注颇为翔实，亦无近人喜异诡更之弊，足补黄、孙、李、黄诸家之遗。"在大学的四年中，杨先生在补校补注《文心雕龙》的同时，还从事《刘子》的校注工作，并写出了初稿。

就在大学毕业的这一年秋天，杨先生又考入燕京大学研究院，拜郭绍虞教授为师。当时的燕京大学名师云集，杨先生充分利用这一机会，聆听他们的课程，其中有顾颉刚先生的"春秋史"，闻一多先生的"诗经"，钱穆先生的"经学概论"和容庚先生的"古文字学"等等。这些先生各有所长的治学方法给杨先生以很大的影响，他融会各家之长形成了自己严谨、求实、创新的学风。研究院的第二、第三学年不再选课，杨先生在郭绍虞的指导下，继续以刘勰《文心雕龙》为题进行深入的研究。他充分利用图书馆的丰富收藏，纵意渔猎，多方参稽，采掇到的新发现比过去任何时候所积累起来的都多。到 1939 年夏，杨先生把它们整理成硕士学位论文，提交研究院申请答辩。后在答辩会上顺利获得通过，并议定作为《燕京学报专号》刊出。不意答辩时因触犯委员某公未得印行，先生只好藏之书箧中，以待沽之者。此外，在研究院学习期间，杨先生还积极撰写论文发表，计有《范文澜文心雕龙注举正》（1937 年《文学年号》第 3 期）、《春秋左氏传君子曰征辞》（1937 年《文学年号》第 3 期）、《说文采通人说考》（1937 年《考古社刊》第 6 期）、《庄子校证》（1937 年《燕京学报》第 21 期）、《九鼎考略》（1938 年《文学年报》第 4 期）、《书铃木虎雄黄叔琳本〈文心雕龙校勘记〉后》（1938 年《燕京学报》第 24 期）、《太史公书著称史记考》（1939 年《燕京学报》第 26 期）等。两年读书的丰硕科研成果足见先生的勤奋、专心和聪颖。

研究院毕业之后，杨先生留校任教，当助教。1941 年至 1942 年，又到北平中国大学执教。1942 年返蜀，执教于成都燕京大学，升任副教授。自 1946 年始，回四川大学任教，1950 年升任教授。此后一直在川大工作。在 1949 年前的十年间，杨先生先后开设的课程有"大一国文""文献知识""历代文选""六朝文""《昭明文选》""读书指导""《淮南子》""《文心雕龙》"等，写出了《刘子校注》《抱朴子外篇校笺》两部专著的初稿，另外，还发表了《史通通释补》（1940 年《文学年报》第 6 期）、《梁书刘勰传笺注》）（1941 年《文学年报》第 7 期）、《郭象庄子注是否窃自向秀检讨》（1940 年《燕京学报》第 28 期）、《抱朴子外篇举正》（1944 年《中国文化研究汇刊》第 4 卷）、《汉书颜注发覆》（1946 年《中国文化研究汇刊》第 5 卷）等。

中华人民共和国成立后，先生真诚地向党靠近，认真做好教学和科研工作，并于 1959 年光荣加入了中国共产党。在科研上先生继续沿着原来的古籍校注，尤其是《文心雕龙》的课题进行深入的研究，即使在 1958 年下半年患了严重的风湿性关节炎，全休在家也不停止。不过，这一年还是有一件值得先生高兴的事，那就是他 1939 年完成的硕士论文《文心雕龙校注》，被上海古典文学社看中并出版。这是先生的第一部学术专著。书出版后，在海内外引起了强烈的反响，除上海编辑所再版五次外，台北世界书局、河洛书局、香港龙门书局相继翻印或影印。日本著名汉学家户田浩晓认为《文心雕龙校注》中“有不少发前人所未发的见解”，堪称**“自民国以来一直到战后《文心雕龙》研究的名著”**①。台湾学者王更生则认为该书**“在《文心雕龙》的研究上，为后人树立了一个新的断代”**②。20 世纪 80 年代该书还被学界公认为与范文澜的注本同为《文心雕龙》注译本之基础。可以说，该书奠定了杨先生在《文心雕龙》学术史上的崇高地位。

1959 年至 1963 年间，杨先生主要进行的是《文心雕龙》的理论研究、阐发以及相关学术规范的工作。发表的文章有《从〈文

① ［日］户田浩晓：《读杨明照氏〈文心雕龙校注〉》，见《文心同雕集》，曹顺庆编，成都出版社，1990 年，第 311 页。

② 王更生：《岁久弥光的“龙学”家——杨明照教授在“文心雕龙学”上的贡献》，见《岁久弥光》，曹顺庆编，巴蜀书社，2001 年。

心雕龙·原道·序志〉两篇看刘勰的文学思想》（1962年《文学遗产增刊》第11辑）、《刘勰论作家的构思》（1962年《四川文学》第2期）、《四川治水神话中的夏禹》（1959年《四川大学学报》（哲学社会科学版）第4期）、《重申必须重视引文和注明出处》（1961年《光明日报·文学遗产》第357期）、《刘勰论创作过程中的炼意和炼辞》（1962年《四川文学》第10期）、《汉魏六朝文学选本中几条注释的商榷》（1962年《光明日报·文学遗产》第396期）等。在写这些论文之余，杨先生还在继续思考《文心雕龙》的校注问题，他发现这个问题还有进一步探索的必要。尽管自己及以前的王惟俭、梅庆生、黄叔琳、李详、范文澜诸家做了大量的工作，但这部流传了一千四百多年的名著，在辗转抄刻的过程中衍生的各式各样的谬误：或脱简、或漏字、或以音讹、或以文变，尚未扫净，仍有疑滞费解及待增补者，需要继续钻研抉择和再事校勘。于是，杨先生此时非常希望能够有一个安静而无任何干扰的小天地，来完成自己的这一设想。

就在这时，“文革”开始了，杨先生被扣上了“反动学术权威”的帽子，被分去扫马路、冲厕所，后被赶出学校，下放到乡里。在这样的条件下，许多人身不由己，只好随波逐流；有的人则失去了人身自由，学术的权利被剥夺了。杨先生相对来说还算幸运，学术虽然不能明搞，但还可以悄悄地搞。面对那纷杂动乱的形势和不公正的待遇，杨先生以一种“心远地自偏”的态度待之，利用可以利用的时间打理旧业，搞搞科研，我行我素。他每天应付完“造反派”分派的“工作”回家后，就把房门紧闭，将过去收集的资料和各种版本翻检出来，摊在一张大床上，继续进行《文心雕龙校注》的补订工作。为防意外，他准备了一张草席，如有不速之客敲门，就立刻打开那张草席，将床上的“违禁物”——书籍和资料盖上，然后徐步出来应付。起初是重温六朝典籍和唐宋类书，随后则增订《梁书刘勰传笺注》《校注拾遗》和分类补充《附录》，循序渐进，乐在其中。虽严寒酷暑，亦未中断。结果收获颇丰：久已荒疏的典籍，又熟悉起来了；多年辑存的有关资料，得以分别部居，不相杂厕了。写成的初稿，与1958年出版的《文心雕龙校注》本相较，其中的《梁书刘勰传笺注》部分换补了二分之一；《校注拾遗》部分增加了五分之二；《附录》部分则扩充得更多，由原来的六类繁衍为九类；《引用书目》部分达六百八十余种，几乎多了两倍。“文革”十年，有多少人浪费了光阴，荒废了专业。而杨先生面对这种“灾难”却能反其道而用之，并取得了丰硕的成果，不能不说是当时少有的特例之一。

1976年“四人帮”被粉碎后，年近70岁的杨先生，又开始了《〈文心雕龙〉校注拾遗》初稿的修改和增补工作。初稿虽已经完成，但他深恐因识见有限，而有所遗漏。于是，专程到北京、上海、南京三处图书馆查阅未见之书，参校未见之本。弋钓归来，便又对初稿重新作了修改和增补，使之更臻详赡。

1980年夏，这部书终于完成，由上海古籍出版社1982年出版，引起了海内外“龙学”界的重视。上海《古籍书讯》、香港《大公报》都撰专文评价；台北嵩高书社则擅自翻印。在进行增补校注的同时，杨先生还陆续发表了《刘勰卒年初探》（1978年《四川大学学报》（哲学社会科学版）第4期）、《文心雕龙研究中值得商榷的几个问题》（1978年《文史》第5辑）、《刘勰灭惑论撰年考》（1979年《古代文学理论研究丛刊》第1辑）、《〈文心雕龙·隐秀〉篇补文质疑》（1980年《文学评论丛刊》第七辑）、《〈文心雕龙·时序〉篇“皇齐”解》（1981年《文学遗产》第4期）等八篇有重要影响的论文。80年代的后期，先生还发表了

《从〈文心雕龙〉看中国古代文论史、论、评结合的民族特色》(1985 年《中国古代文学理论研究丛刊》第十辑)、《运用比较的方法研究中国古代文论》（1986 年《社会科学战线》第 1 期）等产生良好影响的论文，出版了 40 万字的《学不已斋杂著》（上海古籍出版社 1985 年版）和《刘子校注》（巴蜀书社 1988 年版）。这段时间先生可谓硕果累累，这是长期压抑之后的学术喷发，是先生又一个学术青春的焕发。而在这期间先生还承担着其他的行政和社会活动的事务，并遭受两次患病、两次动手术的不幸呢。1979 年，先生出任四川大学中文系主任，承担着指导研究生的任务，并成为“中国文学批评史”学科首批博士生导师。此外，他还担任了不少的学术团体的领导职务，历任四川省文联副主席、省作协副主席、中国古代文学理论学会会长、全国《昭明文选》学会顾问、全国《文心雕龙》学会副会长、全国苏轼研究会会长、四川省文艺理论学会会长、四川省比较文学学会名誉会长、成都市文联主席、《四库全书存目丛书》编委会顾问、《续修四库全书》学术顾问等。

进入 90 年代，杨先生已经 80 高龄，但他还是继续发扬“学不已”的精神，坚持搞科研，不仅撰写了《〈文心雕龙〉版本经眼录》等多篇学术论文，还完成并出版了又一部里程碑式的著作，这就是由中华书局出版的约 82 万字的巨著《抱朴子外篇校笺》。该书分上下两册，上册 639 页，1991 年 12 月出版（1996 年再版)，下册 806 页，1997 年 10 月出版。这部巨著被誉为“皇皇巨献，真可谓千秋大业，万世宏功!”① 它是杨先生半生心血的结晶。

---

① 王更生:《杨明照和他的〈抱朴子外篇校笺〉》，见《岁久弥光》，曹顺庆编，巴蜀书社，2001 年，第 130 页。

先生自1940年在燕京大学国文系当助教时，就开始从事《抱朴子外篇》的校注工作，1989年10月定稿时已年80矣，1997年7月再校，则已年88岁矣。历时之长，用心之专，真让人叹为观止。这部书被列为《新编诸子集成》的重点著作之一。《抱朴子外篇》是东晋葛洪的一部杰出子论，与其《内篇》谈道家的神仙内容不同，《外篇》言人间得失，臧否世事，属儒家。它对当时社会和文学的发展状况提出了不少真知灼见，是我国文化宝库里的一份珍贵遗产。但一千六百年来，一直乏人注释，而其所使用的韵语、典故、文字的讹误衍夺很多，致令读者有望书兴叹之苦。于是，杨先生早年就立下了探赜索隐，疏通证明的决心。为了达成参互考校、匡谬补缺的目的，杨先生广泛搜集各种版本、名人批校本以及前辈、近人著作中的相关论述。其工作量之大可想而知，历时之长也随之不可避免。先生对各种材料兼收并蓄，并以之校文字、通句读、补阙遗。这不仅使原本艰涩难读的《抱朴子外篇》晦而复明，怡然理顺，而且他以"依经立义"的方式所增加的论述也很丰富，比如关于葛洪家世的部分，做得相当充实完备。所以，台湾学者王更生教授说杨先生注中的此类工作，"等于替葛洪和他的《抱朴子外篇》做了一部完整的记录"①。

及至晚年，杨先生还是工作不辍，他着手把以前所出的《文心雕龙校注》《文心雕龙校注拾遗》以及发现的新材料、新见解汇集成《增订文心雕龙校注》，交由中华书局出版。同时，他还应江苏出版社之约，撰写了20多万字的《〈文心雕龙校注拾遗〉补正》。并且，对原已出的《刘子校注》重新整理补充，写成《刘子

① 王更生：《杨明照和他的〈抱朴子外篇校笺〉》，见《岁久弥光》，曹顺庆编，巴蜀书社，2001年，第132页。

新笺》。这些工作的完成，了却了先生为中国传统文化多留点东西的夙愿。这既是先生的一大幸事，也是中国文化的一大幸事。先生之功绩将随着这些著作的流传而被后人所永远铭记。

二

综观杨先生整个人生和学术历程，其学术上的最大的成就当数校注和研究《文心雕龙》。先生也正是凭借这方面的成就而被誉为“龙学泰斗”的。无论在资料的搜集、文本的校勘，还是理论研究上，他都能独树一帜。

从校注方面看，先生的成果先后有：《文心雕龙校注》（1958年版）、《文心雕龙校注拾遗》（1982年版）、《增订文心雕龙校注》（集大成本，2000年版）、《〈文心雕龙校注拾遗〉补正》（2001年版）。他的校注以准确、材料详赡、说服力强而为人称道，其成就大大地超越了范文澜注。范文澜注是以与黄叔琳注相关的本子为底本，参校众本而成，并因而能略胜一筹，取代黄注而成为社会上较有权威的注本。梁启超为此而称赞道：“其征证该核，考据精审，于训诂义理，皆多所发明，荟萃通人之说而折中之，使义无不明，句无不达。”① 杨先生最初读范注的时候也曾叹为观止，并差点放弃自己业已开始的校注工作，但后来觉得放弃实在可惜，就凭着一股年轻人的冲劲，在范注的基础上继续钻研，终于有了新的发现，并进而认识到范注并非无可挑剔。1937年先生发表了

① 转引《文心雕龙研究论文集》，中国文心雕龙学会选，人民文学出版社，1990年，第4—5页。

《范文澜文心雕龙注举正》一文，举正了范注37条，1939年做的硕士论文《文心雕龙研究》又举出了44条。综合前面的成果，杨先生1958年出版了《文心雕龙校注》一书，奠定了自己在文心雕龙研究领域的重要地位，也标志着对范注的初步超越。到1982年杨先生又积40多年的研究成果，出版了《文心雕龙校注拾遗》一书，全面超越了范注。1988年杨先生又发表了《〈文心雕龙〉有重注必要》一文，指出范注尽管自30年代起被公认为权威版本，但由于其成书时间较早，网罗未周，好些资料作者也没有见到；另外，对文字的是正，词句的考索，也有所不足。1949年前，国内外虽曾有专文举正，而范注也一再翻版，却未见征引。书中的某些谬误，至今仍在相承沿用，以讹传讹。为此，杨先生把范注的不周之处概括为20个方面：（一）是底本不佳。范注声称依据的是黄叔琳注本，但实际上用的却是《四部备要本》。（二）是断句欠妥。如《时序》篇“尽其美者何乃心乐而声泰也”十二字，乃紧接上文“有虞继作，政阜民暇，‘薰风’诗于元后，‘烂云’歌于列臣”四句的赞美之辞。应于“者”字下加“，”，“也”字下加“！”号。这样，才显出上下辞气摇曳之态。范注却在“何”字处断句并加“？”号，“也”字下加“。”号，则索然寡味矣。（三）是注与正文含义不一致。《原道》的第一句“文之为德也大矣”，明清以来的注家都避而不谈。范注有所解释，但却落了言筌。他把“文之为德”简化为“文德”，已是错了，又说“文德”二字本《周易·小畜》象辞，则更为牵强。在古书中与“文之为德”造句和用意极为相似的有“鬼神之为德其盛矣乎”（《礼记·中庸》）、“中庸之为德也其至矣乎”（《论语·雍也》）、“酒之为德久矣”（孔融《难曹公表制酒禁书》，散见《艺文类聚》卷七二），它们与“文之为德”不能简化为“文德”一样，都不能简化为

"鬼神德""中庸德""酒德"。这里的"德"字都应作"功用"解才通。所以,"文之为德也大矣"应译为"文的功用很大啊!"(四)是注与正文不相应。《声律》篇:"翻回取均,颇似调瑟。瑟资移柱,故有时而乖贰。"范注:"'胶柱鼓瑟',《法言·先知》篇文。"首先,原正文只云"调瑟""移柱",并无"胶柱鼓瑟"语;且《法言·先知》篇本作"胶柱调瑟"。所以范注是与正文不相应的。其次,与原正文相应的应是《淮南子·齐俗训》篇:"今握一君之法籍,以非传代之俗,譬由胶柱而调瑟也。"(五)正文未误而以为误。(六)正文本误而以为不误。(七)正文未衍而以为衍。(八)正文本衍而以为不衍。(九)不明出典误注。(十)不审文意误注。(十一)黄注未误而以为误。(十二)黄注本误而因仍其误。(十三)引书未得根柢。(十四)引书不完整,致与正文不相应。(十五)引书篇名有误。(十六)原著具在,无烦转引。(十七)引旧说主名有误。(十八)引书混淆不清。(十九)引书未注意版本。(二十)移录前人校语有误。因此,杨先生提出范注的这些不足,是为了提请学界和社会正视这些不足,鼓励学界继续努力,认识到《文心雕龙》确有重注的必要。

针对范注中这些美中不足之处,杨先生还提出了重注的初步设想:第一,广泛收集与《文心雕龙》直接有关而又可以作注的资料。第二,刊误正讹,力求允当,尽量避免烦琐和随便移动篇章、轻率改字。第三,征事数典,务期翔实,切忌望文生训或郢书燕说;更不能张冠李戴。第四,引文必须规范化,一字一句都要照原书逐录(必要时可酌用省略号和括弧),但不阑入作家长篇作品。引用的书应遴选较好版本。第五,分段和标点,参考国内外专家论著,择善而从。第六,全书格式要一致,注的号码标在当句右下角。正文及注均用繁体字缮写。第七,书成,应列一

“引用书目”殿后。先生不仅仅是说说而已，而且身体力行。他在自己原有的基础上继续进行不懈的校注，结果就有了先生后面的两部著作：《增订文心雕龙校注》和《〈文心雕龙校注拾遗〉补正》。杨先生为此而收集的资料也空前地齐备。他收罗存世的《文心雕龙》各种版本如写本、刻本、选本、名人校本共72种，参考引用的书目达600多种。这是别的研究者所难以企及的。所有这些，都使先生的校注品质在现有的各家中是绝对上乘的。所以，要真正地研究《文心雕龙》，杨先生的校注是不能不看的，“因为一字一句的谬误，并非无关宏旨，而是判断正确与否的重要依据”①。现在出版的一些《文心雕龙》的译注本品质确实参差不齐，而且相互间也往往有不一致的地方。每当这时候，人们就会有一种无所适从之感，非常盼望能有一个让人信赖和放心使用的本子。杨先生的校注本无疑就是最好的选择之一。

杨先生的校注不但起点高，校注品质有保证，而且“在发疑正读方面，发明刘勰行文条例方面，有凌驾前人的成就”②。刘勰行文好征事用典，四部典籍，任其驱遣，用人若己，宛转自如。在这个过程中，就形成了他自己的一些行文习惯，杨先生不但发现了这些惯例，而且还运用它们来辨字正句，形成一种强有力的内证。杨先生发现的刘勰行文之习惯，主要有这么几个方面：一、刘勰下字有多从别本的习惯。比如《明诗》篇的“按召南行露”一句中的“召”字，在《文心雕龙》的其他版本如唐本、宋本、抄本等都作“邵”字。“召”“邵”，音同形别。那么，到底该用

① 杨明照：《我和〈文心雕龙〉》，见《岁久弥光》，曹顺庆编，巴蜀书社，2001年，第3页。

② 王更生：《岁久弥光的“龙学”家》，见《岁久弥光》，曹顺庆编，巴蜀书社，2001年，第91页。

哪个字呢？杨先生按云：《诗大序》“故系之召公”。《释文》：“‘召’，本亦作‘邵’，同上照反；后‘召南’‘召公’皆同。”舍人用字，多从别本；再以《诠赋》篇“昔邵公称公卿献诗”相证，此必原作“邵”也。二、刘勰用词上也有其习惯且全书一律。如刘勰习惯使用“陈谟”“宛转”两个词，则知有些版本写作“陈谋”“婉转”都是错的。三、在句式的使用上，刘勰也有自己的惯用句式。如刘勰喜用“抑亦……”句式，那么在校《诏策》篇“岂直取美当时，亦教慎来叶矣”一句时，是“亦”字前脱“抑”，还是“亦”字后脱“以”，就很明白了。四、刘勰作为六朝人自然也喜用六朝惯用语。比如对《附会》篇“寄深写远”一句的校注，就分别有“寄在写速”“寄在写以远送”“寄深写远”“寄深写送”等说法，哪家正确？杨先生根据六朝人在文本中惯用“写送”一语及相似句式，认为当作“寄在写送”。同样据此，《诠赋》的“迭致文契”当为“写送文势”。五、刘勰释名，概以二字为训之例。如《铭箴》篇“箴者，所以攻疾防患，喻针石也”句，唐写本于“箴者”下有“针也”二字。杨先生认为“本书释名概系二字为训，此应从唐写本增‘针也’二字”。六、刘勰在篇章结尾的“赞”中，不用重复字。如《檄移》篇“移宝易俗”句，有的认为“宝”当为“风”字，有的认为应是“实”字。何者为对？杨先生认为改“宝”为“风”不当。因为与下句的“风迈”重复，不合刘勰“赞”语无重字的惯例。七、刘勰选文称名多不加文体名称。如《丽辞》篇“长卿《上林》云”句，有的认为“林”字后应加“赋”字，杨先生认为不妥，因“本书引赋颇多，其名出两字外者，皆未著‘赋’字”。

此外，杨先生的校注还解决了很多注家解决不了的难题，如今本《文心雕龙·声律》篇“良由内听难为聪也。故外听之易，弦以手定，内听之难，声与心纷”两句。前句只提到“内听”，而后句却既提到了“内听”，又提到了“外听”，前后句不相照应。对这个问题黄叔琳校注云：“（‘内’）元作‘外’。王（指王惟俭《训故》本）改。”又眉批云：“‘由’字下，王本有‘外听易为□而’六字。”范注谓王本之白框为“巧”字，刘永济《文心雕龙校释》则疑为“力”字，好像都讲得通，但纯属臆测。杨先生翻检历代类书，终于发现明徐元太《喻林》卷八十九引有此文，“良由外听易为察，内听难为聪也”。其“察”字之佳亦为范刘两家所意想不到。另外，还有像《总术》篇：“动用挥扇，何必穷初终之韵”一句更是难解。郝懿行、何焯皆云“未详其义”“未详”，王惟俭、梅庆生、黄叔琳、李详、范文澜、刘永济皆避而不谈，遂成“龙学”悬案之一。杨先生反复揣摩，凭着自己博览群书所获的积累，终于发现此句的“用”字和“扇”字乃传抄中造成的错字。刘勰此句本于《说苑·善说》：“雍门子周以琴见乎孟尝君。……雍门子周引琴而鼓之，徐动宫、徵，微挥角、羽，初终，而成曲。”所以，如改“用”为“角”，改“扇”为“羽”，则文从而字顺，涣然冰释。这一被看成死结之难题终于被破解了。这些难题的破解，相信不仅注家会有一种发现的惊喜，就是读者也会感到欢欣。所以，注书虽是难事，但也并不像外行所想象的那样枯燥无味。这大概就是先生对校书有“嗜痂之癖”的缘故吧。

除了对《文心雕龙》的校注成就突出外，杨先生对与《文心雕龙》有关的理论问题的探讨也有自己独到的见解。有些见解涉及的是《文心雕龙》研究中最基础的问题。这些问题如果不解决，就会影响对《文心雕龙》意义的准确理解。这些见解表现在《梁书刘勰传札记》《刘勰卒年初探》《刘勰灭惑论撰年考》《从〈文心雕龙·原道·序志〉两篇看刘勰的思想》《〈文心雕龙·时序〉

篇“皇齐”解》《〈文心雕龙·隐秀〉篇补文质疑》等论文中。这些论文论及了刘勰的实际的生长地、刘勰不婚娶及其出家的真正原因、刘勰卒于哪一年、《灭惑论》与《文心雕龙》谁先谁后、刘勰在《文心雕龙》中的思想是倾向于儒、道、佛中的哪一家、《文心雕龙》的成书年代，以及《隐秀》篇补文是否为真的问题。这些都是当时《文心雕龙》研究中争议比较大的问题，杨先生发挥自己的校勘长处，以翔实确证的材料为依据，得出：莒乃刘勰祖籍，他的实际出生地则为京口，即江苏镇江。刘勰出家和不婚娶与其信佛有很大的关系，并不是因为家贫。关于刘勰卒年，因史书合传常以其人卒年的先后为序介绍，而刘勰在《梁书·文学传》中序次在谢几卿之后、王籍之前，故其卒年介于谢、王之间，遂采释志磐《佛祖统纪》之说，定为梁大同四年（公元538年）。刘勰的《灭惑论》与《文心雕龙》谁先谁后？杨先生认为《灭惑论》既是针对顾欢《三破论》而作，应距《三破论》问世之日不远。顾欢卒于齐武帝永明年间（公元483～492年），与《文心雕龙》成书时（齐和帝中兴元、二年，公元501～502年）相隔十年以上，故《灭惑论》撰年早于《文心雕龙》。根据《原道》《序志》两篇，可以断定刘勰在《文心雕龙》中所表现的思想为儒家思想，而且是古文学派的儒家思想。《文心雕龙》的成书年代，有梁代说与齐代说之争，杨先生根据《时序》篇中“皇齐”的称呼，再结合写作于齐代的五例作品均称齐为“皇齐”以及刘勰入梁后作文只称“齐”为“齐”而非“皇齐”，称梁则为大梁，来证明《文心雕龙》成书于齐代。关于《隐秀》篇补文是否为真的问题，杨先生认为是伪的：一是《文心雕龙》在唐宋以来的著述，特别是宋明两代的类书中被引用甚多，唯独那四百字的补文，从未见有人引用；二是补文在论点、例证、体例、称谓、风格和用字等六个方面与《文心雕龙》全书也不一致，所以必为伪书。这些结论都很有说服力，已被学术界广泛地接受。其次，杨先生针对《文心雕龙》研究中存在的不良风气和偏颇，发表了《文心雕龙研究中值得商榷的几个问题》一文，进行了有理有据的批评，并提出了矫正的办法。这篇文章虽然发表于二十多年前，但至今读来却仍然觉得很新鲜。因为杨先生所提到的不良问题仍广泛存在于学术界。比如，杨先生指出《文心雕龙》中所使用的术语往往与今天通行的不同，故不可混淆古今界限。可我们今天仍可见到，有的人一开口，动辄以现代的术语去解说古代的文论，而实际上他之所说已离原语境及原义很远了。再有寻章摘句，断章取义，拼凑成文，以就己意；错解辞句，谬释典故；人云亦云，以讹传讹等问题。另外，杨先生还在另一篇文章中提到，有的论著不重视引文和不注明出处。而这些错误在我们今天也并不少见。

最后，在研究方法上，杨先生并不因为自己擅长校注的方法，而将其定之为一尊。相反，他主张多种方法并举，鼓励尝试和运用新方法。比如他对注释古典文学就提出这样的要求："既要词求所祖，事探阙源，以明原著来历；又要用新的观点、方法和准确鲜明的语言，深入浅出地为之疏通证明，以帮助读者了解。这自然不是罗列故实，释事忘义，或自我作故，望文生训的注释能够胜任的了。"① 再如，杨先生就鼓励我用比较的方法来研究古代文论，还专门发表了一篇题为《运用比较的方法研究中国文论》的论文。所以，我的博士论文《中西诗学比较》公开出版后，得以成为国内首部进行中西诗学比较的专著，这首先要归功于杨先生

① 杨明照：《汉魏六朝文学选本中几条注释的商榷》，见《学不已斋杂著》，杨明照著，上海古籍出版社，1985 年，第 560 页。

的鼓励和支持。

杨先生除了校注《文心雕龙》成就斐然外，对其他古籍的校勘成就也很突出。这构成了杨先生学术成就的又一个方面。杨先生的研究对象：由《文心雕龙》而《刘子新论》；再由《刘子新论》而《抱朴子外篇》和《文选》（李善注）。这中间还有另外一些小规模的校勘工作，如《史通通释考》《庄子校证》《吕氏春秋校证》以及对汉魏六朝文学选本中注释的考辨等。在这些方面他也有颇多的新发现。另外，杨先生还积极参加国家的古籍整理活动，担任《四库全书存目丛书》编委会顾问、《续修四库全书》学术顾问等，参与了高等院校古籍整理研究规划的活动，还为古籍整理培训班上课，为古籍整理工作献计献策。

三

杨先生之所以在《文心雕龙》的研究和古籍整理方面取得令人瞩目的成就，与他的治学态度和治学方法有着密切的关系。杨先生的治学态度可用谦虚、严谨、求实来概括。在我们看来，杨先生《文心雕龙》的研究是很有成就的，但他却从不认为自己全都懂了。他说自己虽然自 1931 年就开始阅读《文心雕龙》，而后断断续续地又耗去了不少时间和精力，但由于天资不高，见闻有限，只能识其小者。至今，好些地方还没有读懂。特别是上半部，不懂的地方更多。即使对某些篇章和辞句有一知半解，也很肤浅。正是由于有这样一种谦虚态度，才使得杨先生花了六十多年的光阴来一而再、再而三地校注《文心雕龙》，目的就是不断地求得懂得更多些。严谨、求实更是先生的座右铭。他深知校注工作来不得半点的侥幸，不能以纯粹的臆测来代替脚踏实地的考证分析。因为哪怕是一字的疏忽都可能会导致严重的错误，真可谓“差之毫厘而谬以千里”。所以，先生总是以一种如履薄冰、如临深渊的态度来对待校注工作。一听说哪里还有什么善本，他就会想方设法去找来一睹，以求不漏过任何一个观摩在世版本的机会。在考证中，他总是要求落到实处，绝不作任何毫无根据的臆测。也正是基于这种严谨的态度，先生一旦发现哪位注家有了错误，就会毫不客气地点名指出。比如对范注就是如此。这反映了先生以事实为依据，尊重事实的科学校勘态度。这种态度是杨先生取得经得起时间考验的成就之重要原因，也是值得我们后人学习和发扬的宝贵精神财富。

在治学方法上，杨先生也有自己的独特体会。他在谈自己怎样学习和研究《文心雕龙》时就谈到了这方面的内容。这实际上也是他整个治学方法之体现。概括起来有这么几个方面：一是熟读自己的研究对象，熟到倒背如流最好；二是校对的版本越多越好，见得多才能有所比较；三是勤于翻检各种类书，从中往往会有意外的收获；四是涉猎各种有关典籍；五是勤于动笔，随手抄录；六是边干边学，不断提高。杨先生的这些方法是他自己一生治学经验的总结，其中包含着较大的普遍性，每一个治学者都可从自己的研究视域出发加以灵活的学习和运用。

四

杨先生除了在科研上耕耘不已外，还一直在大学的讲坛上诲人不倦。自 1939 年从燕京大学研究院毕业后，杨先生曾辗转在几所大学执教，最后定在四川大学，并成为川大终身教授之一。在其近六十多年的执教生涯中，杨先生不仅学不已，而且教不倦，开设了不少高品质的课程，培育了众多的英才，真可谓桃李满天下。如今他的学生遍布全国，在北大、川大、中国社科院、中华书局、人民文学出版社、国家机关、新闻机构，都有他学生的身影，并且在各行各业中都已成栋梁之才。1979 年后，先生虽然已年过古稀，但仍然坚持在教学第一线，招收硕士和博士研究生。而我则有幸立身杨门成为杨先生的第一个博士生。先生曾给好几届本科生、三届硕士生、两届博士生以及国家委托开办的古籍整理培训班授课。现在，他在这近十年里培养出来的研究生，大多已获得了高级职称，出版了有全国影响的专著，有的还担任了全国学会的理事，重要书籍的主编，成为该学科的中青年学科带头人。察敏之才，必以名师教之。学生的脱颖而出，正是杨先生心血的结晶。杨先生对所授课程总是认真准备，精心设计，对所引的材料都力求烂熟于心。讲课时，兴之所至，总是侃侃而谈，妙趣横生。他那博闻强记、严谨精辟、深入浅出、生动风趣的上课风格给学生留下了深刻印象。比如，上《文心雕龙》课时，先生总是先把所要讲的篇章流利地背一遍，然后再讲解。

杨先生对学生，尤其是研究生的要求，是很严格的。对于本科生，如果他认为某生上课、学习是认真的，那么在评定学分时就会加分；而对于研究生的学习和论文写作，杨先生就完全以自己做学问的那种严谨、认真、求实的态度来严格要求了。四川大学文学与新闻学院的教授、博士生导师项楚先生，至今仍然记得 1962 年自己作为川大中文系第一个，也是唯一一个研究生与时任古代文学教研室主任的杨先生第一次见面时的情景。他说："先生那一把浓浓的美髯，一口浓浓的方音，令我顿生敬畏之情。"然后，先生就对他提出了各种严格的要求，其中印象最深的一条就是“绝庆吊之礼”，目的是要求项先生摒弃交往，埋头书堆，专心学习。而这时项先生还不属于杨先生名下的学生（1964 年其导师庞石帚去世后才转到杨先生名下），只是庞石帚先生因病常年不来学校，一切相关事务暂由杨先生督办而已。但杨先生却办得很认真。也就在这督办的过程中让项先生着实深刻地感受到了杨先生的那种一丝不苟的精神。杨先生对研究生的论文要求更是近乎苛刻。现文学与新闻学院博士生导师冯宪光教授还记得他的一位研究生同学，当年就因为论文誊抄中出现了杨先生认为作为一个中文系的研究生不应该有的书写错误而不被授予硕士学位。这位同学多年后还对自己的错误后悔不已，认为确实不该犯那样的低级错误。还有，如果哪位研究生在论文答辩中，有引文方面的错误被杨先生逮住，必定会被狠狠地批一顿。杨先生最不能原谅的就是这种不踏实的求知态度。由于知道了杨先生的“厉害”，后来研究生们都不敢在这方面马虎大意了。

这种严格、认真、求实的传统也正是蜀学传统之体现。蜀学是指近代以来，一批学者在四川这个相对隔绝的盆地环境里所形成的一种带有传统特点的独特治学方式。它与当时学术上的“京派”和“海派”相并立。这批学者的治学特点是，他们以中国的典籍为研究对象，以乾嘉朴学的传统为方法，以自己深厚的学术功底为根基，去校注典籍，阐发新意，并以此铸造自己的学术，默默地承续着中国文化的血脉。杨先生的身上体现的正是这样的传统。这种治学的传统特别强调熟读原著，广泛地涉猎各种典籍和尽可能多地收集相关材料，然后在此基础上形成自己的看法。在近代以来，四川大学曾是蜀学的中心，由于有杨先生长期以来在四川大学中文系的言传身教，这种传统被很好地保留了下来。

每一个刚跨入川大文学与新闻学院的新生都会很快在新的学习生活中感受到这种传统的存在，并终将在这种传统的熏陶下完成自己的学业。因为你会在新生入学的开学典礼上，在老师的课堂上，在论文的撰写过程中，在毕业生的论文答辩会上听到或感受到源自这种传统的种种具体要求。比如，无论哪一个老师都会一再强调学生一定要看原著，引用材料也一定要核对原著，千万不能停留在只看二手材料上。不要不看书就凭着感觉乱发言，表述观点要有依据。写论文时必须要广泛地收罗相关资料，写有关外国课题的论文时，必须要以收集外文资料为主。而且不管哪方面的课题，收集的资料一定要齐全。如果哪位同学在答辩时被发现与其课题相关而又有较大影响的某著作未被征引或未出现在其参考文献中，那么等待他的将是一顿批评和由此而导致的尴尬。后果严重的将有可能推倒重来。于是，为了避免这样的窘境，同学们在找资料上都特别的谨慎和认真，写有关外国课题的同学，更是如此，而且更辛苦。因为外文资料毕竟不比中文资料那么好收集，在川大找不到的，往往还要千里迢迢上北京复印，或通过互联网来与作者联系找寻。另外，在列印和书写上也要求工整和规范。曾经有一位博士生论文因校对不周而出现了一些文字上的错误，后来被勒令重新列印。所有这些都是与杨先生的治学要求相一致的。它们也可以说是杨先生治学精神在新一代教师身上的发扬光大，是杨先生教书育人方式的延续。

对于教师的这种严格要求，人们往往都以这样的一句话来诠释："严是爱，松是害。"这确实是至理。老师现在让学生多吃点苦，是为了让他们以后少吃苦。杨先生的严，其实也是对学生的爱。说他严，这是从学术的角度来说的，但绝不是说，他在生活中总是板着一副面孔面对着学生。其实，他也喜欢与学生交谈，而且很亲切，很健谈，往往滔滔不绝，谈学坛往事、谈他的学术、谈他的学生、谈生活经验、谈体育赛事，乃至谈及他虽然爱抽烟吃肥肉却依然健康长寿的个人生活感受。而且每每在这种交谈中，不忘叮嘱学生：千万不要剽窃，一旦有一次，学术生命就结束了，尤其在年轻的时候，这样的做法会害自己一辈子。学术上的严格，生活上的关怀，这就是杨先生对待学生的辩证法。对杨先生的这种严中之爱，项楚先生也最有体会，他认为这正体现了“先生对晚生后辈的既关怀又严格的一片心肠”。所以，他很理解先生的严格，更感激先生的关怀。他至今没有忘记，是杨先生在“拨乱反正”后，多方呼吁奔走，才使得他重新回到川大，回到学术的阵营里来；他也没有忘记虽然自己是以先生助手的名义调入的，但先生却没有让他做助手，而是把更广阔的发展空间留给他的一番苦心；他也没有忘记先生向他传授健身之道时所蕴寄的殷殷期盼。

总之，无论是严格，还是关怀，杨先生都在学生的心灵中树立了一块值得崇敬而难忘的丰碑。真可谓“后学仰止，千载留声”。先生虽已离我们远去，但先生以另一种方式永远与我们同在。写到这里我们不禁又想起了先生那朗朗的川音，那飘飘的白须，那激情挥动的手势，那亲切的笑容，仿佛他又回到了我们的身边。

参考文献：

①蔡钟翔：《读杨明照先生〈学不已斋杂著〉》，见《岁久弥光——杨明照先生九十华诞论文集》，巴蜀书社，2001 年。

②黄金鹏：《杨明照先生及其〈文心雕龙〉研究》，见《岁久弥光——杨明照先生九十华诞论文集》，巴蜀书社，2001 年。

③唐正序：《青年的良师，学人的楷模（代序）》，见《文心同雕集》，成都出版社，1990年。

④项楚、李真：《遥祭杨明照先生》，《四川大学报》2004年第3期。

刘勰与《文心雕龙》*

一

我国古代的文学理论批评专著，内容最丰富、体系最完整的，当推刘勰的《文心雕龙》了。可是关于作者的生平事迹，史书的记载却语焉不详。为了有助于读者知人论世，姑作如下简介：

刘勰，字彦和，大约出生于刘宋泰始二、三年（公元 466 ~ 467 年）间。祖籍原在东莞郡莒县（今山东莒县），永嘉之乱时，他的祖先南奔渡江，从此世居京口（今江苏镇江）。京口本为南朝重镇，又是人文荟萃之区，先后在这里讲学的著名经学家、史学家有关康之、臧荣绪和诸葛璩等人，①其流风遗韵，对刘勰可能有过某些影响。

宋齐禅代和统治集团内部的明争暗斗，使原来显赫一时的刘穆之、刘秀之的子子孙孙，政治地位不断下降，刘勰一家，更是

---

* 编者按：本文原名《〈文心雕龙校注〉前言》。

① 见《宋书》卷九三《关康之传》，《南齐书》卷五四《臧荣绪传》，《梁书》卷五一《诸葛璩传》。

又逊一筹了。他的祖父刘灵真尽管是宋司空刘秀之的弟弟，却没有当上官，父亲刘尚也只任越骑校尉，这与史传所说的“家贫”是不无关系的。

早孤的刘勰，并不因为无人管教和家道中落而放松学习，却自觉地笃志好学。所读的书，大概不外儒家典籍。他的儒家思想，也从此扎下了根。但在佛学甚嚣尘上的当时，刘勰也曾受其影响而不婚娶。这是一时的风尚，不止刘勰一人为然。比他早的如周续之，同时代的如刘歊、刘讦，家境都很优裕，就是由于信佛才没有结婚的①。而且周续之“通五经”、刘歊“六岁诵《论语》《毛诗》”②，还是儒家信徒哩。

另一种风尚是，从后汉末期牟子的《理惑论》出现以来，儒佛合炉共冶的倾向已日益普遍。官僚地主家庭出身的知识分子，除照例肄习儒家经典外，为了适应潮流，以利于向上爬，都爱到寺庙去跟和尚们打交道：有的是咨戒范③，有的是听内典④，有的是考寻文义⑤，有的是瞻仰风德⑥，有的则住在寺里读经论、明佛理⑦。寺庙广开，投身接足者颇不乏人。本已信佛而又笃志好学的刘勰，自然是闻其风而悦之的。

“南朝四百八十寺”中，钟山上定林寺⑧是名列前茅的。自刘

---

① 见《宋书》卷九三《周续之传》，《梁书》卷五一《刘讦传》又《刘歊传》。

② 见《宋书·周续之传》，《梁书·刘歊传》。

③ 《高僧传》卷八《释僧远传》：“其后山居逸迹之宾，傲世凌云之士，莫不策踵山门，展敬禅室；庐山何点、汝南周颙、齐郡明僧绍、濮阳吴苞、吴国张融，皆投身接足，咨其戒范。”

④ 见《梁书》卷五一《何胤传》又《阮孝绪传》及《刘讦传》。

⑤ 见《宋书》卷九三《宗炳传》。

⑥ 见《南齐书》卷五四《明僧绍传》。

⑦ 见《梁书》卷五十《任孝恭传》。

⑧ 宋齐诸代所称之定林寺，皆上定林寺。清孙文川《南朝佛寺志》卷上“上定林寺”条有说。

宋元嘉十二年（公元 435 年）昙摩密多建寺[1]以后，高僧辈出[2]，又由于“士庶钦风，献奉稠叠”[3] 和“获信施”[4]，寺庙饶有赀财，富于藏书。“埒美嵩、华”的钟山和“郁尔层构”的“禅房殿宇”[5]，也是无车马喧的读书胜地。刘勰为了获得一个比家里条件更好的学习环境，专心致志地攻读若干年，“穷则独善以垂文，达则奉时以骋绩”（《文心雕龙·程器》），上定林寺便成了他梦寐以求的地方，同时也是他希图走入仕途的终南捷径。

上定林寺的方丈释僧佑，是当时“德炽释门，名盖净众”[6]的大法师，白黑门徒多达一万余人[7]。笃志好学的青年刘勰前去投依，是送上门的难得助手，僧佑当然是欢迎的。这样，刘勰在与僧佑居处的十余年中，除了刻苦阅读释典外，经史子集必然也在其钻研之列。因而他“博通经论”“深得文理”，不但编定了寺内所藏的经藏和撰述一些“会道控儒，承经作训”[8] 的论文，而且还写成了不朽的著作《文心雕龙》。

《文心雕龙》成书于齐和帝中兴元、二年（公元 501 ~ 502 年）间[9]，由于和当时弥漫文坛的形式主义文风异趣，曲高和寡，不为人们所重。然而刘勰坚信自己著作的价值，决定请一代文宗沈约品定。

---

① 并见《高僧传》卷三《昙摩密多传》。

② 见于《高僧传》者，如僧远、僧柔、法通、智称、道嵩、超辩、慧弥、法愿、僧佑等是。

③ 并见《高僧传》卷三《昙摩密多传》。

④ 见《高僧传》卷十一《释僧佑传》。

⑤ 并见《高僧传》卷三《昙摩密多传》。

⑥ 见《会稽缀英总集》卷十六《梁建安王造剡山石城寺石像碑》。

⑦ 见《高僧传》卷十一《释僧佑传》。

⑧ 见《北山录》卷十《外信篇》。

⑨ 见刘毓崧《通义堂文集》卷十四《书〈文心雕龙〉后》。

这时沈约官居散骑常侍、吏部尚书兼右仆射，炙手可热。社会地位低下的刘勰无从自达，只好装成书贾的模样，守候在路边，等到沈约的车驾经过，便上前推销颇为自负的著作——《文心雕龙》。沈约读后，大加赞赏，认为“深得文理”，将其置于案头，以便随时观览。刘勰在《知音》篇里曾慨叹知音难逢，而这一别开生面的自荐，却可以说是逢其知音了。从这里也就不难看出，刘勰的从政之心何等强烈，否则书成之后，即使不为时人所重，也大可藏诸名山，传之其人，又何必作货鬻之状，干沈约于车前呢！

多半是由于沈约的荐引，刘勰得以在天监（梁武帝萧衍受齐禅后年号）初起家奉朝请，并由此踏上了仕途。他先后担任和兼任过中军临川王萧宏、南康王萧绩的记室、车骑仓曹参军、太末（今浙江衢县）令、步兵校尉、东宫通事舍人等职务。任太末令时，“政有清绩”，可见他是具有“工文”“练治”的才能的，这也是他“奉时骋绩”的具体表现。在兼任东宫通事舍人期间，刘勰受到当时另一位文学家昭明太子萧统的“爱接”，他们共同讨论篇籍、商榷古今的情形，是不难想见的。萧统选录的著名文学总集《文选》，与《文心雕龙》的“选文定篇”（《序志》）多有契合之处，恐怕也不是偶然的。

佞佛的梁武帝于天监十六年（公元 517 年）十月下令飨荐改用蔬果之后，二郊农社犹有牺牲。刘勰认为改革不够彻底，便于次年八月后上表，建议二郊农社也应只用蔬果。这自然是他的佛教思想有所抬头的反映，但也可能有希图升迁，得以进一步发挥其才能的打算在内。到了中大通三年（公元 531 年）昭明太子一死，东宫旧人例不得留，刘勰既未新除其他官职，也便没有继续留待宫中的理由。奉敕与沙门慧震于上定林寺撰经，大概就在这段时间吧。任务一完成，他便请求出家，并先燔鬓发以示决心。请求被批准后，他就在该寺当了和尚，法名慧地。对刘勰来说，这大概也是无可奈何的归宿。此后不到一年光景，他便去世了。这时大约是梁大同四年或五年（公元538～539年）。刘勰一生历宋、齐、梁三世，计得七十二三岁。在南朝文学家中，像他这样高龄的，还不多见。

史传说刘勰“为文长于佛理，京师寺塔及名僧碑志，必请勰制文”。可见他在当时是负有盛名的作家。惜其文集早已失传，除了《文心雕龙》以外，只有《灭惑论》和《梁建安王造剡山石城寺石像碑》两篇保存了下来。

刘勰在《序志》篇里叙述写作《文心雕龙》的动机，是由于梦见自己拿着丹漆礼器，追随孔子南行，因而感到非常高兴。本想“敷赞圣旨，莫若注经”，可是“马（融）、郑（玄）诸儒，弘之已精，就有深解，未足立家”，好在“唯文章之用，实经典枝条……详其本源，莫非经典”。这才搦笔和墨，选择了论文这一途。在刘勰看来，“论文”与“注经”都属于“敷赞圣旨”，是殊途同归的，跟马、郑诸儒一样地足以“立家”。

这种古文经学派的立场，使刘勰不满于当时的形式主义文学。据裴子野《雕虫论》所述，宋齐以来的文学状况是：“自是闾阎年少，贵游总角，罔不摈落六艺，吟咏情性。学者以博依为急务，谓章句为专鲁，淫文破典，斐尔为功，无被于管弦，非止乎礼义，深心主卉木，远致极风云。其兴浮，其志弱，巧而不要，隐而不深，讨其宗途，亦有宋之遗风也。”刘勰认为这是文学背离了儒家原则的结果。他在《序志》篇里说：“去圣久远，文体解散，辞人爱奇，言贵浮诡，饰羽尚画，文绣鞶帨，离本弥甚，将遂讹滥。”《通变》篇也说：“矫讹翻浅，还宗经诰。”《文心雕龙》就是为了矫正这种离经叛道的文风而写作的。

由于刘勰以儒家思想为出发点，所以他用《原道》《征圣》《宗经》三篇来笼罩《文心雕龙》全书，确立了文学的基本原则："道心"是文学的本原，"圣人"是立言的标准，经书是文章的典范。这种儒学的教条既有反对唯美主义文学的一面，又有着很大的局限和缺陷。不过"论文"毕竟不等于"注经"，《文心雕龙》包含了极其丰富的内容，对大量的文学现象进行了具体而细致的分析，提出了许多真知灼见，这是不能简单地用儒家思想来涵括的；《文心雕龙》的卓越贡献也正在这里。

当然，刘勰的思想是复杂的，有矛盾的。既业于儒，又染于佛，在他的头脑里，儒佛两家思想都有。但二者之间既不能画等号，也不能看成永远是铁板一块，而是此起彼伏，互有消长的。在他撰述《文心雕龙》之前写《灭惑论》时①，佛家思想居于主导地位，即是取得支配地位的矛盾的主要方面是佛学的唯心主义思想，他必然站在佛家的立场上，对"谤佛"的《三破论》予以还击，旗帜鲜明，毫不含糊。当他梦见孔子后写《文心雕龙》时，儒家思想居于主导地位，即取得支配地位的矛盾的主要方面是儒学的朴素唯物主义思想，他又必然站在儒家的立场上，来"述先哲之诰"，持论谨严，自成一家。此一时也，彼一时也，时间既不相同，内容亦复各异，因而刘勰在《灭惑论》和《文心雕龙》中所表现的思想判若天渊，也就不足为奇了。

这里还须指出，《文心雕龙》是我国古代文学理论批评专著，所原的"道"，所征的"圣"，所宗的"经"，皆中国所有；所阐

---

① 余曾写《刘勰〈灭惑论〉撰年考》一文，推定《灭惑论》成于《文心雕龙》之前。此文载《古代文学理论研究》1979 第 1 辑。

述的文学创作理论，所评骘的作家、作品，亦为中国所有，与佛经著作或印度文学都无直接间接关系。所以全书中找不到一点佛家思想或佛学理论的痕迹，而是充满了浓厚的儒学观念。这固然可以看出刘勰著书态度的严肃，但更重要的则是由于《文心雕龙》本身的内容所决定。至于全书文理之密察，组织之谨严，似又与刘勰的“博通经论”有关。因为他那严密细致的思想方法，无疑是受了佛经著作的影响的。

《文心雕龙》是刘勰惨淡经营的巨大成果，也是我国文学批评史上岿然屹立的高峰！

二

刘勰的《文心雕龙》，是先秦以来文学理论批评不断发展而出现的一部杰作。全书由五十篇组成，分为上下两编，约三万七千余字。上编论述文学的基本原则和各种文体的源流演变，下编则为创作论、批评论和统摄全书的序。结构严密，体大虑周，构成了一个比较全面的理论体系。列宁曾说：“判断历史的功绩，不是根据历史活动家有没有提供现代所要求的东西，而是根据他们比他们的前辈提供了的新的东西。”① 我们按照列宁的教导来衡量刘勰，那他在《文心雕龙》中的确比他的前辈提供了更多新的东西，不愧是我国最优秀的古代文学理论遗产之一，值得我们深入学习和探讨。

① 见《列宁全集》第二卷《评经济浪漫主义——西斯蒙第和我国的西斯蒙第主义者》。

在文学与现实的关系上，刘勰认为文学是客观现实的反映，在这种反映中也浸透了作家的主观感情。

《物色》篇说：“岁有其物，物有其容；情以物迁，辞以情发。”《明诗》篇也说：“人禀七情，应物斯感，感物吟志，莫非自然。”文学创作的对象是“物”，丰富多彩的客观事物引起了人们感情的波动，才发而为文辞。这种物—情—文的公式，是符合唯物论的反映论的。刘勰要求这种反映尽可能地真实：“写气图貌，既随物以宛转；属采附声，亦与心而徘徊。”这就是要求文学创作要宛转入微地刻画客观事物的面貌，委曲细致地表达作者的思想感情。他说：“吟咏所发，志惟深远，体物为妙，功在密附。”把表达作者情志放在第一位，而把刻画事物形貌放在第二位，因而不满于“近代以来，文贵形似”（《物色》）的倾向。但这并不是反对文学创作不应该“形似”，而是反对片面追求“形似”的形式主义文风。

以上是就描写自然景物而言。当然，文学创作最重要的对象还是描写人们的社会生活。刘勰说，“文变染乎世情，兴废系乎时序”（《时序》）；“是以师旷觇风于盛衰，季札鉴微于兴废”（《乐府》）。这就是说文学的发展变化是由社会情况、时代面貌决定的，因为文学就是社会和时代的反映。所以，他分析建安文学说：“观其时文，雅好慷慨，良由世积乱离，风衰俗怨，并志深而笔长，故梗概而多气也。”（《时序》）这一段论述，是从建安文学和那个动乱时代的关系着眼，所以能精辟地总结出建安文学的特征。刘勰的这些观点，继承了自《礼记·乐记》和《毛诗序》以来我国文论的优秀传统。

在文学与政治的关系上，刘勰强调文学的社会功能，要求文学为封建制度服务。

《征圣》篇发挥了儒家文论的传统主张，把文学的社会作用归纳为三点："政化贵文""事迹贵文"和"修身贵文"。他把文学的社会功能提到了极高的地位，《序志》篇对"文章之用"说是"五礼资之以成，六典因之致用，君臣所以炳焕，军国所以昭明"；《程器》篇也说："摛文必在纬军国。"这种对政事教化的强调，也贯穿在文体论各篇中，如《议对》篇要求对策能"大明治道，使事深于政术，理密于时务"；《书记》篇指出"书记所总"的二十四种"艺文末品"为"政事先务"。正因为强调文学的社会功能，在《文心雕龙》所评论的作品中，除了一些应用文外，还有学术著作。这是由于他广义的文学观念使然，比起萧统"事出于沉思，义归乎翰藻"（《文选序》）的选文标准，就显得瞠乎其后了。

刘勰的这些观点，表现了儒家思想封建保守的一面。不过，当时在文坛上占主流的形式主义文学，完全抹杀了文学的社会功能，坠入了为艺术而艺术的泥坑。刘勰反对"近代词人，务华弃实"（《程器》），也并非没有积极的意义。

在内容与形式的关系上，刘勰认为内容决定形式，形式表现内容，要求作品达到二者的统一。

《情采》篇说："夫水性虚而沦漪结，木体实而花萼振，文附质也。"这是比喻一定的形式（"文"）是由一定的内容（"质"）所决定的。"虎豹无文，则鞟同犬羊；犀兕有皮，而色资丹漆，质待文也。"这是比喻一定的内容要求一定的形式来表现。在文、质并重的前提下，他并不把二者同等看待："夫铅黛所以饰容，而盼倩生于淑姿；文采所以饰言，而辩丽本于情性。"归根到底，文章的美好（"辩丽"）不是取决于它的形式（"文采"），而是取决于它的内容（"情性"）。由此他得出结论说："故情者文之经，辞者理之纬；经正而后纬成，理定而后辞畅，此立文之本源也。"他主张由“经正”导致“纬成”，由“理定”达到“辞畅”，要求内容和形式像经线和纬线一样有机地组织成一个整体，这种辩证的观点贯彻在《文心雕龙》全书中。

根据这个原则，刘勰对比了两种不同的创作倾向：“盖风雅之兴，志思蓄愤，而吟咏情性，以讽其上，此为情而造文也；诸子之徒，心非郁陶，苟驰夸饰，鬻声钓世，此为文而造情也。”这虽然是总结历史经验，实际也是针对当时文坛而发，因为“后之作者，采滥忽真，远弃风雅，近师辞赋，故体情之制日疏，逐文之篇愈盛”。因此，他着重批判了重形式、轻内容的倾向：“是以联辞结采，将欲明理；采滥辞诡，则心理愈翳。”这表明《文心雕龙》是对当时浮艳文风的一种挑战。

在继承与创新的问题上，刘勰主张既尊重历史形成的文学规律，又根据现实的情况加以创新。

《通变》篇说：“名理有常，体必资于故实。”这是就继承而言，各种文体有一定的写作规格，需要通过借鉴前人的作品来掌握；“通变无方，数必酌于新声”，这是就创新而言，临文时的变化无穷，要依靠作者的独创性来实现。只要正确处理“通”（继承）和“变”（创新）的关系，“望今制奇，参古定法”，在规律中求变化，在继承中求创新，就能“骋无穷之路，饮不竭之源”，使创作的路子越走越宽。所以他说：“变则可久，通则不乏。”把“通”和“变”看作是保证文学发展“日新其业”的重要规律，这是一种辩证的观点。

刘勰的文学史观不是停滞的，而是发展的。他提倡“趋时必果，乘机无怯”的变革精神，称赞“古来辞人，异代接武，莫不参伍以相变，因革以为功”（《物色》）的实践。他看到了文学随着时代发展而不断变化的历史进程：“黄唐淳而质，虞夏质而辨，商周丽而雅，楚汉侈而艳，魏晋浅而绮，宋初讹而新。”可是这种“踵事增华”的演变却引起了他的忧虑：“从质及讹，弥近弥澹，何则？竞今疏古，风昧气衰也。”这种忧虑包含了两方面的意义：一方面，表现了刘勰对当时形式主义文风的不满，“今才颖之士，刻意学文，多略汉篇，师范宋集，虽古今备阅，然近附而远疏矣”。一方面，也流露出某种复古的倾向。这都体现了儒家思想对他的影响。所以他开出矫正时弊的药方，却是“矫讹翻浅，还宗经诰”，这当然是不能真正解决问题的。

在作家与风格的关系上，他认为作品风格是作家个性的外现，要求作家通过加强学习来培养高尚的风格。

《体性》篇从纷纭繁多的文学作品中，归纳出八种基本的文章风格，即“八体”：“一曰典雅，二曰远奥，三曰精约，四曰显附，五曰繁缛，六曰壮丽，七曰新奇，八曰轻靡。”为什么会呈现这缤纷多彩的种种风格呢？他认为这归根于作家不同的个性：“故辞理庸俊，莫能翻其才；风趣刚柔，宁或改其气；事义浅深，未闻乖其学；体式雅郑，鲜有反其习。各师成心，其异如面。”一句话，风格即人。这是我国古代第一篇风格论，对后代风格论起过开源导流的作用。

刘勰把作家个性归结为才、气、学、习四个方面，其中既有先天的禀赋，也有后天的习染：“然才有庸俊，气有刚柔，学有浅深，习有雅郑，并情性所铄，陶染所凝。”才和气是情性所铄，属于先天的禀赋；学和习是陶染所凝，属于后天的习染。刘勰虽然也强调作家的天赋，但并不认为天赋决定一切，而是把后天的学习提到重要的地位：“夫才有天资，学慎始习，斫梓染丝，功在初化，器成彩定，难可翻移。”因此从一开始就沿着正确的方向学习，对形成高尚的风格有着决定性的作用。这种强调学习的踏实学风，贯穿《文心雕龙》全书。《事类》篇说："才自内发，学以外成。""将赡才力，务在博见。"这对初学者来说，乃是一种有益的教诲。

在创作与技巧的关系上，刘勰强调作家必须通晓写作规律，反对忽视技巧的做法。

《总术》篇说："是以执术驭篇，似善弈之穷数；弃术任心，如博塞之邀遇。"这是借博弈为喻，说明掌握艺术技巧，便能稳操胜算；鄙弃艺术技巧，即或偶有所得，终究难竟全功。他提出了写作的极高境界："数逢其极，机入其巧，则义味腾跃而生，辞气丛杂而至，视之则锦绘，听之则丝簧，味之则甘腴，佩之则芬芳，断章之功，于斯盛矣。"这似乎已经出神入化，并非仅仅是技巧问题。不过倘若没有辞采、宫商、事义、情志等方面的修养，也是断难达到这种创作化境的。因此，他把通晓各种写作规律作为"通才"的必要条件："才之能通，必资晓术，自非圆鉴区域，大判条例，岂能控引情源，制胜文苑哉!"最后还要求能"乘一总万，举要治繁"。可见刘勰对"研术"是何等地重视！刘勰在《文心雕龙》中，还对各种文学现象进行了大量分析，总结了许多谋篇布局、遣词造句方面的规律。例如《熔裁》篇和《附会》篇，从不同的角度论述了文章的主题思想和行文修辞的关系。前者归纳出了提炼思想、精炼文句的一套办法，后者提出了集中主题、敷陈辞采的种种措施。《比兴》篇阐述了"比""兴"这两种传统表现方法的作用，《夸饰》篇探讨了夸张与真实的关系，特别是冠下编之首的《神思》篇，对艺术思维分析，更深入到创作过程中精深微妙的境地，说明了刘勰理论所达到的深度。像这一类精到的分析和论断在全书中不胜枚举，它们构成了《文心雕龙》充实而富有启发性的内容。

正因为刘勰重视艺术技巧的作用，所以他虽然反对当时的形式主义文风，却批判地吸取了其中的许多艺术经验。例如，片面地追求声律、对仗、用典本是当时唯美主义骈体文在语言上的特色，不过这些表现手段本身却自有其合理的价值。刘勰写了《声律》《丽辞》《事类》等篇来探讨这些表现手法，《文心雕龙》本身也是骈体文的典范，超过了古代的好些骈文著作。难怪范文澜有“全书用骈文来表达致密繁富的论点，宛转自如，意无不达，似乎比散文还要流畅，骈文高妙至此，可谓登峰造极”① 的好评了。但一般读者阅读起来有困难，却也是事实。

关于创作与批评的关系，刘勰要求文学批评符合文学创作的实际，并提出了正确进行文学批评的方法。

《知音》篇劈头就发出“知音其难哉”的浩叹，致慨于公正的文学批评之难逢。这是有感而发的。《文心雕龙》成书之初，也曾遭到人们的轻视。刘勰把造成这种现象的原因归结为批评者的三种偏见，即“贵古贱今”“崇己抑人”和“信伪迷真”。因此，他要求文学批评客观地反映作品的实际，“无私于轻重，不偏于憎爱，然后能平理若衡，照辞如镜”。他反对以主观的偏爱代替公正的批评：“慷慨者逆声而击节，酝藉者见密而高蹈，浮慧者观绮而跃心，爱奇者闻诡而惊听。会己则嗟讽，异我则沮弃，各执一隅之解，欲拟万端之变，所谓东向而望，不见西墙。”这在今天也是批评者应引以为戒的。

文学作品不是作者思想的图解，而是生活的形象反映；作者的思想倾向是隐藏在形象之中的，文学创作的这一艺术规律，也是批评不易公正的客观原因。刘勰说：“文情难鉴，谁曰易分？”

① 见范文澜《中国通史简编》（修订本）第二编第五章，人民文学出版社 1965 年版。

他固然认识到准确领会作品内容并非易事，但也认为作品毕竟是能够认识的："夫缀文者情动而辞发，观文者披文以入情，沿波讨源，虽幽必显。"文学批评的途径和文学创作正好相反，不是由内容（"情"）到形式（"辞"），而是由形式（"文"）到内容（"情"），这是符合唯物主义认识论的。作为"沿波讨源"的具体方法，他提出了文学批评的六个方面："是以将阅文情，先标六观：一观位体，二观置辞，三观通变，四观奇正，五观事义，六观宫商，斯术既形，则优劣见矣。"这似乎偏重在文学的形式方面，不过刘勰提出"六观"是为了考阅"文情"，并没有脱离文学的内容。而真正掌握"六观"的方法，还要以批评者的丰富实践经验为前提："凡操千曲而后晓声，观千剑而后识器。"这也就是实践出真知的意思。

《文心雕龙》本身就包含了大量的文学批评实践：《指瑕》篇批评作品，《才略》《程器》两篇批评作家，《时序》篇是"十代"的简明文学史，上编文体论各篇实际上是分体文学史，也包括了丰富的文学批评内容。这些批评虽然也有这样那样的缺陷，但是不乏精到见解，可以说达到了那个时代的先进水平。

总之，《文心雕龙》是对齐以前文学理论批评的一次大型总结，同时也是对齐以前文学创作实践经验的一次系统探讨，其成就是巨大的。当然，一千四百多年前的刘勰不可能不受时代和阶级的局限，因而书中也必然存在一些偏颇的甚至错误的见解。但是，从总的成就看，那毕竟是次要的。对于这样一部杰作，我们应该在马列主义的指导下，进一步研究它，发掘它，为发展社会主义文艺提供更多的借鉴。

三

《文心雕龙》的巨大成就，绝不是越世高谈，突如其来的，而是有所继承和发展。《序志》篇说："详观近代之论文者多矣：至于魏文述《典》、陈思序《书》、应玚《文论》、陆机《文赋》、仲治《流别》、弘范《翰林》，各照隅隙，鲜观衢路。或臧否当时之才，或铨品前修之文，或泛举雅俗之旨，或撮题篇章之意。魏《典》密而不周，陈《书》辩而无当，应《论》华而疏略，陆《赋》巧而碎乱，《流别》精而少功，《翰林》浅而寡要。又君山、公干之徒，吉甫、士龙之辈，泛议文意，往往间出。并未能振叶以寻根，观澜而索源。不述先哲之诰，无益后生之虑。"尽管刘勰认为前人的研究成果有这样那样的缺点，但他并不是全部予以否定。《序志》篇又说："及其品列成文，有同乎旧谈者，非雷同也，势自不可异也；有异乎前论者，非苟异也，理自不可同也。同之与异，不屑古今，擘肌分理，唯务折衷。"这就说明他对于古今成说，既有所继承，也有所批判。唯其如此，他才有可能在前人的基础上，把我国古代文学理论批评推向了一个新的阶段。

事实正是这样。从先秦的孔子、孟轲、荀卿，汉代的刘安、扬雄、桓谭、王充、班固、王逸到魏晋的曹丕、曹植、陆机、挚虞、李充、葛洪各家的论著，以及《周易》的《系辞》、《礼记》的《乐记》和《毛诗》的《序》，刘勰莫不"纵意渔猎"（《事类》）。凡是认为正确的，他在《文心雕龙》中或引申，或疏证，或作为理论依据，或借以证成己说，旁搜远绍，取精用弘，使古代的文学理论批评又迈进了一大步。比如艺术思维问题，陆机的

《文赋》虽已提到了，但毕竟过于疏阔；到了刘勰手里，则特列《神思》一篇冠于创作论之首，把极为复杂而抽象的思维活动，描绘得非常生动形象，比陆机的论述更深入，更具体，就是最好的说明。

"弥纶群言"（《序志》）的《文心雕龙》，涉及了当时文学的各个方面，既系统又完整，为我国古代文学理论奠定了基础。从它问世以后，一直为人们所重视。这方面的有关资料很多，我曾广为网罗，分别辑成十部分附录以便查阅。这里无妨把附录前的每段短序抄在下面，来看刘勰的《文心雕龙》在历史上的地位和影响究竟怎样。

著录第一。《文心》著录，始于《隋志》；自尔相沿，莫之或遗。虽卷帙无殊，而部次则异。盖由疏而密，渐归允当，斯乃簿录之通矩，不独舍人一书为然也。

品评第二。品评《文心》者，无代无之。见仁见智，言人人殊。闲尝为之搜集，共得百有三家。其载诸专书者，如杨慎、钟惺、曹学佺、陈仁锡、叶绍泰、黄叔琳、纪昀诸家评是。不与焉。历代之褒贬抑扬，观此亦思过半矣。

采摭第三。舍人《文心》，翰苑要籍。采摭之者，莫不各取所需：多则连篇累牍，少亦寻章摘句。其奉为文论宗海，艺圃琳琅，历代诗文评中，未能或之先也。涉猎所及，自唐至明，共得五十七书。引文长者，只录首尾辞句，以明起讫；原书有误者，以杀篇幅故，不再举正。清世较近，书亦易得，则从略焉。如《渊鉴类函》《骈字类编》《子史精华》《古今图书集成》等。

因习第四。《文心》一书，传诵于士林者殆遍。研味既久，融会自深。故前人论述，往往与之相同，未必皆有掠美之嫌。或率尔操觚，偶忽来历；或辗转抄刻，致漏出处，亦非原为干没。然探囊揭箧，取诸人以为善者，则异于是。此又当分别观也。

引证第五。前修之于《文心》，多所运用：引申其说者，有焉；证成己论者，有焉；征故考史，辑佚刊误者，亦有焉。范围之广，已遍及四部。其影响巨大，即此可见。今就弋钓所得，依次逐录如左。世之研治舍人书者，或亦有取乎斯。

考订第六。《文心》"弥纶群言"，通晓匪易；传世既久，脱误亦多。昔贤书中，间有零星考订。其征事数典，正伪析疑，往往为明清注家所未具。特为辑录，以便参稽。孰得孰失，必有能辨之者。

序跋第七。《文心》卷末，原有《序志》一篇，于全书纲旨，言之差备。今之所录，乃后人手笔，与舍人意趣，固不相同；然时移世异，铨衡自殊，其足绍者，正以此也。爰移录于次，以见一斑。至论述版本及校勘者，亦并录焉。

版本第八。《文心》颇有异本，曾寓目者，无虑数十种、百许部；然多由黄氏辑注本出，未足尚也。余皆一一详为勘对，亦优劣互呈，分别写有校记，并识其行款。兹特简述如后，于研讨舍人书者，或不无小补云。

别著第九。舍人文集，《隋志》即未著录，亡佚固已久矣。今辑得二篇，皆完整无阙。原集虽不复存，亦可窥全豹于一斑也。

校记第十。《文心》传世最早之本，当推敦煌唐写本残卷。撰校记者不止一家，翻检匪易。海外已有合校专著问世，拟转载其有关部分，俾读者便于参稽。

从上面所抄的第二、三、四、五、六、附录、短序中，已不难看出《文心雕龙》在历史上地位之高，影响之大。其范围远远超出文学理论批评，遍及经史子集四部，绝非《诗品》《二十四诗品》《六一诗话》《后山诗话》《王公四六话》《韵语阳秋》《四六谈麈》《文则》《沧浪诗话》《修辞鉴衡》《姜斋诗话》《渔洋诗话》《谈龙录》《随园诗话》等诗文评论著作所能望其项背。再就那五部分附录所辑的资料看：如梁代的沈约、萧绎，隋唐五代的刘善经、陆德明、颜师古、孔颖达、李善、卢照邻、刘知几、日本空海、白居易、陆龟蒙、徐锴，宋代的孙光宪、李昉、邢昺、晏殊、黄庭坚、黄伯思、吕本中、吴曾、洪兴祖、施元之、程大昌、洪迈、高似孙、祝穆、王应麟，元代的胡三省、潘昂霄、陶宗仪，明代的吴讷、徐祯卿、杨慎、唐顺之、郎瑛、陈耀文、冯惟讷、谢榛、王世贞、屠隆、胡应麟、徐师曾、陈禹谟、梅鼎祚、陈继儒、钟惺、张溥、胡震亨、方以智，清代的黄生、冯班、周亮工、马骕、顾炎武、王夫之、仇兆鳌、叶燮、阎若璩、汪师韩、朱彝尊、王士祯、威琳飞、何焯、惠栋、沈德潜、杭世骏、戴震、余萧客、钱大昕、卢文弨、袁枚、王鸣盛、毕沅、孙志祖、纪昀、赵翼、梁玉绳、李调元、焦循、郝懿行、张云璈、黄丕烈、江藩、周中孚、沈钦韩、俞正燮、顾广圻、刘宝楠、马国翰、严可均、汪继培、阮元、梁章钜、曾国藩、刘熙载、李慈铭、姚振宗、谭献、孙诒让、王闿运、王先谦，近代的刘师培、林纾、姚永朴、孙德谦、李详、章炳麟、黄侃、高阆仙、张孟劬、余季豫等一百余人，都是各个历史阶段的著名专家、学者，无论是品评、采摭、因习，或者是引证、考订，都足以说明他们对《文心雕龙》之重视；同时也说明了《文心雕龙》在历史上是有崇高地位和巨大影响的。

然而，却有人说“刘氏一部惨淡经营的伟著，不闻于世，一直埋没了一千多年；直至清末，才渐渐有人去注意它，才为章太炎先生所推赏”①。说得如此肯定，也许未暇深考吧。

---

① 吴熙：《对于刘勰文学的研究》，见梁溪图书馆标点《文心雕龙》卷首。

鲁迅先生曾在《诗论题记》一文中写道："篇章既富，评骘自生，东则有刘彦和之《文心》，西则有亚里士多德之《诗学》，解析神质，包举洪纤，开源发流，为世楷式。"① 这样高度的评价，刘勰是当之无愧的。

征事数典，是魏晋以来文人日益讲求的伎俩，刘勰自然也未能免俗。在他的笔下，四部群籍，任其驱遣，倒也"用人若己"(《事类》)，宛转自如，却给读者带来了不少困难。尽管已有王惟俭、梅庆生、黄叔琳、李详、范文澜诸家的注释，但仍有疑滞费解之处，需要继续钻研和抉发。

由于《文心雕龙》流传的时间久，在辗转抄刻的过程中，孳生了各式各样的缪误：或脱简，或漏字，或以音讹，或以文变，不一而足。前人和时贤在这方面做了大量工作，对我们今天的研究有极大的帮助。但落叶尚未扫净，还得再事点勘。因为一字一句的差错，并非无关宏旨。

三十余年前由中华书局上海编辑所印行的《文心雕龙校注》，是以养素堂本为底本，于《文心雕龙》原文后次以黄叔琳辑注、李详补注，复殿以拙著校注拾遗和附录。旧稿原是1939年夏在燕京大学研究院毕业时的论文，因腹笥太俭，急就成章，疏漏纰缪，所在多有，久已不惬于心。十年动乱后期，居多暇日，遂将长期积累的资料分别重事订补。志趣所寄，虽酷暑祁寒，亦未尝中辍。朱墨杂施，致书眉行间无复空隙。乃另写清本，继续修改抽换，定稿后将"校注拾遗"与"附录"合为一线，名曰《文心雕龙校注拾遗》，于1980年夏交上海古籍出版社出版。生也有涯，岁月易逝，未敢怠荒，随即着手整理《抱朴子外篇校笺》定稿，且缮

① 见《鲁迅研究年刊》创刊号。

写，且翻检，无日不涉猎四部相关典籍。凡可补正《文心雕龙校注拾遗》的资料，皆一一录存。去年暑假，《抱朴子外篇校笺》下册竟业，念有生之年有限，又贾余勇重新校理刘舍人书，前著之漏者补之，误者正之；《文心》原文及黄、李两家注，亦兼收并蓄，以便参阅，名曰《增订文心雕龙校注》。不自藏拙，一再强为掇补，错误仍所难免，切盼专家、学者批评指正。

1997 年元月，明照于四川大学寓楼学不已斋，时年八十有八。

《梁书·刘勰传》笺注*

刘舍人身世，《梁书》《南史》皆语焉不详。文集既佚，考索愈难。虽多方涉猎，而弋钓者仍不足成篇。原拟作一年谱或补传。爰就《梁书》本传视《南史》稍详。酌为笺注，冀有知人论世之助云尔。

刘勰，字彦和。

按本文所有“勰”字，原皆作“劦思”（包括题目）。二字本同。《尔雅·释诂》下：“勰，和也。”《说文·劦部》。“勰，同思之龢也。”释训：“美士为彦。”古人立字，展名取同义。说详《论衡·诘术》篇。舍人名勰字彦和，犹刘协之字伯和，见《后汉书》卷九《献帝纪》及李贤注引《帝王纪》（当是《帝王世纪》）。《尔雅·释诂下》释文：“（勰）本又作协。”是“协”与“勰”通。颜勰此依《北齐书》卷四五《文苑·颜之推传》。《梁书》卷五十《文学》下本传则作“协”，《颜氏家庙碑》同（《南史》卷七二《文学传》作“恊”）。之字子和然也。唐颜师古《匡谬正俗》卷五忽有“刘轨思文心雕龙”之语，殊为可疑。考轨思乃北齐渤海人，史只称其说诗甚精，

* 本文照原样简体横排。

天统后主纬年号中任国子博士。见《北齐书》卷四四及《北史》卷八一《儒林传》。无它著述。《隋书》卷七五《儒林·刘焯传》："少与河间刘炫结盟为友，同受诗于同郡刘轨思。"（《北史》卷八二《儒林》下焯传同）亦未言轨思有何著述也。与舍人之时地既不相同，北齐天统时，舍人迁化已三十余年。学行亦复各异。非颜监误记，清叶廷琯《吹网录》卷五主此说。即后世传写之伪。刘勰之为刘轨思，与刘勰之为刘思协（见宋释德珪《北山录注解随函》卷上《法籍兴》篇），盖皆由偏旁致误。又按宋宗室长沙景王道怜之孙有名勰字彦龢见《宋书》卷五一《宗室长沙景王·道怜传》（卷十五《礼志》二及卷八一《顾觊之传》均止举其名）。《玉篇·龠部》："龢，今作和。"《广韵》八戈："龢，或曰古和字。"者，舍人姓名字均与之同。至名字相同者，则前有晋之周勰彦和，见《晋书》卷五八本传。并世有北魏之拓跋勰彦和。见《魏书》卷二一下本传。古今撰同名录、同姓名录及同姓字录者皆未著，故覃及之。

东莞莒人。

按莒，故春秋莒国。前汉属城阳，后汉属琅邪。见《续汉郡国志》三（《后汉书》卷三一）及《宋书》卷三五《州郡志》一。晋太康元年，置东莞郡，十年，割莒属焉。永嘉丧乱，其地沦陷。渡江以后，明帝始侨立南东莞郡于南徐州，镇京口。见《晋书》卷十五《地理志》下。宋齐诸代因之。见《南齐书》卷十四《州郡志》上。盖以其"衿带江山，表里华甸，经涂四达，利尽淮、海，城邑高明，土风淳壹，苞总形胜，实唯名都"宋文帝元嘉二十六年徙民实京口诏中语，见《宋书》卷五《文帝纪》。故也。尔时北方士庶之避难过江者，亦往往于此寓居。《晋书》卷九一《儒林·徐邈传》："徐邈，东莞姑幕人也。祖澄之，为州治中。属永嘉之乱，遂与乡人臧琨等率子弟并闾里士庶千余家，南渡江，家于京口。"《晋书》卷八二《徐广传》："东莞姑幕人，侍中邈之弟也。"《宋书》卷五五《徐广传》："广上表曰：'……臣又生长京口。'"（《南史》卷三三广传同）是徐氏自澄之后，即世居京口。梁慧皎《高僧传》卷十一《释智称传》："姓裴，河东闻喜人。魏冀州刺史徽之后也。祖世避难，寓居京口。"《南齐书》卷五一《裴叔业传》："河东闻喜人，晋冀州刺史徽后也。徽子游击将军黎，遇中朝乱，子孙没凉州，仕于张氏。……叔业父祖晚渡。"未审叔业父祖渡江后，亦寓居京口否？并其明证。舍人一族之世居京口，见后引《宋书》刘穆之及刘秀之传。当系避寇侨居，与徐澄之、臧琨等之"南渡江家于京口"，裴氏之"避离寓居京口"同。它如孟怀玉本平昌安丘人，关康之本河东杨人，诸葛璩本琅邪阳都人，皆世居京口（见《宋书》卷四七《怀玉本传》〔《南史》卷十七本传同〕又卷九三《隐逸》康之本传〔《南史》卷七五《隐逸》上本传同〕《梁书》卷五一《处士·璩本传》〔《南史》卷七六《隐逸》下本传同〕）。盖皆因永嘉之乱避地侨居。夫侨立州县，本已不存桑梓；而史氏狃于习俗，仍取旧号。非舍人及其父、祖犹生于莒，长于莒也。莒即今山东莒县，京口则为今江苏镇江。一北一南，固远哉遥遥也。明乎此，于当时南北文学之异，始能得其肯綮所在。盖南北长期对峙，双方地域不同，对文学创作诚然有所影响；但尤要者，则为各自不同之经济。从属于政治之文学，必受社会经济之制约。《文心雕龙》《诗品》风格之与《水经注》《洛阳伽蓝记》、刘子诸书不相侔者，职是故也。《梁书》卷四九《文学上·钟嵘传》："颍川长社人，晋侍中雅七世孙也。"《晋书》卷七十《钟雅传》："颍川长社人也。……避乱东渡，元帝以为丞相记室参军。"是颍川长社乃嵘之原籍，七世祖时已侨居江左（《高僧传》卷十三《释法愿传》："本姓钟，……先颍川长社人，祖世避难，移居吴兴长城。"如嵘与法愿同宗，则侨居之地，或即为吴兴长城）。故《诗品》风格与《文心》同。隋刘善经《四声论》见《文镜秘府论》天卷。以为吴人，系就其侨居之地言；宋黄庭坚《与王观复书》《山谷别集》二卷十九称为"南阳"，指海本《修辞鉴衡》卷二引作"南朝"，非是（影印元刊本《修辞鉴衡》作"南阳"，《余师录》卷二引黄书同）。人，则误属邑里；按南阳有二，在山东者：宋曰益都，属青州（莒属密州）。见《宋史》卷八五《地理志》一、明人纂《诸子汇函》卷二四选《文心·原道》等五篇，题为《云门子》。按《汇函》旧题归有光辑，当是假托。《四库全书总目提要》卷一三一子部四一杂家类存目八、周中孚《郑堂读书记》卷五八《诸子汇函》下均辨之。者，谓舍人尝于青州府明代以莒县为莒州，属青州府。见《明史》卷四一《地理志》二。南云门山读书，自号云门子，见《汇函·云门子》解题。乃附会杜撰。《汇函》所选，凡九十三种，除书原名子者外，余几全称为某某子（仅《白虎通》《风俗通》二书未改称）。如桓谭《新论》之为荆山子，王充《论衡》之为宛委子等，皆以其乡井之名山附会。清世之修山东方志者，亦复展转沿袭，系舍人虚名于本土，乾隆《山东通志》卷二八、光宣《山东通志》卷一六三、嘉庆《莒州志》卷十三、嘉庆《重修一统志》卷一七八人物门中，均列有舍人，盖相沿承袭旧志。广书耆旧，无非夸示乡贤耳。明钞本类说卷九题舍人为东平人，当是传写之误。又按南朝之际，莒人多才，而刘氏尤众，其本支与舍人同者，都二十余人见后表；虽臧氏之盛，臧焘（《宋书》卷五五《南史》卷十八有传）、臧质（《宋书》卷七四有传）、臧荣绪（《南齐书》卷五四《高逸》、《南史》卷七六《隐逸》下有传）、臧盾、臧厥（《梁书》卷四二有传）、臧严（《梁书》卷五十《文学》下有传）、臧熹、臧凝、臧棱、臧未甄、臧逢世（见《南史·臧焘传》《梁书·臧严传》及《颜氏家训·风操》篇），诸史皆誉为东莞莒人。其实早已过江，且历仕南朝矣。亦莫之与京。是舍人家世渊源有自，于其德业，不无启厉之助。且名儒之隐居京口讲学者，先后有关康之见《宋书》及《南史·本传》、臧荣绪见《南齐书》及《南史·本传》、诸葛璩见《梁书》及《南史·本传》。诸家，流风遗韵，或有所受之矣。它若高僧之出自东莞者，亦时有之：如竺僧度见《高僧传》卷四、竺法汰同上卷五、释宝亮同上卷八、释道登见唐释道宣《续高僧传》卷六、释宝琼同上卷七皆其选。舍人之归心内教，未始非受其薰习也。

祖灵真，宋司空秀之弟也。

按灵真事迹不可考。史不叙其官，盖未登仕。梁平原刘讦之父亦名灵真，齐武昌太守。见《梁书》卷五一《处士·刘讦传》（《南史》卷四九《刘讦传》同）。

《宋书》卷八一《刘秀之传》："刘秀之字道宝，东莞莒人。司徒刘穆之从兄子也。世居京口。……（大明）八年卒。……上孝武帝甚痛惜之。诏曰：'秀之识局明远，才应通畅，……兴言悼往，益增痛恨。可赠侍中、司空，持节、都督、刺史、校尉如故。'"《南史》卷十五《秀之传》较略又卷四二《刘穆之传》："刘穆之字道和，小字道民，东莞莒人。汉齐悼惠王肥后也。世居京口。"《南史》卷十五《穆之传》较略。是东莞莒为穆之原籍，史传言之甚明。《异苑》卷四又卷七亦并谓穆之为东莞人。宋傅亮撰《司徒刘穆之碑》见《艺文类聚》卷四七引。称为彭城人，则由"世重高门，人轻寒族，竞以姓望所出，邑里相矜"《史通·邑里》篇语。使然。此刘子玄所以有"碑颂所勒，茅土定名，虚引他邦，冒为己邑：……姓卯金者咸曰彭城"同上之讥也。《宋书》卷三九《百官志》上："司空，一人，掌水土事；郊祀，掌扫除，陈乐器；大丧，掌将校复土。"

父尚，越骑校尉。

按尚之事迹亦不可考。越骑校尉，本汉武帝置，后代因之。掌越人来降，因以为骑也。一说：取其材力超越。见《宋书》卷四十《百官志》下。舍人邑里家世既已笺注如上，复本《宋书》刘穆之、刘秀之、海陵王休茂卷七九三传，《南齐书》刘祥卷三六、徐孝嗣卷四四两传，《文选》卷四十任昉《奏弹刘整》文及《刘岱墓志》载一九七七年《文物》第六期列表如左（表见下页）。

勰早孤，笃志好学。

按六朝最重门第，立身扬名，干禄从政，皆非学无以致之。故史传所载少好学，如谢灵运（见《宋书》卷六七、《南史》卷十九《本传》）范晔（见《宋书》卷六九、《南史》卷三三《本传》）是。少笃学，如关康之（见

《宋书》卷九三、《南史》卷七五《本传》）刘瓛（见《南齐书》卷三九、《南史》卷五十《本传》）是。孤贫好学，如江淹（见《梁书》卷十四《本传》）孔子袪（见《梁书》卷四八、《南史》卷七一《本传》）是。孤贫笃志好学如沈约（见《梁书》卷十三、《南史》卷五七《本传》）袁峻（见《梁书》卷四九、《南史》卷七二《本传》）是。者比比皆是。舍人其一也。又按舍人笃志所学者，盖儒家之著作居多。后来撰《文心》以“述先哲之诰”《文心·序志》篇语。其《原道》《征圣》《宗经》之浓厚儒家思想，谅即孕育于斯时。

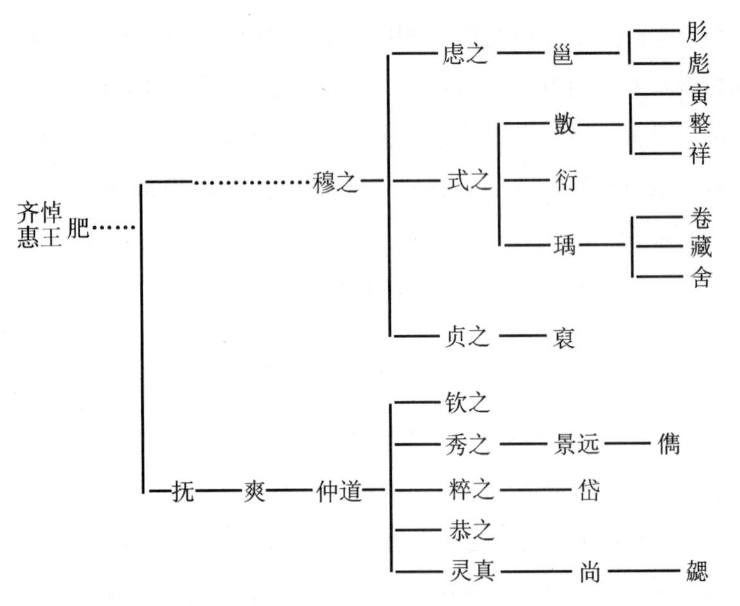

［附注］虑之，《宋书》卷七三、《南史》卷三四《颜延之传》并作宪之，盖是。彤，殿本等作彤。以其弟名彪例之，彤字是。《南齐书》卷五四《高逸》、《南史》卷七五《隐逸上·宗测传》载赠送测长子者有刘寅，未审即任昉《奏弹刘整》文中之刘寅否？

家贫不婚娶。

按舍人早孤而能笃志好学，其衣食未至空乏，已可概见。而史犹称为贫者，盖以其家道中落，又早丧父，生生所资，大不如昔耳。非即家徒壁立，无以为生也。如谓因家贫，致不能婚娶，则更悖矣。无征不信，试举史实明之。《宋书》卷九三《隐逸·周续之传》："入庐山事沙门释慧远，……以为身不可遣，余累宜绝，遂终身不娶妻。"《南史》卷七五《隐逸》续之传无"遂终身不娶妻"句。《南齐书》卷五四《高逸·褚伯玉传》："高祖含，始平太守；父逊，征虏参军。伯玉少有隐操，寡嗜欲。年十八，父为之婚，妇入前门，伯玉从后门出。遂往剡，居瀑布山。……在山三十余年，隔绝人物。"《南史》卷七五《隐逸》上《伯玉传》同。《梁书》卷五一《处士·刘訏传》："父灵真，齐武昌太守。……长兄洁，为之聘妻，克日成婚，訏闻而逃匿。事息，乃还。……訏善玄言，尤精释典。曾与族兄刘歊听讲于钟山诸寺，因共卜筑宋熙寺东涧，有终焉之志。"《南史》卷四九《刘訏传》同。又《刘歊传》："祖乘民，宋冀州刺史；父闻慰，齐正员郎。世为二千石，皆有清名。……（歊）及长，博学有文才，不娶，不仕。与族弟訏并隐居求志，遨游林泽，以山水书籍相娱而已。……精心学佛。"《南史》卷四九《刘歊传》同。彼四人者，皆非寒素。其不婚娶，固非为贫也。而谓舍人之不婚娶，纯由家贫，可乎？或又以居母丧为说，亦复非是。因三年之丧后，仍未婚娶也。然则舍人之不婚娶者，必别有故，一言以蔽之，曰信佛。此亦可从彼四人之好尚而探出消息：周续之之"入庐山事沙门释慧远"，褚伯玉之"有隐操、寡嗜欲"，刘訏之"尤精释典"，刘歊之"精心学佛"，皆与彼等之不婚娶有关。所不同者，伯玉溺于道，如《晋书》卷九四《隐逸传》中郭文、杨轲、公孙永、石坦、陶淡五人之不娶，皆溺于道者。《高僧传》卷十一《释僧从传》："禀性虚静，隐居始丰瀑布山。学兼内外，精修五门。……与隐士褚伯玉为林下之交，每论道说义，辄留连信宿。"是伯玉亦与闻法味者也。续之、訏、歊笃于佛而已。舍人本博通经论，长于佛理者；后且变服出家。信佛之笃，比之訏、歊，有过之而无不及。益见舍人之不婚娶，原非由于家贫。至谓当时门阀制度，甚为森严。托姻结好，必须匹敌。舍人既是贫家，高门谁肯降衡？其鳏居终身，乃囿于簿阀，非能之而不欲，是欲之而不能也。此说虽辨，然亦未安。缘舍人入梁，即登仁涂，境地既已改观，行年亦未四十。高即不成，低亦可就。如欲婚娶，犹未为晚。“孤贫负郭而居”之颜延之，“行年三十犹未婚”；见《宋书·南史·延之传》。“兄弟三人共处蓬室一间”之刘瓛，见《南史》卷五十。“年四十余未有婚对”，见《南齐书》卷三九《刘瓛传》。后皆各有其耦，便是例证。何点长而拒婚，老而又娶，见《梁书》卷五一《南史》卷三十《何点传》。尤为最好说明。《高僧传》卷十一《释僧佑传》：“年十四，家人密为访婚，佑知而避至定林，投法达法师。达亦戒德精严，为法门梁栋。佑师奉竭诚，及年满具戒，执操坚明。”舍人依居僧佑，既多历年所，于僧佑避婚为僧之事，岂能无所闻知，未受影响？若再证以上引褚伯玉、刘讦之避婚，则舍人因信佛而终身不娶，更为有征已。

依沙门僧佑，与之居处积十余年，遂博通经论，因区别部类，录而序之。今定林寺经藏，勰所定也。

按《高僧传·释僧佑传》：“释僧佑，本姓俞氏。……永明齐武帝年号中，敕入吴，试简五众，并宣讲十诵，更申受戒之法。凡获信施，悉以治定林、建初及修缮诸寺，并建无遮大集舍身斋等，及造立经藏，佑校卷轴。……初，佑集经藏既成，使人抄撰要事，为《三藏记》《法苑记》《世界记》《释迦谱》及《弘明集》等，皆行于世。”据此，舍人依居僧佑，博通经论，别序部类，疑在齐永明中僧佑入吴试简五众，宣讲十诵，造立经藏，搜校卷轴之时。以上略本范文澜《文心·序志》篇注说。僧佑使人抄撰诸书，由今存者文笔验之，恐多为舍人捉刀。明曹学佺《文心雕龙·序》："窃恐佑《高僧传》，按《高僧传》乃慧皎撰，非僧佑也。曹氏盖误信《隋志》耳（《隋书》卷三三《经籍志》二杂传类著录之《高僧传》，题为僧佑撰，误。清姚振宗《隋志考证》卷二十史部十已辨其非）。乃勰手笔耳。"曹序全文见后附录七徐𤊹《文心雕龙·跋》："曹能始学佺序云：'沙门僧佑作《高僧传》，乃勰手笔。'今观其法集总目录序及《释迦谱序》《世界序》按序上合有"记"字。等篇，全类勰作。则能始之论，不诬矣。"徐跋全文见后附录七。清严可均《全梁文》卷七一《释僧佑小传》自注："按梁书刘勰传：'……今定林寺经藏，勰所定也。'如传此言，僧佑诸记序，或杂有勰作，无从分别。"皆持之有故。言之成理，可谓先得我心。又按当时庙宇，饶有赀财，富于藏书。舍人依居僧佑后，必"纵意渔猎"《文心·事类》篇语，为后来"弥纶群言"《文心·序志》篇语之巨著"积学储宝"《文心·神思》篇语。于继续攻读经史群籍外，研阅释典，谅亦焚膏继晷，不遗余力。故能博通经论，簿录寺中经藏也。经论，谓三藏中之经藏与论藏也。"经"为如来之金口说法，《法华经》《涅槃经》等是；"论"为菩萨之祖述，《唯识论》《俱舍论》等是。定林寺，即上定林寺，亦称定林上寺。因下定林寺齐梁时已久废，故往往省去"上"字，而止称为定林寺。故址在今南京市紫金山。原名钟山。自宋迄梁，寺庙广开，高僧如僧远、僧柔、法通、智称、道嵩、超辩、慧弥、法愿辈，皆居此寺。见《高僧传》各本传。处士、名流如何点、周颙、明僧绍、吴苞、张融、袁昂、何胤等，王侯如萧子良、萧宏、萧伟之徒，亦皆策踵山门，展敬禅室；或谘戒范，或听内典，见《高僧传》卷八《释僧远传》，又卷十一《释僧佑传》及《南史》卷三十《何胤传》，又卷五十《明僧绍传》。曾极一时之盛。舍人寄居此寺长达十余年之久，而又博通经论，竟未变服者，盖缘浓厚儒家思想支配之也。

天监初，起家奉朝请。

按《梁书》卷二《武帝纪》中："（天监元年夏四月）改齐中兴二年为天监元年。"《晋书》卷二四《职官志》："奉朝请，本不为官，无员。汉东京罢三公、外戚、宗室、诸侯，多奉朝请。奉朝请者，奉朝会请召而已。"《宋书》卷三十《百官志》下："奉朝请，无员，亦不为官。汉东京罢省三公、外戚、宗室、诸侯，多奉朝请。奉朝请者，奉朝会请召而已。"《资治通鉴》卷一三五《齐纪》一胡注："奉朝请者，奉朝会请召而已，非有职任也。"《南齐书》卷十六《百官志》："侍中……领官有奉朝请，……永明中，奉朝请至六百余人。"据下临川王宏引兼记室推之，舍人起家奉朝请，当为天监三年前两年中事。又按舍人终齐之世，未获一官。天监初，始起家奉朝请。其仕途梗阻，绝非偶然。《梁书》卷一《武帝纪》上："（中兴二年二月）高祖上表曰：'且闻中间立格，甲族以二十登仕，后门以过立试吏。'"《南史》卷六《梁本纪》上同《隋书》卷二六《百官志》上："陈依梁制，年未满三十者，不得入仕。"据《文心雕龙·序志》篇"齿在逾立"语，是文心成书时，舍人行年已三十开外，约在齐永泰至中兴四年间。负书求誉沈约，谅亦不出此时。并详后未几入梁，即起家奉朝请。隐侯盖与有力焉。清乾隆编修《山东通志》卷二八《人物志》一谓沈约见《文心》，大重之，言诸朝。仕至东宫通事舍人。盖想当然之辞。舍人之先世，本邹鲁华胄，过江后则非著姓。《北齐书》卷四五《文苑·颜之推传》："（《观我生赋》自注）中原冠带，随晋渡江者百家，故江东有百谱。"《新唐书》卷一九九《儒学》中《柳冲传》："（柳）芳之言曰：'过江则为侨姓，王、谢、袁、萧为大。'"是侨姓四大族中，原无刘氏。《宋书·刘穆之传》："尝白高祖武帝曰：'穆之家本贫贱，赡生多阙。'"《南史》同《南史·穆之传》："少时家贫。"《宋书》无是东晋一代，刘氏固非势族。穆之传史未叙先世，秀之祖爽、父仲道皆只为县令。其非势族可知。自穆之发迹后，始世有显宦。如刘秀之、刘式之、刘瑀、刘祥是。舍人之祖灵真既未登仕，父尚所官亦不过越骑校尉。速非“贵仕素资，皆由门庆，平流进取，坐致公卿”梁萧子显语，见《南齐书》卷三二《褚渊、王俭传论》。者可比。而己又早孤，已无余荫可资凭藉。其能厕身仕涂，殊为不易。如沈约、沈崇傃、刘霁、司马筠、刘昭、何逊、刘沼、任孝恭诸人之入仕，亦皆自奉朝请始见《梁书》各本传。可知“英俊沈下僚”，固不独舍人一人为然也。

中军临川王宏引兼记室。

按《梁书》卷二二《临川王宏传》：“临川静惠王宏，字宣达，太祖第六子也。……天监元年，封临川郡王。……寻为使持节散骑常侍，都督扬南徐州诸军事，后将军，扬州刺史。……三年，加侍中，进号中军将军。四年，高祖诏北伐，以宏为都督南北兖、北徐、青、冀、豫、司、霍八州，北讨诸军事。”《南史》卷五一《宏传》较略。又《武帝纪》中：“（天监）三年，春正月戊申，后将军扬州刺史临川王宏进号中军将军。”舍人被引兼记室，当始于天监三年正月以后，萧宏进号可案也。《高僧传·释僧佑传》：“梁临川王宏……并崇其戒范，尽师资之敬。”意萧宏往来定林寺顶礼僧佑时，即与舍人相识，且知其擅长辞章，故于其起家奉朝请之初引兼记室僧佑《弘明集》卷八云：“刘勰，人姓名也。晋桓玄记室参军。”（见慧琳《一切经音义》卷九六）所系朝代与人俱误。干宝司徒议：“记室，主书议。凡有表章杂记之书，掌创其草。”（《北堂书钞》卷六九引。严辑《全晋文》卷一二七所辑干宝文漏此条）《宋书》卷八四《孔觊传》：“（觊）转署（衡阳王义季）记室，奉笺固辞曰：‘记室之局，实惟华要。自非文行秀敏，莫或居之。……夫以记室之要，宜须通才敏思，加性情勤密者。觊学不综贯，性又疏惰，何可以属知秘记，秉笔文闺？……若实有萤爝，增晖光景，固其腾声之日，飞藻之辰也。'”又略见《通典》卷三一。《梁书》卷四九《文学上·钟嵘传》：“衡阳王元简出守会稽，引为宁朔记室，专掌文翰。”《南史》卷七二《文学·钟嵘传》同。又《吴均传》：“建安王伟为扬州，引兼记室，掌文翰。”是王府记室之职，甚为华要，专掌文翰。先后在萧宏府中任斯职者，除舍人外，尚有王僧孺见《梁书》卷三三《本传》（《南史》卷五九《僧孺传》同）、殷芸见《梁书》卷四一《本传》、刘昭见《梁书》卷四九《文学上·本传》（《南史》卷七二《文学·刘昭传》同）、丘迟见《梁书》卷四九《文学上·本传》（《南史》卷七二《文学·子迟传》同）、刘沼见《梁书》卷五十《文学下·本传》诸家，皆一时之选也。记室，详下句注。又按梁释宝唱经《律异相序》：“圣谓梁武帝旨以为像正浸末，信乐弥衰；文句浩漫，鲜能该洽。以天监七年，敕释僧旻等备钞众典，显证深文，控会神宗，辞略意晓，于钻求者已有太半之益。”唐释道宣《续高僧传》卷一《释宝唱传》：“天监七年，帝以法海浩汗，浅识难寻，敕庄严寺名僧旻，于定林上寺缵众经要抄八十八卷。”又卷五《释僧旻传》：“……仍选才学道俗释僧智、僧晃、临川王记室东莞刘勰等三十人，同集上林寺按“林”上疑脱“定”字。钞一切经论，以类相从，凡八十按“十”下当再有“八”字。卷，皆令取衷于旻。”是天监七年备钞众经之役，舍人曾参与其事矣。隋费长房《历代三宝记》：“众经要抄一部并目录，八十八卷。……天监七年十一月，帝以法海浩博，浅识窥寻，卒难该究。因敕庄严寺沙门释僧旻等于定林上寺，缉撰此部，到八年夏四月方了。见《宝唱录》。”卷十一（按《宝唱撰经目录》见《隋书》卷二五《经籍志》四）是天监七年十一月之前，舍人仍任职萧宏府中，故道宣称其衔也。

迁车骑仓曹参军。

按舍人迁任此职，当在天监八年四月撰经功毕之后。《宋书·百官志》上："江左以来，诸公置长史、仓曹……各一人。……今诸曹则有录事、记室、户曹、仓曹……凡十八曹参军。……江左初，晋元帝镇东，丞相府有录事、记室……仓曹……骑士车曹参军。"《南齐书·百官志》："凡公督府置……谘议参军二人。诸曹有录事、记室、户曹、仓曹……城局法曹……十八曹。局曹以上署正参军，法曹以下署行参军，各一人。"《隋书·百官志》上："梁武受命之初，官班多同宋齐之旧。……诸公及位从公开府者，置官属有……记室……列曹参军……舍人等官。"

出为太末令，政有清绩。

按出令太末之年，以下文除仁威南康王记室推之，当在天监十年萧绩尚未进号仁威将军前。其先一年许，盖司仓曹参军时也。政有清绩，当须时日。假定为二三年，则天监十一年左右，仍在太末任内。太末，汉旧县。属会稽郡。见《汉书》卷二八《地理志》上。齐时属东阳郡见《南齐书·州郡志》上。今浙江衢县即其地。县，小者置长，大者置令见《宋书·百官志》下。则是阙非左迁矣。又按《文心雕龙·议对篇》云："难矣哉，士之为才也！或练治而寡文，或工文而疏治。"《程器篇》亦云："达则奉时以骋绩。"舍人出宰百里，正其"奉时骋绩"之日。小试牛刀，即政有清绩，固非"工文疏治"者也。

除仁威南康王记室。

按《梁书》卷二九《南康王绩传》："南康简王绩，字世谨。高祖第四子。天监八按"八"字误，当依《梁书·武帝纪中》《南史·梁本纪上》及绩传作“七”。年，封南康郡王。……十年，迁使持节都督南徐州诸军事，南徐州刺史，进号仁威将军。……十六年，征为宣毅将军，领石头戍军事。”《南史》卷五三《王绩传》较略。上文假定舍人作太末令至天监十一年左右，则除为萧绩记室之年，必与之相继；迄迁步兵校尉时，约为六七年。任期固甚久也。

兼东宫通事舍人。

按《晋书·职官志》：“案晋初初置舍人、通事各一人，江左合舍人通事，谓之通事舍人。掌呈奏案章。”《宋书·百官志》下：“晋初，置舍人一人，通事一人；江左，合舍人通事，谓之通事舍人。掌呈奏案章。”《隋书·百官志》上：“通事舍人，旧入直阁内。梁用人殊重，简以才能，不限资地，多以他官兼领。”东宫通事舍人职责，诸史虽未详，顾名思义，盖与通事舍人无甚差忒，唯所属有异耳。《通鉴》卷一三八《齐纪》四胡注：“东宫官属：文则……洗马、舍人。”《梁书·文学上·庾于陵传》：“旧事，东宫官属，通为清选。……近世用人，皆取甲族有才望者。”“者”字从《南史》卷五十《于陵传》增补。是舍人之兼东宫通事舍人，甚为梁武所重视。《梁书·文学上·庾肩吾传》：“历王府中郎、云麾参军并兼记室参军。中大通三年，王晋安王萧纲为皇太子，（肩吾）兼东宫通事舍人。”《南史》卷五十《肩吾传》同。又《文学下·何思澄传》：“久之，迁秣陵令，入兼东宫通事舍人。”《南史》卷七二《思澄传》同。足见东宫通事舍人多以他官兼领，且不止一人。《陈书》卷三二《孝行·殷不害传》：“年十七，仕梁，廷尉平。按“廷”上当从南史有“为”字。不害长于政事。……大同五年，迁镇西府记室参军；寻以本官兼东宫通事舍人。是时朝廷政事，多委东宫。不害与舍人庾肩吾直日奏事，梁武帝尝谓肩吾曰：‘卿是文学之士，吏事非卿所长，何不使殷不害来邪！'"《南史》卷七四《孝义下·不害传》同（《太平御览》卷二四六引《三国典略》文略同）。舍人亦文学之士，昭明爱接，谅由此时始。

时七庙飨荐，已用蔬果。

按《隋书》卷七《礼仪志》二："晋江左以后，乃至宋齐相承，始受命之主，皆立六庙，虚太祖之位。……其年（中兴二年）四月，（梁武）即皇帝位。……遂于东城时祭讫，迁神主于太庙。始自皇祖太中府君，皇祖淮阴府君，皇高祖济阴府君，皇曾祖中从事史府君，皇祖特进府君并皇考，以为三昭三穆，凡六庙。追尊皇考为文皇帝，皇妣为德按《梁书·武帝纪中》《南史·梁纪上》《通鉴·梁纪》一并作"献"。皇后，庙号太祖。皇祖特进以上，皆不追尊。拟祖迁于上，而太祖之庙不毁，与六亲庙为七。"《梁书·武帝纪中》《南史·梁本纪上》均略。《梁书·武帝纪中》："（天监十六年）夏四月甲子，初去宗庙牲。……冬十月，去宗庙荐修，始用蔬果。"《隋书·礼仪志》二："（天监）十六年四月，诏曰：'……宗庙祭祀，犹有牲牢，无益至诚，有累冥道。……可量代。'……十月，诏曰：'今虽无复牲腥，犹有脯修之类，……可更详定，悉荐时蔬。'左丞司马筠等参议：'大饼代大脯，余悉用蔬菜。'帝从之。"《佛祖统纪》："天监十六年……敕太医不得以生类为药。……宗庙荐羞，始用蔬果。"是七庙飨荐之改用蔬果，自天监十六年冬十月始也。

而二郊农社，犹有牺牲。

按《隋书》卷六《礼仪志》一："梁南郊为圆坛，在国之南。……常与北郊间岁正月上辛行事，用一特牛，祀天皇上帝之神于其上；以皇考太祖文帝配。……北郊，为方坛于北郊。……与南郊间岁正月上辛，以一特牛，祀后地之神于其上；以德后配。"又

《礼仪志》二："凡人非土不生，非谷不食；土谷不可偏祭，故立社稷以主祀。古先圣王，法施于人民则祀之，故以句龙主社，周弃主稷而配焉。岁凡再祭，盖春求而秋报。……梁社稷在太庙西。其初盖晋元帝建武元年所创：有太社、帝社、太稷，凡三坛。……每以仲春仲秋，并令郡国、县祠社稷先农。……旧太社廪牺吏牵牲，司农省牲，太祝吏赞牲。天监四年，明山宾议：'……谓宜以太常省牲，廪牺令牵牲，太祝令赞牲。'上帝唯以太祝赞牲为疑。……余依明议。"是二郊农社，原用牺牲也。七庙飨荐改用蔬果，既始于天监十六年（公元 517 年）十月，则二郊农社之"犹有牺牲"，其指次年正月、八月之祀乎？此可据史传推知者也。

勰乃表言二郊宜与七庙同改。

按传文于七庙飨荐曰"已用蔬果"，于二郊农社曰"犹有牺牲"，以"犹有"与"已用"对文，则舍人陈表，为时当在天监十七年（公元 518 年）八月之后，此又可就史传推知者。惜舍人文集亡佚，它书亦未见征引，表所具陈者，已无从考索矣。又按《广弘明集》卷二六叙梁武断杀绝宗庙牺牲事："梁高祖武皇帝临天下十二按当作'六'年，下诏去宗庙牺牲，修行佛戒，蔬食断欲。上定林寺沙门僧佑、龙华邑正柏超度等上启云：'京畿既是福地，而鲜食之族，犹布筌网；……请丹阳、琅琊二郡水陆，并不得搜捕。'"舍人表言二郊宜与七庙同改，与僧佑等之上启如出一辙。此固风会所钟，然其信佛之笃，亦可见矣。

诏付尚书议，依勰所陈。

按《南史·梁本纪》上："（天监十六年）三月丙子，敕太医不得以生类为药，……于是祈告天地宗庙，以去杀之理，欲被之含识，郊庙牲牷，皆代以面；其山川诸祀则否《广弘明集》叙梁武断杀绝宗庙牺牲事文略同。时以宗庙去牲，则为不复血食。虽公卿异议，朝野喧嚣，竟不从。”足见当时儒释相争之烈。故舍人表言二郊宜与七庙同改，即诏付尚书议。此又与僧佑等上启而“敕付尚书详之”同上之事例同。上之所好，下必有甚，宜其依舍人所陈也。至于尚书之议，虽不复存，然江覙、王述、谢几卿、周舍诸家参议僧佑等上启之文尚在同上；触类以推，亦可得其仿佛。

迁步兵校尉，兼舍人如故。

按步兵校尉因陈表而迁，其年当在天监十七年（公元518年）八月以后。梁武之世，拜步兵校尉者，多士林名流：如贺玚、贺季、崔灵恩、卢广、孔子祛等是并见《梁书》卷四八《儒林传》。故曾任王府记室兼东宫通事舍人之刘杳，于大同元年迁步兵校尉时，昭明太子即以阮嗣宗相儗，而谓之曰：“酒非卿所好，而为酒厨之职，政为不愧古人耳！”见《梁书》卷五十《文学下·杳传》（《南史》卷四九《杳传》同）。是舍人之迁步兵校尉，固当时殊遇也。《宋书·颜延之传》：“寻转太子中庶子；顷之，领步兵校尉。”（《南史·延之传》同）《梁书·沈约传》：“齐初为征虏记室，带襄阳令。所奉之主，齐文惠太子也。太子入居东宫，为步兵校尉，管书记。”（《南史·沈约传》同）又《梁书·任昉传》：“拜太子步兵校尉，管东宫书记。”（《南史·任昉传》同）并其旁证。尤可异者，刘杳为王府记室时，兼东宫通事舍人，迁步兵校尉后，亦兼舍人如故。何其相似乃尔耶！《宋书》卷三《武帝纪》下：“（永初二年）五月己酉，置东宫屯骑、步兵、翊军三校尉官。”《南史》卷一《宋本纪》上同。《资治通鉴》卷一三八《齐纪四》胡注：“东宫官属：……武则左、右卫率，翊军、步兵、屯骑三校尉。”又按传自此后未再叙官职，盖舍人入直东宫，至昭明未卒之前犹然。非深被爱接，何克臻此？

昭明太子好文学，深爱接之。

按《梁书》卷八《昭明太子传》："昭明太子统，字德施。高祖长子也。……引纳才学之士，赏爱无倦。恒自讨论篇籍，或与学士商榷古今；闲则继以文章著述，率以为常。于时东宫有书几三万卷，名才并集。文学之盛，晋宋以来，未之有也。"《南史》卷五三《萧统传》同。又卷三三《刘孝绰传》："时昭明太子好士爱文，孝绰与陈郡殷芸、吴郡陆倕、琅邪王筠、彭城到洽等，同见宾礼。"《南史》卷三九《孝绰传》同。又同上《王筠传》："昭明太子爱文学士，常与筠及刘孝绰、陆倕、到洽、殷芸等，游宴玄圃。"《南史》卷二二《王筠传》同。又卷四一《王规传》："敕与陈郡殷芸、琅邪王锡、范阳张缅同侍东宫，俱为昭明太子所礼。"《南史》卷二二规传同。舍人深得文理者，与昭明相处既久，奇文共赏，疑义与析，必甚得君臣鱼水之遇，其深被爱接也固宜。又《梁书·昭明太子传》："太子亦崇信三宝，遍览众经，乃于宫内别立慧义殿，专为法集之所。招引名僧，谈论不绝。"（《南史·萧统传》同）舍人本博通经论，长于佛理，与昭明之爱接，或亦有关。又按昭明生于齐中兴元年九月见《梁书》本传（《南史》同），时《文心》书且垂成，而后来选楼所选者，往往与《文心》之"选文定篇"《文心·序志》篇语。合；是《文选》一书，或亦受有舍人之影响也。近人骆鸿凯《文选学》《纂集》第一考之不审，乃谓"《雕龙》论文之言，又若为《文选》印证"。其然，且其然乎？清李羲钧《缙山书院文话》谓舍人为昭明所爱接，崇尚文艺，故有《雕龙》之作。亦非。

初，勰撰《文心雕龙》五十篇，论古今文体，引而次之。

《太平御览》卷六百一引此文，"初"字无，有"自齐入梁"四字。按《御览》所引非是。《文心》成书，实在齐之末世。由《时序》篇"暨皇齐驭宝，运集休明，太祖以圣武膺箓，高祖郝懿行云："按'高'疑'世'字之伪。"祖以睿文纂业，文帝以贰离含章，中郝懿行云："按'中'疑'高'字之伪。"宗以上哲兴运；并文明自天，缉遐梅庆生云："疑作'熙'。"景祚"云云观之，可得三证。证一：此篇所述，自唐虞以至刘宋，皆但举其代名，而特于齐上加一"皇"字。沈约于齐建元四年撰《齐竟陵王题佛光文》（见《广弘明集》卷十六），亦用有"皇齐"二字。证二：魏晋之主，称谥号而不称庙号，至齐之四主，惟文帝以身后追尊，止称为帝，余并称祖称宗。证三：历朝君臣之文，有褒有贬，独于齐则竭力颂美，绝无规过之词。以上用清刘毓崧《通义堂文集》卷十四书《文心雕龙》后说。原文见后附录六。至"今圣历方兴，文思光被，海岳降神，才英秀发，驭飞龙于天衢，驾骐骥于万里，经典礼章，跨周轹汉，唐虞之文，其鼎盛乎"十句，溢美已极，则为专颂时君和帝者。故冠"今"字于其首，以显示成书年限。郝懿行云："按刘氏此书，盖成于萧齐之季，东昏之年。故其论文，盛夸当代，而不与铨评。著述之体，自其宜也。"所言虽不如刘毓崧之文翔实确切，然亦不中不远矣。余如《明诗》《通变》《指瑕》《才略》四篇，所评皆至宋代而止，于齐世作者，则未涉及，亦其旁证。唯自《隋志》以下著录唐写本缺首篇。皆署曰梁，盖以其所终之世题之。此本古籍题署之常，无足怪者。是书《原道》以下二十五篇论文之体，《神思》以下二十四篇言文之术，《序志》统摄全书。传文乃浑言之耳。又按《文心雕龙·程器》篇云："摛文必在纬军国，……穷则独善以垂文。"《序志》篇论"文章之用"则云："五礼资之以成，六典因之致用，君臣所以炳焕，军国所以昭明。"篇末赞语又以"文果载心，余心有寄"作结。是舍人未仕前之撰《文心》，自负亦不浅矣！

其序曰："夫文心者，言为文之用心也。……茫茫往代，既洗予闻；眇眇来世，倘尘彼观。"

按此《文心·序志》篇文，实即全书总序。篇中于撰述宗旨，言之甚明。一则曰：“敷赞圣旨，莫若注经，而马郑诸儒，弘之已精，就有深解，未足立家。唯文章之用，实经典枝条，……详其本源，莫非经典。而去圣久远，文体解散，……离本弥甚，将遂讹滥。……于是搦笔和墨，乃始论文。”再则曰：“详观近代之论文者多矣：至于魏文述典，陈思序书，……各照隅隙，鲜观衢路，……又君山公干之徒，吉甫士龙之辈，泛议文意，往往间出，并未能振叶以寻根，观澜而索源。不述先哲之诰，无益后生之虑。盖《文心》之作也：本乎道，师乎圣，体乎经，酌乎纬，变乎骚，文之枢纽，亦云极矣。”是《文心》之作，乃述儒家先哲之诰，为我国古代文论专著。所谓道也，经也，纬也，骚也，皆中夏所有，与梵夹所论述者无关。且其搦笔和墨，寻根索源之日，儒家思想适居主导地位。余曾撰有《从〈文心雕龙·原道·序志〉两篇看刘勰的思想》一文，推论刘勰撰写《文心雕龙》时之主导思想为儒家思想。载一九六二年《文学遗产增刊》第十一辑。论文征圣，窥圣宗经，亦与驳斥《三破论》及为京师寺塔、名僧碑志制文之意趣不同。故《文心》五十篇之内，不曾杂有佛理仅《论说》篇用“般若”一词。也。

既成，未为时流所称。

按《南史》卷五《齐本纪下·明帝纪》：“（永泰元年）秋七月己酉，帝崩于正福殿。……群臣上谥曰明皇帝，庙号高宗。”《南齐书》卷六《明帝纪》无“群臣上谥”句。据《时序》篇“高宗原作中宗。考南齐诸帝无庙号中宗者。以舍人本文次第推之，当为高宗无疑。以上哲兴运”之语，则《文心》成书必在永泰元年七月以后。《南齐书》卷七《东昏侯纪》：“建武明帝年号元年，立为皇太子。永泰元年七月己酉，高宗崩，太子即位。……永元元年春正月戊寅，大赦。改元。

……（永元三年）十二月丙寅，新除雍州刺史王珍国、侍中张稷率兵入殿，废帝。”《南史》卷五《齐本纪下·东昏侯纪》同。《南史》卷五《齐本纪下·和帝纪》：“中兴元年春三月乙巳，皇帝即位。大赦。改永元三年为中兴。……（中兴二年三月）丙辰，逊位于梁。”《南齐书》卷八《和帝纪》略同。据《时序》篇“皇齐驭宝”文，则《文心》成书又必在中兴二年三月以前以上推演刘毓崧说。前后相距，将及四载。全书体思精密，虽非短期所能载笔，然其杀青可写，当在此四年中；最后定稿，谅不出于和帝之世。时舍人仍托足桑门，身名未显，其不为时流所称也必矣。地势使然，正令人不能不有感于涧松之篇。又按舍人自齐入梁，至大同四年或五年乃卒，详后其间凡三十七八年。吏事之余，于颇为自负之《文心》，偶加修订，精益求精，容或有之。如谓其书“作于齐代，告成梁朝”，此李详语，见《愧生丛录》卷二。则未敢苟同也。刘汝霖《东晋南北朝学术编年》系“刘勰撰《文心雕龙》”于天监元年；日本铃木虎雄《沈约年谱》于天监十年下云：“此书（按指《文心》）必成于梁初。”亦复非是。

勰自重其文，欲取定于沈约；约时贵盛，无由自达。乃负其书候约出，干之于车前，状若货鬻者。

按《梁书》卷十三《沈约传》：“沈约，字休文。吴兴武康人也。……笃志好学，昼夜不倦。……遂博通群籍，能属文。……（永元二年）改授冠军将军、司徒左长史、征虏将军、南清河太守。高祖梁武帝在西邸，按在鸡笼山。见《南齐书》卷四十《竟陵王子良传》。与约游旧；按子良开西邸招士，约与武帝等并曾往游。见《南齐书·子良传》《梁书·武帝纪上》（《南史》同）及《沈约传》。建康城平，按在和帝中兴元年十二月。引为骠骑司马，按在中兴二年正月。《资治通鉴》卷一四五《梁纪一》胡注：“为（萧）衍骠骑大将军府司马。”将军如故。……梁台建，为散骑常侍、吏部尚书兼右仆射。按在中兴二年二月……博物洽闻，当世取则。”《南史》卷五七《沈约传》同。据此，约仕齐世，和帝时最为贵盛，官骠骑司马，迁梁台吏部尚书兼右仆射。名虽府僚，实则权侔宰辅。舍人之无由自达，当在此时以上本刘毓崧说。又按《梁书》卷三十三《王筠传》：“尚书令沈约，当世辞宗，每见筠文，咨嗟吟味，以为不逮也。……约于郊居宅造阁斋，请此字原脱，据《南史·筠传》补。筠为草木十咏，书之于壁。”《南史·王筠传》无“尚书令沈约当世辞宗”以下四句。又卷四九《文学上·何逊传》：“沈约亦爱其文，尝谓逊曰：‘吾每读卿诗，一日三复，犹不能已。’其为名流所称如此。”《南史》卷三三《何逊传》同。同卷《吴均传》：“沈约尝见均文，颇相称赏。”《南史》卷七二均传同。又《梁书》卷五十《文学下·王籍传》：“尝于沈约坐，赋得《咏烛》，甚为约赏。”《梁书》卷五十《何思澄传》：“为游庐山诗，沈约见之，大相称赏，自以为弗逮。约郊居宅新构阁斋，因命工书人题此诗于壁。”《南史·思澄传》同。《刘杳传》：“约郊居宅，时新构阁斋，二字据《南史·刘杳传》补。杳为赞二首，并以所撰文章呈约。约即命工书人题其赞于壁。”是约在当时，固好奖掖文学后进者。舍人生于“世胄蹑高位”之代，而又不甘沉沦，赋成三都，寔赖玄晏一序。故不惜负书于隐侯车前，作货鬻之状。《世说新语·文学》篇：“钟会撰《四本论》始毕，甚欲使嵇公按即嵇康。一见。置怀中既定，畏其难，怀不敢出。于户外遥掷，便回急走。”舍人行径，颇相类似。与刘杳为赞、呈文，亦无二致。“音实难知，知实难逢；逢其知音，千载其一乎！”舍人于《知音》篇曾慨乎言之。其负书以求“当世辞宗”品题，谅非得已。齐萧遥光有言：“文义之事，此是士大夫以为伎艺，欲求官耳。”见《南史》卷四一《齐宗室·始安王遥光传》。陈姚察亦谓：“二汉求贤，率先经术；近世取人，多由文史。”见《梁书》卷十四《江淹、任昉传》。然则舍人之干隐侯，殆亦有“奉时骋绩”之图乎？

约便命取读，大重之，谓为深得文理，常陈诸几案。

按《梁书·沈约传》：“（约）撰四声谱，以为在昔词人，累千载而不寤，而独得胸衿，穷其妙旨，自谓入神之作。”《南史·沈约传》同。其撰《宋书》卷六七《谢灵运传论》，亦畅谈音韵。舍人书中，适有《声律》一篇。休文之大重，固不必仅在乎此，然以此引为知音，则意中事也。至“谓为深得文理”，与称赏王筠、何逊、吴均、王籍、何思澄之诗文无异；“常陈诸几案”，则又与书王筠、何思澄、刘杳之诗、赞于壁相同。《梁书·刘杳传》：“（沈约）仍报杳书曰：‘……故知丽辞之益，其事弘多，辄当置之阁上，坐卧嗟览。’”与陈《文心》于几案，更为近似。“良书盈箧，妙鉴乃订。”《文心·知音》篇赞语休文之于舍人，岂非相得益彰？清纪昀《沈氏四声考》卷下乃谓：“休文四声之说，同时诋之者钟嵘，宗之者刘勰。嵘以名誉相轧，故肆讥弹；勰以宗旨相同，故蒙赏识。文章门户，自昔已然；千古是非，于何取定？”空谈门户，浑言是非，殊有未安。所撰《四库全书总目提要·集部·总序卷》一四八又谓：“诗文评之作，著于齐梁。观同一八病四声也，钟嵘以求誉不遂，乃致讥排；刘勰以知遇独深，继为推阐。词场恩怨，亘古如斯！”其说亦与事实不符。寻《文心》之定名也，数彰大衍，舍人已自言之见《序志》篇。是其负书干约之前，原有《声律》一篇《序志》篇有“阅声字”语。在内。非感恩知遇，始为推阐也。且声律之说，齐永明时已有争论，永明末，沈约谢朓王融以气类相推毂，高唱声韵，陆厥即不谓然，曾与约书致诘，约亦以书答之，各持所见，辞多偏激。见《南齐书》卷五二《文学·陆厥传》（《南史》卷四八《陆厥传》同）。钟嵘亦持异议，见《诗品序》。北魏甄琛且斥以“不依古典，妄自穿凿”。约亦答书申辨。见《文镜秘府论》天卷隋刘善经《四声论》引。而《文心》

为“弥纶群言”之文论专著，特辟一篇论之，乃势理之所必然。况舍人所论，颇能自出机杼，并非与休文雷同一响。近人黄侃竟以“随时”见《文心雕龙〈声律篇〉札记》。相讥，亦复非是。又按宋叶廷珪《海录碎事》卷十八云：“刘勰撰《文心雕龙》论古今文体，未为时所重；沈约大赏之，陈于几案。于是竞相传焉。”盖本传文而意加末句，未必别有所据也。叶氏引书多注明出处，而此条独否，不知何故。

然勰为文长于佛理，京师寺塔及名僧碑志，必请勰制文。

按《文心》全书，虽不关佛理，然其文理密察，组织谨严，似又与之有关。所制寺塔碑志，今存者仅《梁建安王》南平王萧伟封建安王。《造剡山石城寺像碑》一篇，唐释道世《法苑珠林》卷二一《敬佛》篇曾简叙其缘起：“梁建安王患，降梦，能开剡县石像，病可得愈。……梁太子舍人刘勰制碑于像前。”全文载宋孔延之《会稽掇英》总集卷十六（《艺文类聚》卷七六曾节引数小段，明陈翼飞《文俪》卷十五、梅鼎祚《释文纪》卷二七、清严可均《全梁文》卷六十，皆仅就《类聚》移录，是不知有全篇也）。余如释僧佑《出三藏记》集卷十二，《法集杂记铭目录》所列《钟山定林上寺碑铭》一卷，《建初寺初创碑铭》一卷，《僧柔法师碑铭》一卷又见（《高僧传》），及《高僧传》所言《释僧柔》卷八《释僧佑》卷十一《释超辩》卷十二三碑，皆只见其目，文已亡佚。若目亦不得见者，更不知凡几。至《弘明集》卷八之《灭惑论》，则辩护之文，唐释神清《北山录》卷十《外信》篇谓舍人“会道控儒，承经作训”，盖指此类文言之。非碑志类也。又按梁武之世，迷信三宝，尔时为名僧“刻石铭德”，见于《续高僧传》者，尚有周兴嗣见《高僧传》卷八《释宝亮传》、陆倕见《高僧传》卷十《释宝志传》（宋道元《景德传灯录》卷二七宝志禅师条同）及《续高僧传》卷十六《释慧胜传》、高爽见

《高僧传·释宝亮传》、萧机《续高僧传》卷五《释智藏传》："以普通三年九月十日卒于寺（开善寺）房。……新安太守萧机制文。"按《梁书》卷二二《太祖五·王萧机传》，未言机为新安太守（《南史》卷五二《梁宗室下·萧机传》同）。又卷四一《萧机传》："末年专尚释教。为新安太守，郡多山水，特其所好，适性游履，遂为之记。"（《南史》卷四一《齐宗室·萧几传》同）是"机"字误，当作"几"、谢几卿见《续高僧传》卷六《释慧超传》、何胤见《续高僧传》卷五《释僧旻传》、殷钧见《续高僧传·释智藏传》、阮孝绪见《续高僧传·释僧旻传》、袁昂见《高僧传》卷八《释智顺传》、萧子云见《高僧传》卷八《释法通传》、谢举同上、王筠见《高僧传·释宝志传》（《梁书》卷三三《南史》卷二二《王筠传》、《南史》卷七六《隐逸·释宝志传》、《景德传灯录》并同）及《续高僧传》卷五《释法云传》、萧纲见《续高僧传·释僧旻传》、萧绎见《续高僧传·释僧旻传》《释法云传》《释智藏传》又卷十六《释僧副传》十四家，其文虽未采录，二十篇之目固历历可数。《艺文类聚》及《传法正宗记》所引王僧孺栖玄寺云法师碑铭，见《类聚》卷七六、陆倕志法师墓志铭见《类聚》卷七七、王筠国师草堂寺智者约法师碑，见《类聚》卷七六、萧衍菩提达摩大师碑，见《传法正宗记》卷五、萧纲同泰寺故功德正智寂师墓志铭、宋姬寺慧念法师墓志铭、甘露鼓寺敬脱法师墓志铭、湘宫寺智蒨法师墓志铭、净居寺法昂墓志铭，并见《类聚》卷七七、萧纶扬州僧正智寂法师墓志铭，见《类聚》卷七七、萧绎庄严寺僧旻法师碑、光宅寺大僧正法师碑，见《类聚》卷七六七家之作，虽少全璧，十二篇之要指固可概见。除复重之三篇王筠一篇、萧绎二篇复重。外，通计得二十有九篇。至寺刹佛塔碑志，明梅鼎祚《释文纪》卷二十至二十九、清严可均《全梁文》所辑，亦不下三十篇。如益以颂诔铭赞，篇数更多。即以碑文而论，竟有一僧而立二碑如宝亮、宝志、法通、法云是，三碑如智藏是。至四碑如僧旻是。者。佞佛谀墓，不已甚乎！《高僧传》所记为僧撰制碑文之十二人中，梁代即有七人（沈约之释法献碑撰于齐世，未计入）。《释文纪》全书共四十五卷，梁代即有十卷，比其他各代之卷帙都多。

有敕，与慧震沙门于定林寺撰经。

按齐永明中，僧佑于定林寺造立经藏，搜校卷轴，舍人曾为之经纪，天监七八年间，僧旻于上定林寺钞撰众经，舍人亦参与其事，已如前说。此复往撰经者，盖上两次编撰之后，续有增益，尚待理董，而舍人又博通经论，长于簿录，故佞佛之梁武，再敕舍人与慧震共修纂之。惟传文阔略，慧震事迹亦不可考，致何年受敕撰经，遽难指实。又按《梁书》卷二七《殷钧传》："乃更授散骑常侍，领步兵校尉，侍东宫。寻改领中庶子。昭明太子薨，官属罢。又领右游击，除国子祭酒，常侍如故。"《南史》卷六十钧传无"昭明太子薨下"三句。又卷五十《刘杳传》："（昭明）太子薨，新宫建，旧人例无停者。"《南史·刘杳传》同。又卷四《简文帝纪》："（中大通）三年四月乙巳，昭明太子薨。五月丙申，诏曰：'……（晋安王纲）可立为皇太子。'"新宫建后，庾肩吾兼东宫通事舍人。见《梁书》《南史·肩吾传》。舍人为昭明旧人，既不得留，又未新除其他官职，中大通三年四月后，或即受敕于上定林寺与慧震共事撰经乎？

证功毕，遂启求出家，先燔鬓发以自誓。敕许之。乃于寺变服，改名慧地。未期而卒。

按撰经仅有二人，当非短期所能竣事。其始年虽难遽定，出家之年尚可探索。宋释祖琇《隆兴佛教编年通论》卷八梁："大同元年，慧约法师垂诫门人，言讫合掌而逝。……（大同）三年四月，昭明太子薨。按萧统卒于中大通三年。祖琇系年有误。……名士刘勰者，雅为原误作无太子所重。撰《文心雕龙》五十篇。……累官通事舍人。表求出家，先燔须自誓。帝嘉之，赐法名惠与慧通。《太平御览》卷六五七引《梁书》即作惠地。"又释志磐《佛祖统纪》卷三七梁："（大同）三年，昭明太子统薨按此系年误与祖琇同。……（大同）四年，通事舍人刘勰，雅为太子所重。……是年，表求出家，赐名慧地。”又释本觉《释氏通鉴》卷五梁：“辛亥三。即中大通三年四月，昭明太子统卒。……丙辰二。即大同二年。刘勰……表求出家，……帝嘉之，赐法名惠地。”元释念常《佛祖历代通载》卷九梁：“辛亥即中大通三年。是年四月，昭明太子薨。……刘勰者，名士也。……表求出家，……帝嘉之，赐法名惠地。”又释觉岸《释氏稽古略》卷二梁：“辛亥。中大通三年四月，太子统卒。……丙辰。大同二年，梁通事舍人刘勰表求出家，帝嘉之，赐僧法名慧地。”五书均以舍人出家于昭明既卒之后，揆诸情理，可信无疑。范文澜注谓舍人出家，当在普通元二年间。非是（其时昭明未卒）。至所系之年虽有差异，然亦不难考订。盖证功毕即启求出家，变服未几即卒，皆十二个月内事，传文言之甚明。如能推得舍人卒年，则五书之得失，昭然若揭矣。寻《梁书·文学传》中名次，舍人列于谢几卿之后王籍之前，先后盖以卒年为叙。然十四人中亦有先后失叙者：如刘峻与刘沼、王籍与刘杳、谢征是。此史家合传通例也。《几卿传》云：“普通六年，诏遣领军将军西昌侯萧深按当作渊，此避唐高祖讳改也。藻督众军北伐，几卿启求行，擢为军师长史，加威戎将军。军至涡阳退败，几卿坐免官。居宅在白杨石井，朝中交好者，载酒从之，宾客满坐。时左丞庾仲容亦免归，二人意志相得，并肆情诞纵，或乘露车，历游郊野；既醉，则执铎挽歌，不屑物议。湘东王在荆镇，与书慰勉之。……几卿虽不持检操，然于家门笃睦。……几卿未及序用，病卒。”《南史》卷十九《几卿传》所叙微异。几卿免官后与庾仲容之行径，《仲容传》亦见《梁书》卷五十《文学》下。亦有记载：“迁安西武陵王谘议参军，除尚书左丞，坐推纠不直免。……唯与王籍谢几卿情好相得。二人时亦不调，遂相追随，诞纵谋饮，不复持检操。”《南史》卷三五《仲容传》同。武陵王纪以大同三年闰九月改授安西将军、益州刺史见《梁书·武帝纪》下，仲容盖未随府，除尚书左丞不久，即坐事免归。其时疑在大同四年。几卿与之肆情诞纵，当亦不出是年之外。因不屑物议，故湘东王绎在荆镇萧绎自普通七年十月至大同五年七月，皆在荆镇。见《梁书·武帝纪》下。与书慰勉。几卿答书，满腹悲愤：如"言念如昨，忽焉素秋，恩光不遗，善谑远降。……徒以老使形疏，疾令心阻，沈滞床篑，弥历七旬，梦幻俄顷，忧伤在念。……怀私茂德，窃用涕零"云云，绝望哀鸣，溢于言表。传末谓其未及序用病卒，盖即卒于大同四年之冬者。《籍传》云："历余姚钱塘令，并以放免。……迁中散大夫，尤不得志。遂徒行市道，不择交游。湘东王为荆州，引为安西府谘议参军，带作塘令。《南史》卷二一《籍传》下有"相小邑，寡事，弥不乐"三句。不理县事，日饮酒。人有讼者，鞭而遣之。少时，卒。"湘东王绎在荆镇于大同元年十二月进号安西将军，至五年七月始入为护军将军、安右将军、领石头戍军事见《梁书·武帝纪下》。籍被引为安西府谘议参军，带作塘令，当在萧绎尚为安西将军期内。《谢征传》亦见《文学》下。谓征于"大同二年卒官，……友人琅邪王籍集其文为二十卷。"则籍之卒必在大同二年谢征卒之后，五年七月萧绎未离荆州之前。舍人名次既厕于谢几卿王籍之间，其卒年固不应先于谢几卿或晚于王籍。再以《佛祖统纪》所系舍人出家之年大同四年。相印证，亦极吻合。祖琇、本觉、念常、觉岸四家系年，与《梁书·文学传》中所列舍人名次先后不符。传文既言舍人变服未期而卒，是其出家与卒均在十二个月以内。如此段时间前后跨越两年，则舍人之卒，非大同四年即次年也。又按《序志》篇"齿在逾立"云云，述其撰《文心》缘起。假定舍人于永泰元年"搦笔和墨"亦《序志》篇语。时为三十二三岁，由此往上推算，当生于宋明帝泰始二三年间。其卒也，上文已推定为大同四年或五年。一生历宋、齐、梁三世，计得七十二三岁。南朝文学家中，年逾古稀如舍人者，寔为罕见。又按舍人不于依居僧佑之年或受敕撰经之日变服；证功毕始启求出家，遁入空门。此固与信佛深化有关，然亦未始非无可奈何之归宿也。

文集行于世。

按舍人文集，隋志即未著录。岂隋世已亡耶？抑唐武德中被宋遵贵漂没底柱之余，而其目录亦为所渐濡残缺耶？见《隋书》卷三二《经籍志》一。《南史》删去此句，则是集唐初实已不存，思廉殆仍旧史文耳。清嘉庆《重修一统志》卷一七八《山东沂州府》二《人物门》，于《刘勰小传》末，仍赘"有文集行于世"一句，不去葛龚，亦其疏矣。又按今存《刘子》五十五篇，本北齐刘昼撰，与《文心》各成家言；而前人多错认颜标，属之舍人，非也。余前撰有《刘子理惑》一文，曾详为论列，载一九三七年《燕京大学文学年报》第三期。唐释慧琳《一切经音义》卷九十《高僧传》八《释僧柔传》谓："刘勰，梁朝时才名之士也，著书四卷，名曰《刘子》。"亦非也。明廖用贤又误以北魏拓跋勰所撰之《要略》《魏书》卷二一下《献文六王·彭城王传》："勰敦尚文史，物务之暇，披览不辍，撰自古帝王贤达至于魏世子孙，三十卷，名曰《要略》。"为舍人著述。《尚友录》卷十二刘勰条："（勰）又撰自古帝王至于魏世，通三十卷，名为《魏略》。"张冠李戴，无乃太谬乎？特于末简，略为举正。

从《文心雕龙·原道·序志》两篇看刘勰的思想

探讨刘勰的思想，对理解《文心雕龙》极有帮助，也非常必要。有关这方面的论述，散见于各种书刊上的已不少了。见仁见智，虽然还有较大的分歧，但讨论越来越深入，分析越来越细致，却是十分可喜的现象。不贤识小，拟先就《原道》《序志》两篇作初步的试探。纵有阳春难和之感，还是不自藏拙地把它写出来，向读者请教。

一

《原道》是《文心雕龙》的开宗明义第一章，《序志》是“以驭群篇”的总序。要了解刘勰的思想和文学观，这两篇极其重要，所以选为主要的考索对象。为了便于说明，又先从《序志》篇着手。

《文心雕龙》以《序志》殿后，跟《淮南子》的《要略》、《史记》的《自序》一类的篇目有同样的意义和作用，是全书最关紧要的一篇。刘勰在《序志》篇里强调了著作的重要，说明了撰述的缘起，简介了全书的内容和义例，也寄托了无限的“长怀”。这对探讨刘勰的思想和《文心雕龙》的确有莫大的便利，也是最可宝贵的资料。可是，有的文章在论证刘勰的思想时，取材于《灭惑论》的地方反而比这篇多得多，甚至还有只字未提的，似乎不怎么恰当。

刘勰为什么要写作《文心雕龙》呢？《序志》篇曾有所说明：

> 夫宇宙绵邈，黎献纷杂，拔萃出类，智术而已。岁月飘忽，性灵不居，腾声飞实，制作而已。夫有肖貌天地，禀性五才，拟耳目于日月，方声气乎风雷，其超出万物，亦已灵矣。形同草木之脆，名逾金石之坚。是以君子处世，树德建言，岂好辩哉？不得已也！

可见刘勰想通过著作来留身后之名，是蓄意已久，立志甚坚的。《诸子》篇也有类似的话句：

> 太上立德，其次立言。百姓之群居，苦纷杂而莫显；君子之处世，疾名德之不章。唯英才特达，则炳曜垂文，腾其姓氏，悬诸日月焉。……嗟夫！身与时舛，志共道申，标心于万古之上，而送怀于千载之下。金石靡矣！声其销乎？

这里表面上虽在谈诸子，实际无异于自白。特别是《序志》篇末的“茫茫往代，既洗予闻，眇眇来世，倘尘彼观”，与《诸子》篇的“标心于万古之上，而送怀于千载之下”，寓意大体相同。《序志》篇赞文的最后两句：“文果载心，余心有寄。”更可以看出刘勰对于所谓“逾金石之坚”的名，是何等地重视！像这样地热衷于名，当然不始于刘勰，而是儒家一贯重视的问题。从孔子开始，就再三强调名的重要：

> 子曰：“后生可畏，焉知来者之不如今也？四十五十而无闻焉，斯亦不足畏也已。”（《论语·子罕》）
>
> 子曰：“君子疾没世而名不称焉。”（《论语·卫灵公》）
>
> 子曰：“……立身行道，扬名于后世，以显父母，孝之终也。”（《孝经·开宗明义章》）

孔子对名这样重视（假如要再往上推，则以叔孙豹所论的“三不朽”为最早，见《左传》襄公二十四年），显然是与佛家的反对“名闻利养”大相径庭的。那么，刘勰在写作《文心雕龙》时的主导思想就不是把“名闻”看空了的佛家思想，而是受了孔子影响的儒家思想了。由于刘勰图名的思想很浓厚，因而当他的《文心雕龙》写成，还“未为时流所称”的时候，竟采取了“负书候（沈）约于车前”（并见《梁书·刘勰传》）的行径，希望得到一代文宗的褒扬，有利于他的“腾声飞实”，使其“名逾金石之坚”。好名到了这种程度，绝不是一个真正“无我”的人所干的吧。有的文章认为刘勰“并不曾把这部书当为最重要的作品”，看来是与事实不符的。

著述的方面本很广阔，刘勰何以只从事于“论文”呢？这可能与他的迷信观点有关。《序志》篇曾记载了他所认为的两个奇异的梦，第一个梦是：

予生七龄，乃梦彩云若锦，则攀而采之。

做梦并不是什么稀罕的事，今天更没有把古人所迷信的东西再提出来谈的必要。不过，古人却是很迷信它的。被儒家奉为经典的《书》《诗》《礼记》《左传》等，都有关于梦的记载，《周礼》且列有专官占梦。就是六朝的人们，又何尝不迷信梦哩。如谢灵运因梦见谢惠连即成佳句（见钟嵘《诗品》中引《谢氏家录》及《南史·谢方明传》），江淹因梦张载索锦（见《南史·江淹传》）、郭璞索笔（见《诗品》中及《南史·江淹传》）而“才尽”的传说，不都是形诸笔端，为以往文人所习用的典故吗？当然，我不是替刘勰占梦，宣扬迷信，而是为了说明刘勰的迷信。尤其是刘勰梦彩云若锦与江淹梦索锦的“锦”，恐怕还有当时的迷信看法在。刘勰之所以要大书特书，无非表示他少小即与文学有缘分罢了。

刘勰对梦既很深信，所以他又带着惊讶而欣慰的语气说出所做的第二个梦：

齿在逾立，则尝夜梦执丹漆之礼器，随仲尼而南行。旦而寤，乃怡然而喜。大哉，圣人之难见也！乃小子之垂梦欤？自生人以来，未有如夫子者也。

真巧，刘勰所梦着的孔子，原来也是有梦癖的：

子曰：“甚矣，吾衰也！久矣，吾不复梦见周公。”（《论语·述而》）

盖闻孔丘、墨翟昼日讽诵习业，夜亲见文王，周公

旦而问焉。(《吕氏春秋·博志》)

儒家的圣人对梦都这样感兴趣，难怪刘勰因梦随孔子而感到兴奋，要“怡然而喜”了。这里最值得注意的是：孔子所梦见的文王、周公，是儒家称为的圣人；而刘勰所梦随的孔子，则是“自生人以来未有”的圣人。从刘勰的“依沙门僧佑”很久而又“博通经论”（并见《梁书·刘勰传》）的情况来看，为什么不像刘庄那样梦见“天竺得道者”的佛“飞在殿前”（见《牟子·理惑论》)？所梦随的偏偏是中国古代的圣人孔子，并且还“执丹漆之礼器”随着“南行”呢？这也是在表示他对孔子的向往。难道刘勰的儒家思想还不够浓厚吗？

恭维孔子为“自生人以来未有”的圣人，出自孔门弟子有若、子贡之口（见《孟子·公孙丑》上篇），原无足奇。刘勰因一梦之故，一则曰：“大哉，圣人之难见也！”再则曰：“自生人以来，未有如夫子者也。”对孔子这样崇拜，比在《灭惑论》中称扬释迦实有过之而无不及。《原道》《征圣》《宗经》等篇，尤为推崇备至。其儒家思想之浓厚，更可概见。

上文曾说，刘勰是醉心于名山事业的。他在考虑著述时，势必要从能否“立家”方面着想。“敷赞圣旨”，虽然他也知道以“注经”为最好，但“马郑诸儒，弘之已精，就有深解，未足立家”，只得放弃。他认为：“唯文章之用，实经典枝条，五礼资之以成，六典因之致用，君臣所以炳焕，军国所以昭明。详其本源，莫非经典。”而当时的“文体解散”，“将遂讹滥”，又是由于“去圣久远”，“离本弥甚”。所以他“搦笔和墨，乃始论文”（以上引文并见《序志》篇）。在刘勰看来，“注经”与“论文”都属于“敷赞圣旨”，是殊途同归的。同时，他把文章与经书的关系说得那么深湛，把圣人与经书的功能说得那么伟大，是曹丕《典论·论文》以来各家文论中不曾有过的说法。这又足以说明刘勰从事《文心雕龙》的写作，是由于他那浓厚的儒家思想所驱使。

正因为刘勰的儒家思想浓厚，单是他在《序志》篇里所表现的，无往而不从圣人和经书出发。上面提过的不说了，我们再看："盖《周书》论辞，贵乎体要；尼父陈训，恶乎异端。"不是说明他要写出一部"辞训之异，宜体于要"的文论吗？"盖《文心》之作也，本乎道，师乎圣，体乎经。"不是把它们作为"文之枢纽"来强调《原道》《征圣》《宗经》三篇的重要吗？就是在全书的篇章组织上，也要说出"位理定名，彰乎大易（衍）之数；其为文用，四十九篇而已"一番大道理来。这还是受了《周易·系辞》的影响使然。此外如批评以前的文论为"不述先哲之诰"，就是说明他的《文心雕龙》是要"述先哲之诰"。事实也正是这样，"先哲之诰"是贯注着全书的。

从以上简单分析中，很清楚地看出刘勰在《序志》篇里所表现的思想确为儒家思想。

二

古人著书以"原道"二字名篇，前于刘勰的，有汉代的刘安；后于刘勰的，有唐代的韩愈（清代章学诚的《文史通义》也有《原道》上中下三篇）。他们的标题虽然相同，涵义却各有所指。刘安所原之道，是道家之"道"；韩愈所原之道，是尧、舜、禹、汤、文、武、周公、孔子之"道"。而刘勰所原之道，则为自然之"道"。关于这点，黄侃的《〈文心雕龙〉札记》曾有简要的诠释：

> 《序志》篇云：“《文心》之作也，本乎道。”案彦和之意，以为文章本由自然生，故篇中数言“自然”。一则曰“心生而言立，言立而文明，自然之道也”；再则曰“夫岂外饰？盖自然耳”；三则曰“谁其尸之？亦神理而已”。寻绎其旨，甚为平易。盖人有思心，即有言语；既有言语，即有文章。言语以表思心，文章以代言语，惟圣人为能尽文之妙。所谓“道”者，如此而已。

这个说法，基本上我是同意的。

什么是自然之道呢？刘勰在《原道》篇里把它概括为天文、地文、人文三个方面，并分别予以说明：

> 夫玄黄色杂，方圆体分，日月叠壁，以垂丽天之象；山川焕绮，以铺理地之形。此盖道之文也。

这里的“道”字，即自然二字的意思。所谓“道之文”，就是自然之文。这种自然之文，在刘勰看来，不只是天上的日月，地下的山川才有。其他的“万品”，如龙、凤、虎、豹、云霞、草木，以及林籁、泉石等“无识之物”，也一样地有：

> 傍及万品，动植皆文：龙凤以藻绘呈瑞；虎豹以炳蔚凝姿；云霞雕色，有逾画工之妙；草木贲华，无待锦匠之奇。夫岂夕饰？盖自然耳。至于林籁结响，调如竽瑟；泉石激韵，和若球锽。故形立则章成矣，声发则文生矣。

宇宙间的一切既然都各有其文，作为“三才”之一的人，是“有心之器”，当然也是有文的：

> 仰观吐曜，俯察含章，高卑定位，故两仪既生矣。惟人参之，性灵所钟，是谓三才。为五行之秀，实天地之心；心生而言立，言立而文明，自然之道也。

天、地、人的自然之文，与文学究竟有什么关系呢？刘勰认为：在八卦和文字还未出现之前，天文、地文和人文虽然早已存在，却没有工具将它们写下来。庖牺（即伏羲）画八卦和文字发明以后，历代的圣人才先后写成书面的东西，这便是“六经”。所以他在篇末说：“道沿圣以垂文，圣因文而明道。”“道”既然是通过圣人才写成“文”，而圣人又是通过“文”来阐明“道”，因而“六经”就成为“旁通而无滞（涯），日用而不匮”的“道之文”。刘勰主张“文”原于“道”的出发点在这里，接二连三地提出“征圣”“宗经”的原因也在这里。

现在要进一步问：“文”原于“道”的论点是刘勰的创见吗？我个人看法是它来源于《周易》。理由是：篇中除屡用《周易》的辞句和一再提到有关《周易》的故实外，如“丽天之象”“理地之形”“高卑定位，两仪既生”“观天文以极变，察人文以成化”之类，都是《周易》里面的说法，别的经书是不经见的。只不过刘勰有所发展罢了。其实，王充的《论衡》已有了这样两句：

> 天有日月星辰谓之文，地有山川陵谷谓之理。（今本佚，此据《意林》卷三引）

刘勰把日月山川看作天地自然之文，可能是受了王充的影响。后来白居易《与元九书》中所说的：

> 夫文尚矣，三才各有文：天之文，三光首之；地之文，五材首之；人之文，“六经”首之。

则又本于刘勰。归根到底，都是由《周易》演绎而来。

这里还须说明，刘勰本是强调“宗经”的，经书非一，何以《原道》篇的论点只来源于《周易》呢？个人的看法是这样的：“六经”中谈哲理的，只有《周易》（《法言·寡见》篇：“说天者莫辩乎《易》。”就是指这层说的）。谈有关“文”的问题的（当然是最广义的“文”），也以《周易》为最多。同时，《周易》又是被历代儒家学者认为最古而又最重要的一部经典。所以刘勰在第二大段里即侧重于《周易》方面的论述。因为他要畅谈“人文”，所涉及的“太极”“八卦”“十翼”“河图”“洛书”“文言”“繇辞”等，其他的经书是无所取材的。

“文”原于“道”，是刘勰对文学的根本看法，也是全书的要旨所在。篇中的论点既然出自《周易》，而《周易》又是儒家学派的著作，所以，从总的倾向来看，刘勰写作《文心雕龙》时的主导思想应该是儒家思想。

下面拟再从别的方面来证明：

第一，《汉书·艺文志》称《易》为“人更三圣”，“三圣”即伏羲、文王和孔子，这是儒家学者相承的旧说。刘勰所论述的“人文”，于庖牺的画卦、文王的繇辞、孔子的十翼，都有所称道，与儒家学者的旧说合。

第二，在儒家所称美的历代圣人中，刘勰对周公、孔子，尤其是孔子特别推崇，为《征圣》《宗经》两篇张本。

第三，称唐虞文章为“焕乎为盛”，说商周为“文胜其质”，都是重述孔子的说法（前者见《论语·泰伯》篇，后者见《礼记·表记》篇）。

第四，“圣因文而明道”句中的“道”，寻绎上下文意，确系指儒家圣人在经典中所阐明的“道”。《宗经》篇“经也者，恒久之至道”的“至道”，《杂文》篇“唯《七厉》叙贤，归以儒道”的“儒道”，《史传》篇“昔者夫子闵王道之缺”的“王道”，《总术》篇“常道曰经”的“常道”与这里“明道”的“道”是同一范畴，都属于儒家之道。有的同志认为《原道》篇中所说的“道”，不是儒家的道和道家的道，而是“佛道”的“道”。无论如何是说不过去的。

第五，儒家一贯重视的“仁”和“孝”，刘勰不仅在《原道》一篇的赞中明确提出——“炳耀仁孝”，就是评论某些作家作品时，也是以“仁”“孝”作为一种尺度的。如《诸子》篇之于商鞅、韩非：

> 至如商韩，六虱五蠹，弃孝废仁，轘药之祸，非虚至也。

《程器》篇之于黄香：

> 黄香之淳孝。

《指瑕》篇之于左思的《七讽》：

左思《七讽》，说孝而不从。反道若斯，余不足观矣。

都有明文可验。《祝盟》篇论“盟之大体”，还是以“奖忠孝”为其主要内容之一。

把上面所论列的联系起来看，刘勰在《原道》篇里所表现的思想，也只能说是儒家思想。

三

就《原道》《序志》两篇推定刘勰写作《文心雕龙》时的主导思想为儒家思想，已如上述。其他各篇是不是相同的呢？个人认为一样的是儒家思想。《征圣》《宗经》两篇彰明较著地是儒家思想，用不着征引了。这里只将别的篇里有关的辞句附带抄录如下：

《正纬》篇：经显，圣训也。……经足训矣，纬何豫焉？

《辨骚》篇：岂去圣之未远，而楚人之多才乎？……故其陈尧舜之耿介，称汤武之祗敬，典诰之体也。……至于托云龙，说迂怪……摘此四事，异乎经典者也。……虽取熔经意，亦自铸伟辞。

《铭箴》篇：则先圣鉴戒，其来久矣。

《杂文》篇：唯《七厉》叙贤，归以儒道，虽文非拔群，而意实卓尔矣。

《史传》篇：言经则《尚书》，事经则《春秋》。……昔者夫子闵王道之缺。……实圣文之羽翮，记籍之冠冕也。……法孔题经，则文非元圣。至于宗经矩圣之典。……班史立纪，违经失实。……是立义选言，宜依经以树则；劝戒与夺，必附圣以居宗。……若乃尊贤隐讳，固尼父之圣旨。

《诸子》篇：圣贤并世，而经子异流矣。……孟轲膺儒以磬折。述道言志，枝条"五经"。……夫自六国以前，去圣未远，故能越世高谈，自开户牖。

《论说》篇：圣哲彝训曰"经"，述经叙理曰"论"。论者，伦也。伦理无爽，则圣意不坠。……至石渠论艺，白虎讲聚，述圣通经，论家之正体也。

《诏策》篇：并本经典以立名目。……武帝崇儒，选言弘奥，策封三王，文同训典。

《奏启》篇：秉儒家之文。

《议对》篇：议贵节制，经典之体也。……故其大体所资，必枢纽经典。

《体性》篇：典雅者，熔式经诰，方轨儒门者也。

《风骨》篇：昔潘勖锡魏，思摹经典，群才韬笔。……若夫熔铸经典之范。

《通变》篇：矫讹翻浅，还宗经诰。

《定势》篇：是以模经为式者，自入典雅之懿。

《情采》篇：圣贤书辞，总称文章，非采而何？

《丽辞》篇：《易》之《文》《系》，圣人之妙思也。

《事类》篇：然则明理引乎成辞，征义举乎人事，乃圣贤之鸿谟，经籍之通矩也。……夫经典沉深，载籍浩瀚，实群言之奥区，而才思之神皋也。……经书为文士所择。……经籍深富，辞理遐亘。

《练字》篇：史之阙文，圣人所慎。

《总术》篇：常道曰“经”。分（六）经以典奥为不刊。

《时序》篇：逮孝武崇儒，润色鸿业，礼乐争辉，辞藻竞鹜。……及明帝叠耀，崇爱儒术，肄礼璧堂，讲文虎观。然中兴之后，群才稍改前辙，华实所附，斟酌经辞。盖历政讲聚，故渐靡儒风者也。

《才略》篇：商周之世，则仲虺垂诰，伊尹敷训，吉甫之徒，并述诗颂。义固为经，文亦足师矣。……荀况学宗，而象物名赋，文质相称，固巨儒之情也。马融鸿儒，思洽识高，吐纳经范，华实相扶。……潘勖凭经以骋才，故绝群于锡命。

上列辞句里的“经”“经典”“经诰”“典诰”，“儒”“儒道”“儒门”“儒术”，“圣”“圣哲”“圣旨”“圣意”等，不管从字面上或内容上看，都是指儒家的经书、学说和圣人；所称的“夫子”“元圣”“尼父”，则明明指的是孔子。《序志》篇提出的“先哲之诰”，大概就包有这些在内的吧。此外如品评《楚辞》的“典诰”与“夸诞”（见《辨骚》篇），衡量诸子的“纯粹”与“踳驳”（见《诸子》篇），持论完全是站在儒家的立场上。对于孟轲、荀卿、扬雄、刘向、马融诸家的多所称美（见《杂文》《诸子》《体性》《时序》《才略》等篇），以及“石渠论艺，白虎讲聚”的一再赞扬（见《论说》《时序》两篇），也是儒家思想的反映。至于援引经传和儒家传统的说法作为理论依据，或借以证成己说的地方，更是举不胜举。所有这些，都是刘勰的儒家思想在《文心雕龙》中的具体表现，我们要探讨他的思想，是万万不能忽视的。

照上面的说法，刘勰在《文心雕龙》中所表现的思想为儒家思想，当无疑义。但他究竟属于儒学的古文学派抑或是今文学派，还得略为说明。由《序志》篇“敷赞圣旨，莫若注经，而马郑诸儒，弘之已精”的话句来玩索，已可知其消息。因为马融、郑玄都是东汉的古文经学大师，刘勰对他们那样恭维，足见他是崇信或倾向古文经学派的。再拿全书来考查，也无不吻合。条述如次：（1）《毛诗大序》的一些说法，书中多所运用（例多不具举）；（2）《伪古文尚书》（当时还不知其为伪）的某些辞句，往往为其遣辞所祖（例多不具举）；（3）古文经学家一般不为章句之学，《论说》篇“通人恶烦，羞学章句”的“通人”，就是指的古文经学而言。在他所举“要约明畅”的四个范例中，如毛苌、孔安国、郑玄都是两汉的古文经学大师；（4）《史传》篇对于《左传》极力推崇；（5）《诗经》的《毛传》《郑笺》，书中多本之为说（例多不具举）；（6）古文经学家的旧说，间或采用，如《宗经》篇“皇世《三坟》，帝代《五典》”两句，系用贾逵说（贾说见《左传》昭公十二年《正义》引，《伪孔传序》也是用的贾逵说），《书记》篇“绕朝赠士会以策”句，也是用的服虔说（服说见《左传》文公十三年《正义》引）。只此六端，就大可看出刘勰所受古文经学派的影响是很深的。

总之，刘勰在《文心雕龙》中所表现的思想为儒家思想，而且是古文学派的儒家思想。但他的文学观是否为唯物的，还不能因此即遽下论断，这就需要作进一步的探讨了。

（原载《文学遗产增刊》1962年第11辑）

刘勰论构思

——读《文心雕龙》随笔之一

作家进行创作，必先有所构思。在构思的过程中，往往要运用想象或幻想，这样才能加强作品的艺术魅力。我国古代伟大的诗人屈原，在这方面表现得异常出色，成为文学史上的光辉典范。单拿他的《离骚》来说吧，时而“游春宫”，时而“至西极”，时而“就重华陈词”，时而“令帝阍开关”。天上人间，任意来往，简直是不可方物。读了以后，无不为它那丰富的想象力所吸引。不过，把想象提到文学理论上来论述，则以陆机为第一人。他在《文赋》中曾作了概括性的描述：

> 其始也，皆收视反听，耽思旁讯，精骛八极，心游万仞。其致也，情曈昽而弥鲜，物昭晰而互进。……观古今于须臾，抚四海于一瞬。

着墨不多，却将作家运用想象的神态和过程勾画了出来。这不能不说是文学理论批评史上关于构思方面的一个创获。到了刘勰手里，又在《文赋》的基础上进一步加以阐发，专门把它写成一篇，作为《文心雕龙》下半部之冠，这便是有名的《神思》。

什么叫“神思”呢？刘勰借用了两句成语来说明。

古人云：“形在江海之上，心存魏阙之下。”神思之谓也。

本来“神思”这个词，乍一看去，似乎有点玄之又玄，不易理解。但经他这一简明地解释，我们并不感到它是难于捉摸的抽象概念，而懂得原来是说人们的思维活动可以超越时间空间的限制。这种思维活动对于文学创作究竟有什么作用呢？有作用，而且很巨大。刘勰又把它惟妙惟肖地刻画了一番：

文之思也，其神远矣。故寂然凝虑，思接千载；悄焉动容，视通万里。吟咏之间，吐纳珠玉之声；眉睫之前，卷舒风云之色。其思理之致乎！

这几句的意思是说，作家聚精会神进行构思的时候，所驰骋的想象，真是远哉遥遥，漫无边际。既不受时间的限制，可以上想到古代；也不受空间的限制，可以远想到他方。正因为想得宽，想得远，才不至于为眼前的事物、一时一地的事物所局限，而能高瞻远瞩，达到古今无闲，物我交融的地步。因而所酝酿的作品，不仅音调铿锵，如珠似玉一般；而且捕捉自如，高度地集中概括，状难写之景于目前，好像那变幻莫测的风云也要听其卷舒似的。这种美妙的艺术境界，完全是想象所起的作用。难怪刘勰称为是“思理之致”啊！

照以上说法，作家的想象超越时间、空间的限制，任其驰骋，是不是无所凭依地胡思乱想呢？不是这样。刘勰是这样说的：

> 故思理为妙，神与物游。神居胸臆，而志气统其关键；物沿耳目，而辞令管其枢机。

这里一则曰“神与物游”，再则曰“物沿耳目”，明明是说作家的想象来源于客观世界的“物”。“物”是客观的，“神”是主观的，二者结合起来，就是“神与物游”，亦即物我交融的意思。由于物我交融，因而作家对客观世界的“物”，不管是有声的，是有色的，只要它一通过感觉器官——“物沿耳目”，就马上起相应的反应。正如苏轼《前赤壁赋》所说的“惟江上之清风，与山间之明月，耳得之而为声，目遇之而成色”那样。这就是说：必先有清风明月的客观存在，听官才能感到它的声，视官才能感到它的色。那么，作家的想象就不是凭空而来的，而是有它现实的生活基础。

“物”既然是客观存在的，为什么作家的感受和运用想象的能力又各不相同呢？这就是刘勰接着要提到的“虚静”的问题了。刘勰认为：作家在进行创作之前，应该“陶钧文思”；要“陶钧文思”，就必得“虚静”；要能够“虚静”，就有待于“疏沦五藏，澡雪精神”。这就是说，文思是可以培养的。培养文思的办法，不外乎“虚静”；而“虚静”的关键，又在于心境夷泰，精神爽朗。因为作家的心境夷泰，精神爽朗，则胸无成见，虚以待物；头脑清醒，静以观物。唯其能虚以待物，则能客观地观察事物；唯其能静以观物，则能深刻地认识事物。培养文思如此，进行艺术构思更是如此。这样，才能心思专一，精神集中，不至于“神有遁心”；也才能真实地全面地反映事物，使“物无隐貌”。

作家“陶钧文思”，诚如刘勰所说的“贵在虚静”。但一味在“虚静”中讨生活，妙手空空，别无他长，凭什么从事创作？我们无妨这样设想：一个建筑工程师要建造房屋，如果器材不完备，业务不精通，经验不丰富，工作不细致，能够盖出一座坚固而壮观的房屋来吗？作家要进行创作，又何尝不是一样的道理！所以刘勰在谈“神思”的同时，还特别提出了创作的四个先决条件：

> 积学以储宝，酌理以富才，研阅以穷照，驯致以怿（绎）辞。

刘勰并且着重指明它们是“驭文之首术，谋篇之大端”。足见他并不是在唯心地空谈“神思”。

谁都知道，作家必须具有渊博的学问，然后才能写出内容充实的作品。假如腹笥太俭，闻见不广，即使有所创作，内容必然空洞，艺术感染力必然不强。屈原能写出“奇文郁起”的《离骚》，是与他那“博闻强志”的根柢分不开的。杜甫之所以“下笔如有神”，不是由于他先有“读书破万卷”的基础吗？可见学问之于作家，是太重要了。但学问是无穷无尽的，要扩大知识的领域，要掌握丰富的资料，那就非努力学习、刻苦钻研不可。不能一曝十寒，时作时辍；要持之以恒，点点滴滴地日积月累。也不能操之过急，期其一蹴而就。既称之为“积”，则不是一朝一夕，更不是一件两件，必须长时期、多方面的积累。时间一久，方面一广，知识的领域自然不断扩大，资料的掌握也会日益增多。有了这样丰富的宝库，写作时才能取精用弘，左右逢源，不至于言之无物，内容贫乏。刘勰提出“积学以储宝”，说明学问的重要。

作家之于学问，的确需要长时期地多方面积累，但要写出优秀作品，只有积累的功夫还不行。书本上的知识，由于所作的时间、地点和条件的不尽相同，前人认为对的，后人未必认为它对；甲地认为对的，乙地未必也认为对。何况它们当中还有高下之分，良莠之别，绝不能兼收并蓄，一视同仁。如果没有斟酌取舍能力，就容易为成见所囿，被资料所累。不但不能丰富其才，反而常会锢蔽其才。这样写出来的作品，质量是不高的。所以刘勰接着提出“酌理以富才”这个条件，正表明它与“积学以储宝”的相互关系。下文的“理郁者苦贫……然则博见为馈贫之粮”二句，也正好说明了这点。

“积学”和“酌理”所获得的，都属于间接方面的知识。对一个作家来说，是远远不够的，还要具有直接的知识。间接的知识到底是别人的东西，对创作未必尽都适用，自己也未必都能运用。这就有待于亲身的阅历，通过实践来印证所积的学是否有用，所酌的理是否正确。同时，过去的资料真实与否，前人的理论正确与否，也都是要通过实践才能进行鉴别。经过了这样一番精审考验，然后所积的“学”和所酌的“理”才更有价值，才说得上是“研阅”。也只有这样，才会扩大视野，提高认识，达到所谓“穷照”。作家果能做到“研阅以穷照”的话，自然就能深刻地观察现实，真实地反映现实了。太史公的一再壮游，杜工部的屡经忧患，不只对社会有更进一步的了解，而且还获得了一些书本上不曾见到的知识，可以说是起了“研阅以穷照”作用的。刘勰把这个条件列在第三，并不意味着它不重要，恰恰相反，它在一、二两个条件的基础上才提出来的，正说明它也是很重要的。

上面三个条件——学、才、识具备了，从创作的角度来要求，问题还未完全解决。被称为“才高辞赡”的陆机，尚有“意不称物，文不逮意”之患。足见优秀的作品，并不都是文不加点，一气呵成；而是有着不少甘苦，要经一番经营的。因为从“物”到“意”、从“意”到“文”这个创作过程中，很好地把“物”和“意”，用“文”表现出来，绝不是一件轻而易举的事。当然，

"意"在创作上很重要；但"文不逮意"，毕竟是美中不足，缺乏艺术力量的。文学是语言的艺术，作家要用完美的艺术形式来表现正确而充实的思想内容，做到"文"能"逮意"，语言的运用技能，就有着极为重要的意义了。刘勰最后提出的"驯致以绎辞"，大概是指这方面的。错综复杂的语言要运用得很妥当，写作时的推敲，固然有关系；更重要的，还在于平素的探索研讨，备以待用。如某类语言描绘哪些景物最妙，某类事情使用哪些语言最好，某种人物应该用什么语言去刻画，某项题材需要拿什么语言来表现，都应在平常注意之中。一到用时，才能得心应手，驱遣自如；也才能更好地表现作品的内容。所谓"驯致"，就是要久于其道，"习而不已"；所谓"绎辞"，就是要像抽丝一样地寻究语言，这就是说，作家对于语言，平时就得留意，既要有足够的素养，又要有深湛的研究。我们可以意想得到，一个作家掌握的语言有限，表达的本领不高，纵然有正确而充实的思想内容，也不能不说是一个较大的缺陷。可见语言的掌握和运用，在创作的先决条件中，有着它不可忽视的重要地位。

由于作家具备了上述的四个先决条件，因而在进行艺术构思的时候，他那奔放不羁的想象，的确是丰富多彩，无入而不自得。在意象中酝酿，在幻境中揣摩，大有极深研几，穷形尽相之妙（"规矩虚位，刻镂无形"）。假设想到高山，那充沛的感情就笼罩了高山（"登山则情满于山"）；如果想到大海，那丰富的意趣就弥漫了大海（"观海则意溢于海"）。尽管那山海上的风云变化无穷，而所引起的作家的才情亦随之无穷，好像要与风云并驾齐驱一样（"我才之多少，将与风云而并驱矣"）。所以当他拿着笔要写之先，气势非常旺盛（"方其搦翰，气倍辞前"）；等到文章一写成，却只有所预想的一半（"既乎成篇，半折心始"）。这是什么缘故呢？原来托空的想象，不受任何限制，可以恣意驰骋，倒不难于出奇（“意翻空而易奇”）；作品要用文字来表达，一落言筌，就不是那么无拘无束，容易巧妙的了（“言征实而难巧”）。唯其如此，作家进行创作，从构思到遣辞，果真考虑得很周到，酝酿得很成熟，自然能够写出“思”“意”“言”三方面都结合得很好的作品来（“密则无际”）；不然的话，相去就很悬殊（“疏则千里”）。有的道理本很浅近，往往想得太远（“或理在方寸，而求之域表”）；有些事义并不深湛，偏偏老搞不通（“或义在咫尺，而思隔山河”）。这就关涉到平素的培养或锻炼的问题，单靠临时的“苦虑”“劳情”，终归是无济于事的。

《神思》篇的主要思想略如上述。其余如论作家的文思有迟有速和作品的需要修改，就不再谈了。接着要谈的，是篇中的个别辞句，各家的理解既有出入，个人也有一点不成熟的看法，顺便在这里提出来，就正于专家、读者。

吟咏之间，吐纳珠玉之声。

这里所说的“吟咏”和“吐纳”，应该都是指作家构思时本身酝酿作品的活动。也就是说，“吟咏”的是他，“吐纳”的还是他。唐人的“吟安一个字，捻断数茎须”，就可以说明诗人且酝酿且吟咏的神态（杜甫的“新诗改罢自长吟”，虽然是就写成后说的，但也可以看出边改边吟的情况）。振甫译为“想到吟诗唱歌，耳中顿时听到珠圆玉润的声音”①，似与上下文意不合。

---

① 周振甫：《〈文心雕龙〉选译》，《新闻业务》1961年第1期。

神居胸臆，而志气统其关键。

范文澜据《礼记·孔子闲居》“清明在躬，气志如神”之文，谓“志气当作气志”①。我认为刘勰遣辞除本《礼记》外，还兼用《孟子·公孙丑上》“夫志，气之帅也；气，体之充也。夫志至焉，气次焉。……志壹则动气，气壹则动志也”这几句的意思。那么，“志气”二字大可不必乙转（《书记》篇的“志气盘桓”和《风骨》篇的“志气之符契也”，文意虽有不同，其并作“志气”则一）。宋漱流同志既把“志”和“气”分开，又谓“气”就是作家的“气质”②。虽然引证了一番，其实与这里“统其关键”的语意无涉。恐怕还是由于忘却了《孟子》的那些话吧。

积学以储宝，酌理以富才，研阅以穷照，驯致以怿（绎）辞。

这四句是并列句子，词性和语法都应该相同。有些文章把“研”字作名词解，把“照”字作动词解，把“研阅”与“穷照”平列起来讲。我觉得都有待商榷。

规矩虚位，刻镂无形。

这两句是比喻构思的精微。“规矩”和“刻镂”都是动词，“虚位”和“无形”则是指构思中所孕育着的东西而言。黄肃秋说

① 《文心雕龙注》卷六。

② 宋濑流：《飞行吧，想象的翅膀》，《文艺报》1961年第9期。

是“……虽然有起、承、转、合的行文程序和步骤，但一切方法都不能立刻适应各种要出场的人物、各项待铺陈的事件、各样待说明的道理，规矩几乎等于虚设，刻画、雕塑都有应接不暇的趋势”①。我以为虽有对的一面，总的看来似与刘勰的原意并不完全一致。

密则无际，疏则千里。

这两句是紧承“是以意授于思，言授于意”两句而来。“密则无际”，是说“思”“意”“言”三者结合得很紧密，就能完美无缺。“疏则千里”，是说相反的结果。黄肃秋解为“有时候材料多到充满整个空间；也有时候少得零零落落”②。跟刘勰的意思也不大合辙。

结虑司契，垂帷制胜。

“垂帷”，即“下帷”。“下帷讲诵”是董仲舒的故事。见《史记·儒林·董仲舒传》（《汉书·董仲舒传》同）。这里的“垂帷制胜”，是回应篇中“积学以储宝”句。也就是刘勰再一次地强调学问之于作家的重要性。郭晋稀把这两句译为：“把思虑成熟的材料联缀成文章，用笔墨写下来，有如将军的制定战略战策于帷帐之中，是可决胜负于千里之外的。”③ 将军的运筹帷幄，决胜千里，与作家的“结虑司契”，可以说是风马牛不相及。像这样译法，

---

① 黄肃秋：《论作家的构思和修养》，《新闻业务》1961年第3期。
② 同上。
③ 周振甫：《〈文心雕龙〉选译》，《红旗手》1962年第1期。

"垂"字还没有着落哩（"司契"二字也未译妥）。

此外，如"酌理以富才"句，有的解为"作品的主题思想"；"文外曲致"句，有的译为"粗浅的文思以外的更曲折的情趣"等等，都还值得斟酌。因篇幅有限，就不再赘言了。

《神思》本是较为费解的一篇。见仁见智的不同，正说明了大家对文学理论遗产的重视和求真的精神。不自藏拙，妄抒管见，也还是为了想把这篇读懂。如能因此得到同志们的帮助，那更是跂予望之的啊！

（原载《四川文学》1962年2月号）

刘勰论炼意和炼辞

——读《文心雕龙》随笔之二

炼意和炼辞，是文学创作的基本手段之一，向为我国历代文学理论家所重视。从陆机的《文赋》开始，即已有所论列；发展到刘勰的《文心雕龙》，则益趋周详，更为深入具体。《熔裁》一篇，就是专门研讨这个问题的（《章句》《附会》两篇也颇有关联）。篇中所强调的熔法和裁法，对我们今天的创作来说，似乎还有它的参考价值。

“熔裁”二字本为譬况之词：熔是熔金，喻内容的提炼，即通常所说的炼意；裁是裁衣，喻字句的修改，即通常所说的炼辞。“意或偏长”和“辞或繁杂”，都是创作中容易产生的现象。要克服这种缺陷，刘勰认为最好的办法只有熔裁：熔是“规范本体”，“体”，即作品的内容；裁是“剪截浮词”，“词”，即作品的字句。内容经过一番熔的功夫之后，才能“纲领昭畅”，不至于“一意两出”；字句经过一番裁的功夫之后，才能“芜秽不生”，不至于“同辞重句”。这是《熔裁》篇总的要求，它的义界也极其分明。

“思绪初发，辞采苦杂”，恐怕从事过创作的人，都有这样的情况。在写作一篇文章的最初阶段，心里所想说的，笔下所要写的，总是风发云涌，纷至沓来，恨不得尽情倾吐，全盘托出。觉得这也重要，那也重要。好像不如此就不全面、不充实似的。其实何尝如此哩！经过反复思考，仔细推敲，就不断发现有问题：不是这里“意或偏长”“辞或繁杂”；就是那里“一意两出”“同辞重句”，感到非加以熔裁不可。及至誊清的时候，往往与初稿有所出入，甚至相距很远。这正是经过熔裁的结果。

谈到这里，不禁想起《扪虱新话》卷五里的一段记载：

> 世传欧阳公平昔为文章，每就纸上净讫，即黏挂斋壁；卧兴看之，屡思屡改，至有终毕不留一字者——盖其精如此。

瞧！以一代文宗的欧阳修，于其创作都这样地惨淡经营，不惮修改。陈善称之为“精”，实非过誉。像这类的故事，我国文学史上真是不胜枚举。可见为文必须熔裁，原无古今之殊，任何时代的作家都是需要的啊！

熔裁的重要性诚如上述。但又怎样着手呢？刘勰提出来的办法是分两步走：第一步是熔；第二步是裁。走第一步时，又先得经历三道程序。这便是刘勰在创作理论方面有名的“三准”法：

> 是以草创鸿笔，先标三准：履端于始，则设情以位体；举正于中，则酌事以取类；归余于终，则撮辞以举要。

这里的“履端于始”“举正于中”和“归余于终”，只是借用《左传》文公元年的语句，作为首先、其次和最后的代词（解为第一、第二、第三亦未始不可），与原来的含义无关。“设情以位体”“酌事以取类”和“撮辞以举要”，概括成现在的话，就是确定体裁、选择材料和拟订要点。联系起来看，即首先应确定体裁，其次要选择材料，最后是拟定要点的意思。在行文之前，刘勰认为这三者是缺一不可的准备工作，“是以草创鸿笔，先标三准”两句揭示得非常明白。“三准”的工作搞妥以后，随即正式进行创作。

然后舒华布实，献替节文。

从语法和辞义上讲，“然后”二字在这里很紧要，它表明“舒华布实，献替节文”是在“三准”已定的前提下才展开的活动。也就是说，“然后”以上的·“三准”，只能看成是创作前的准备工作，而不能理解为创作时的主要方面。尽管准备工作是为创作打基础，但它们的先后次第却应该划清。因为刘勰强调的熔法，“三准”是所采取的具体措施，有着特别重要的意义，绝不可以含混。

那么，“三准”的措施对不对呢？这就需要略为说明。我们知道，文学的体裁本极繁多，而又各有其局限性，适宜于表现这些题材的，不一定适宜于表现那些题材；适宜于表现那些题材的，也不一定适宜于表现这些题材。作家要进行创作，必先根据所要写的内容来考虑体裁，以便更好地表现内容——“设情以位体”。体裁虽已确定，但不能徒托空言，枵然无物，必须通过应有的事例使内容充实；同时，使用的事例也不是信手拈来，漫无选择，而是要从所占有的素材里去粗取精，去伪存真，提炼出最有典型意义的东西，以加强作品的思想力量和艺术效果——“酌事以取类”。体裁确定了，材料选好了，究竟如何开端，如何发展，如何收束，高潮怎样形成，论点怎样发挥，都得心中有数，预为安排——“撮辞以举要”。刘勰标举这样有伦有脊的三道程序，不仅在他以前未曾有过；就是比起后来“意在笔先，然后着墨”①，或“未落笔之先，必经营惨淡”② 一类的说法，也显得具体多了。

当然，边想边写，事先没有通盘的计划，“术不素定，而委心逐辞”，想到哪儿，写到哪儿，想写什么，就写什么，任意逞其笔锋，靡所底止。那就很难避免“异端丛至，骈赘必多”的毛病。但是，写完便了，无所改定，未必都是浑然天成，妙手偶得的佳作。所以在动笔之先，刘勰强调熔法的“三准”；成篇以后，研讨字句的裁法，自然就是他认为要走的第二步了：

> 故三准既定，次讨字句：句有可削，足见其疏；字不得减，乃知其密。

像这样地来“剪截浮词”，使全篇无可削之句，无可减的字，要求不可谓不严，标准不可谓不高。我们试想：一篇作品的思想内容没有什么问题，只是字句上还有些瑕疵，那毕竟是美中不足，会影响艺术效果的。刘勰之所以在“标三准”以定熔法后，赓即“讨字句”以定裁法，原因就在这里。而且，后半篇还侧重在这方面的论述。这固然是他对当时“浮诡”“泛滥”的文风所下的针砭，但也看出繁略问题在写作中的重要。

可不是嘛，“句有可削”与“字不得减”的艺术效果，的确有些两样。白居易的《板桥路》是这样写的：

> 梁宛城西二十里，一渠春水柳千条。若为此路今重过，

---

① 方东树语，见《昭昧詹言》卷二一（按方氏说出苏轼《文与可画筼筜谷偃竹记》），方东树注，人民文学出版社1961年版。

② 吕璜记述吴德旋语，见《初月楼古文绪论》。

十五年前旧板桥。曾共玉颜桥上别，不知消息到今朝。

刘禹锡的《杨柳枝》则为：

> 春江一曲柳千条，二十年前旧板桥。曾与美人桥上别，恨无消息到今朝。

这两首诗的命意遣辞都差不多（只是一为六句，一为四句）。为什么历来的选家只欣赏刘禹锡的《杨柳枝》呢？主要的原因，大概就由于白居易的《板桥路》不够精炼，还有可削之句，与《杨柳枝》相较，显得有点“疏”吧。

这样说来，衡量一篇作品的繁略或高下，是不是就在于它的字句的多寡呢？当然不是。如秦观《水龙吟》的“小楼连苑横空，下窥绣毂雕鞍骤”；与苏轼《永遇乐》的“燕子楼空，佳人何在？空锁楼中燕”；都是“说楼上事”，字数也相同，但秦词毕竟单调，一览无余；不如苏词的寄托深远，情韵不匮。黄升的那段记载，倒是蛮有意思的，无妨把它抄来看看：

> ……后秦少游自会稽入京，见东坡。……（坡）又问：“别作何词？”秦举“小楼连苑横空，下窥绣毂雕鞍骤”。坡云：“十三个字，只说得一个人骑马楼前过。”秦问先生近著。坡云：“亦有一词说楼上事。”乃举“燕子楼空，佳人何在？空锁楼中燕”。晁无咎在座，云：“三句说尽张建封燕子楼一段事，奇哉！”①

① 见《唐宋诸贤绝妙词选》卷二，苏轼《永遇乐》词题注。

原来张建封的燕子楼事，白居易的《〈燕子楼〉诗序》曾述其原委，共一百余字。散文的体裁固应如此，未可非议；苏轼以之入词，发思古之幽情，在寥寥的十三字中蕴藏着丰富的内容，不能说不是高度的概括（这与作为典故用自然也有关系）！苏轼谓秦词的“十三个字，只说得一个人骑马楼前过”；晁补之称苏词的“三句说尽张建封燕子楼一段事”，不正好说明判断繁略或高下的关键，完全是要从它的内容出发吗?

繁与略既不能架空立论，也不能有所轩轾于其间。刘勰提到的“句有可削”，只就应当剪截的浮词而言，并不是说一写文章就必得简略。他的下文交代得很清楚：

> 精论要语，极略之体；游心窜句，极繁之体。

“极”之云者，谓能尽其能事。这几句是说，繁略各有所倚，贵于能够得体。极尽略之能事的作品，则“精论要语”未见其少；极尽繁之能事的作品，则“游心窜句”不嫌其多。脍炙人口的名篇，差不多都有这样的艺术效果。如盛弘之的《荆州记》所描绘的三峡：

> 唯三峡七百里中，两岸连山，略无阙处。重岩叠嶂，隐天蔽日。自非亭午夜分，不见日月。至于夏水襄陵，沿溯阻绝，或王命急宣，有时朝发白帝，暮至江陵。其间千二百里，虽乘奔御风，不为疾也。春冬之时，则素湍绿潭，回清倒影；绝巘多生怪柏，悬泉瀑布，飞漱其间，清荣峻茂，良多雅趣。每至晴初霜旦，林寒涧肃，常有高猿长啸，属引凄异，空岫传响，哀转久绝。故渔

者歌曰："巴东三峡巫峡长，猿鸣三声泪沾裳。"①

这种有声有色，惟妙惟肖的刻画，使三峡的风光跃然纸上，颇能引起读者的向往。而李白的《下江陵》：

> 朝辞白帝彩云间，千里江陵一日还。两岸猿声啼不住，轻舟已过万重山。

着墨不多，也同样能引人入胜（李白显然是受了《荆州记》的启发的）。一繁一略，虽然与作品本身的形式有关；但都各尽其妙。读了以后，绝不觉得盛弘之笔下的三峡写得过繁，也未感到李白的诗作写得太略。

也许有人认为，上述两例，体裁不同，不足以说明问题。那就另举体裁相同的例子好了。如描写唐玄宗与杨贵妃的腐朽生活及其悲惨结局的诗篇，杜甫的《哀江头》里只有"忆昔霓旌下南苑，苑中万物生颜色。昭阳殿里第一人，同辇随君侍君侧。辇前才人带弓箭，白马嚼啮黄金勒。翻身向天仰射云，一笑正坠双飞翼。明眸皓齿今何在？血污游魂归不得！清渭东流剑阁深，去住彼此无消息"十二句；前八句是李、杨腐朽生活的概括，后四句是他们俩悲惨结局的概括。白居易《长恨歌》所写的，可就多得多，头一大段从"汉皇重色思倾国"句起，到"尽日君王看不足"句止，铺叙李、杨的腐朽生活达到三十句；第二大段从"渔阳鼙鼓动地来"句起，到"不见玉颜空死处"句止，铺叙他俩的悲惨结局也有二十四句。把两家所作的一比，繁略悬殊。但我们都一

---

① 见《太平御览》卷五十三引（文中原有的衍、脱字，据《水经·江水注》删补）。

样地喜欢诵读，并没有《哀江头》写得太略、《长恨歌》写得过繁之感。这就更足以说明“极略之体”与“极繁之体”在创作上都需要，未可偏废。

正因为这个缘故，刘勰接着又提出了“敷”与“删”的说法：

> 引而申之，则两句敷为一章，约以贯之，则一章删成两句。思赡者善敷，才核者善删。善删者字去而意留，善敷者辞殊而意显。字删而意阙，则短乏而非核；辞敷而言重，则芜秽而非赡。

文章的繁略本由内容来决定，该繁则繁，该略则略。深明裁法的作家是懂得繁略之道的，知道哪里该繁，哪里该略；该繁的地方就需要敷，该略的地方就需要删。如欧阳修《醉翁亭记》的发篇，由“初说滁州四面有山”的“数十字”，概括为“环滁，皆山也”①一句，语言既极精炼，形象亦颇突出，可以说是“善删”的典范。又如苏轼《对制科策》的首段，推衍申屠刚谏隗嚣的“夫未至豫言，固常为虚；及其已至，又无所及。是以忠言至谏，希得为用”②六句为一百九十余字，洋洋洒洒，畅所欲言，也不愧“善敷”的能手，但我们必须注意，欧阳修的“删”，是“字去而意留”；苏轼的“敷”，是“辞殊而意显”。这一层关系匪轻，万不可以含糊。假设只单纯地为了删、敷而不顾及内容，势必导致“字删而意阙”和“辞敷而言重”的不良后果。举例说吧，柳宗元的《段太尉逸事状》当中最精彩的一个片断是：

---

① 见《朱子语类》卷一三九。
② 见《后汉书》卷二九《申屠刚传》。

> ……（郭）晞一营大噪，尽甲。（白）孝德震恐，召太尉（段秀实死后赠太尉，这里用以指秀实），曰：“将奈何？”太尉曰：“无伤也，请辞于军。”孝德使数十人从太尉。太尉尽辞去。解佩刀，选老躄者一人持马，至晞门下。甲者出，太尉笑且入，曰：“杀一老卒，何甲也？吾戴吾头来矣。”

这是多么紧张的场面！段秀实的英勇机智，作者描述得异常出色；“吾戴吾头来矣”句，尤能传出段秀实既顽强又从容的神态。就拿炼辞来要求，已经达到“字不得减”的标准了。可是，宋祁把它采入《新唐书》本传，只作“吾戴头来矣”。重文虽省，语意却不醒豁。难怪邵博要加以指责：“去一吾字，便不成语；‘吾戴头来’者，果何人之头耶？”① 这几句评语，大可作为“字删而意阙”的注脚。至于“辞敷而言重”的事例，刘知几的《史通》言之甚详；除《叙事》《烦省》两篇一再论述外，另有《点烦》篇举例示范，每条之后还标明了除去的字数——多的到二百七十五字。文章之需要“芟繁剪秽”，即此可见。鲁迅先生说得好：“写完后至少看两遍，竭力将可有可无的字、句、段删去，毫不可惜。”② 我们果能遵循鲁迅先生的话自行“挤水”，于人于己都算是“弛于负担”了。

这里须得附带说明的，有下列四点：第一，熔与裁并非截然为二，彼此绝缘，而是相生相成，互有关联的。只不过有先后主从之分罢了。我们写文章，固然要首先考虑它的内容，然后再考

① 见《邵氏闻见后录》卷一四。

② 见《二心集》中《答北斗杂志社问——创作要怎样才会好》。

虑文字，但总不能只考虑内容不考虑文字。修改时，也不能只修改文字不修改内容，必须双方兼顾而又以内容为主，才能产生出好的作品来。熔裁的关系和作用，应当作如是观。第二，刘勰一则曰“剪截浮词”；再则曰“同辞重句，文之疣赘”；三则曰“辞如川流，溢则泛滥”。足见他所主张的裁，是指作品可减可削的字句说的，目的在于“芟繁剪秽”。如果片面地理解裁的含义，那就很难理解为何他一再申说的繁与敷了。第三，《熔裁》篇重在熔法和裁法的阐述，因而对于“舒华布实，献替节文”只一笔带过。这并不是刘勰舍本逐末，而是别有专篇讨论，用不着在这里也详说一通。著述的体例，是不得不尔的。第四，熔裁问题是刘勰的创作理论组成部分之一，绝不能孤立起来看。《神思》篇强调创作的先决条件——“积学以储宝，酌理以富才，研阅以穷照，驯致以怿（绎）辞”，和《附会》篇强调创作的注意方面——“情志为神明，事义为骨髓，辞采为肌肤，宫商为声气”，可以说是《文心雕龙》创作论中最根本的两大论点。我们研讨每一有关创作的篇章时，都应该把它考虑进去。注意到这层，对《熔裁》篇所说的熔法和裁法的理解，才更为实际，也才更有意义。

总之，刘勰主张的熔裁，一属炼意，一属炼辞。二者既有区别，又有联系。在创作过程中，都是不可或缺的。上面曾提到：边想边写，缺乏熔的功夫，思想内容没有经过提炼，不可能写出好的作品；只写不改，缺乏裁的功夫，语言文字没有受到打磨，也不易成为好的作品。这种失于熔裁的作法，当然都不对。但是，边写边改，裁法使用得不是时候，也会搅乱思路，影响写作的顺利进行，同样是不对的。

因此，我们从事写作时，最好先按照预定的计划一口气把它写完，像刘勰所说的“是以草创鸿笔，先标三准……然后舒华布实，献替节文”那样。即使中途碰到语法、字句上的阻碍，都可以暂时不理。等到全篇写成，然后再作修改。文章的规模既已粗具，有的放矢，才更易于发现哪里没有说够，需要补充；哪里说得过多，需要删节；哪句话不确切，应重新铸造；哪个字未稳妥，应另行改换。内容也好，形式也好，针对不同情况，进行深入而细致的加工。从容不迫，游刃有余，使写出的作品表里相称，丰约中度，达到“情周而不繁，辞运而不滥”的境地，岂不甚好！

刘勰的时代已过去，他提出的熔法、裁法也不一定还适用。但我们能有批判地进行研讨，择善而从，对纠正目前某些“纲领”不“昭畅”的文章和“浮词”连篇的文风，可能是有帮助的。

年来报刊上发表有关《熔裁》篇的论著和译文，在原文的理解上虽然不太一致，但都言之成理，颇有助于读者。不揣固陋，思复一鸣，妄抒所见如上。惟因不善熔裁，又恐牵涉过广，《章句》《附会》两篇可以互相发明的地方，只好避而不谈了。

（原载《四川文学》1962年10月号）

《文心雕龙·时序》篇“皇齐”解

《文心雕龙》成书的年代，自《隋书·经籍志》题为“梁兼东宫通事舍人刘勰撰”后，都相承其说，信以为然。而于《时序》篇末段刘勰本人的论述，则习而不察，等闲视之。到了清代，才先后为纪昀、郝懿行、顾千里、刘毓崧四家所重视，并据以推定舍人书成于齐世①。其中，尤以刘毓崧的考订最为翔实，不愧后出转精。他所提出的三条论证，“皇齐”二字便是第一条。可见这条内证是何等的重要啊！正因为这样，写翻案文章的就必然要先在“皇齐”二字上煞费苦心，来扫清所谓“罩在眼上的朦翳”；然后取其所需，自我作故，侈谈书成于梁代的种种理由。叶晨晖先生的《〈文心雕龙〉成书的时代问题》② 一文，就是这样的：

> 《文心雕龙》成书于齐末说的最有力证据，就是《时序》篇的“皇齐”二字，称其他各代并无美丽的冠词，

① 纪昀说，见纪评本《文心雕龙·原道》篇及《四库全书总目提要》卷一九五《文心雕龙提要》；郝懿行说，见郝批注本《文心雕龙》的《原道》《时序》两篇；顾千里说，见顾千里、黄丕烈合校本《文心雕龙·原道》篇；刘毓崧说，见《通义堂文集》卷十四《书〈文心雕龙〉后》。

② 见《山西大学学报》（哲学社会科学版）1979 年第 3 期。

> 而独于齐称“皇”岂不含有尊崇之意，显然是齐代臣民的口气，这样一推断，成书于齐代就无可置疑了。乍一看，这条理由非常充分，如果稍一检阅史书，情况并非如此。成书于梁代的《南齐书》，作者萧子显是梁代的吏部尚书，编撰该书时曾经过奏请批准，就在这部《南齐书·高帝本纪》最后“史臣曰”一段中就有“虽至公于四海，而运实时来，无法于黄屋，而道随物变。应而不为，此皇齐所以集大命也。”（重点号为笔者所加）“史臣曰”就是萧子显自己的评论，身为梁代的大臣却用“皇齐”来称呼前代，难道我们因为这里有“皇齐”二字就据以将成书于梁代的《南齐书》定为齐代的著作吗？为什么时已梁代还要尊称齐代呢？这可能是萧衍为了争取齐代皇族支持拥护梁政权所采取的一种策略手段……齐、梁两代同姓萧氏，一个宗族，所以屡次说“情同一家”，又说革代是“为卿兄弟报仇”，推许“齐业之初，亦是甘苦共尝”等等，为了表示梁代对齐代的尊崇，从而争取齐代贵族的支持，允许在著作中称齐为“皇齐”就变得容易理解了。萧子显在梁代写的《南齐书》用了“皇齐”，刘勰书中的“皇齐”也就不能成为成书于齐代的确证了。

这段文章侃侃而谈，好像有理有据，其实乃强相比附。成书于梁代的《南齐书》，我们固然不能因为《高帝本纪》用有“皇齐”二字就认定它是齐代的著作；但由此而引出“刘勰书中的‘皇齐’也就不能成为成书于齐代的确证”的结语，难道又可以成立？谁都知道，《文心雕龙》和《南齐书》的两位作者的姓氏、家世、身份、地位，是各不相同的。如果说萧子显特于《高帝本纪》使用“皇齐”二字，以示对其先人创建帝业的缅怀；而萧衍又是“为了表示梁代对齐代的尊崇，从而争取齐代贵族的支持，允许在著作中称齐为‘皇齐’”是可以理解的话；那么，刘勰既非齐宗室，也不是齐的世臣，入梁始得厕身仕途，这时著书还要尊称已被萧衍推翻了的齐为“皇齐”，试问有何必要？而且，当文人身处动辄得咎之世，又值残暴、猜忌之君——萧衍，恐怕刘勰也不敢吧。

本来，称齐为“皇齐”的齐代著作，并不是只有《文心雕龙》一种。在叶先生引用过的那部《南齐书》里，就还有两处称齐为“皇齐”的：

> 《明帝本纪》：“建武元年冬十月癸亥，即皇帝位。诏曰：‘皇齐受终建极，握镜临宸……负釁流徙，并还本乡。’”
>
> 《王慈传》：“慈以朝堂讳榜，非古旧制。上表曰：‘夫帝后之德，绸缪天地；……当删前基之弊轨，启皇齐之孝则。’”

萧鸾的《即位大赦诏》颁于建武元年（公元494年）十月，王慈的《朝堂讳榜表》上于永明年间（公元483～491年），其时都在齐代。

事情就有这样巧！在萧统的《文选》里，又发现有两篇齐代碑文用了“皇齐”二字：

> 王俭《褚渊碑文》：“择皇齐之令典，致声化于

雍熙。”

沈约《齐故安陆昭王碑文》：“魏氏乘时于前，皇齐握符于后。”

褚渊卒于建元四年（公元482年），萧缅卒于永明九年（公元491年），碑文写成的时间，谅与死者逝世之日不远。也就是说，都没有超出齐代。

另外，《广弘明集》所录沈约的文章，也有一篇用了“皇齐”二字的：

《齐竟陵王题佛光文》：“以皇齐之四年日子，敬制释迦像一躯。”

“皇齐之四年”，即建元四年。

上列五例中的“皇齐”二字，都是齐代君臣（沈约后虽入梁，但他在撰写上引二文时还是齐代）对当时王朝例行的尊称（别的著作也有称为“大齐”的，跟刘宋时人之称“皇宋”〔或“大宋”〕、萧梁时人之称“皇梁”〔或“大梁”〕一样）。封建时代臣民这种不得不尔的例行尊称，一直延续到清王朝。但其中的每个朝代一被推翻，就不会也不敢有人再在它的代名上冠以“皇”（或“大”）字了。

自齐入梁的刘勰，在其著作中对齐的称呼，前后是不相同的。他在齐末撰写《文心雕龙》时，称齐为“皇齐”，是对当时王朝例行的尊称；入梁以后，天监十六年左右撰写《梁建安王造剡山石城寺石像碑》叙述齐代事迹时，则只称为“齐”（文中凡两见），并未冠有“皇”（或“大”）字，而于梁则称为“大梁”（文中凡两见），同样是对当时王朝例行的尊称。同一齐代也，刘勰称呼上的前后差异，正是写作年代不同的显著标志，也是最可靠的第一手资料。这里，我们就不难看出《文心雕龙》确是写成于齐代，才会在齐上冠一“皇”字；如果是梁代写成的话，大可像《梁建安王造剡山石城寺石像碑》那样，只称为“齐”就够了，又何必多冠一“皇”字呢？

《文心雕龙》成书于齐末的论断，原是无可置疑的，内证也不是止有《时序》篇末段的“皇齐”二字。叶先生为了推翻刘毓崧的说法，对“今圣历方兴”句也故尔立异：

> 如果我们扫清“皇齐”两字罩在眼上的朦翳，相反地《时序》篇倒成为说明《文心雕龙》成书于梁代的佐证。当刘勰叙述了齐代“中宗以上哲兴运”后，接着说“今圣历方兴，文思光被”，以往改朝换代都要改历，改历也就成了改朝换代的另一说法，如《梁书·武帝纪》纪武帝受禅后告天的辞里就有“齐氏以历运斯既，否终则亨，钦若天应，以命于衍”；禅让礼毕后的诏书中也有“齐代以代终有征，历数云改”。这里的“方兴”应该指改历而言，同一朝代内的新皇帝登基嗣位是不应该这样说的。

文中对“今圣历方兴”句的解释，显然与刘勰的原意不符，未敢苟同。空谈非征，请先看下面的两个例子好了：

> 萧鸾《即位大赦诏》：“宏图景历，将坠诸渊。”（《南齐书·明帝本纪》）

> 又，《罪王敬则诏》："及景历惟新，推诚尽礼。"（同上书，《王敬则传》）

这两篇诏书中的"景历"，与《时序》篇的"圣历"意思是差不多的；"及景历惟新"，与"今圣历方兴"的涵义亦复相近，都是指的"同一朝代内的新皇帝登基嗣位"（萧鸾指的是他自己，刘勰指的是齐和帝），根本不存在什么改朝换代，自然也就无所谓改历了。刘毓崧曾指出："所谓'今圣历方兴'者，虽未尝明有所指，然以史传核之，当是指和帝而非指东昏也。"这一推断，是完全可信的。理由是：《时序》一篇以高度概括、精炼的语言，论述了自唐虞至齐十个朝代的文学盛衰情况；赞文"蔚映十代"句，就是回应全篇正文说的。叶晨晖先生乃谓："《文心雕龙》成书于梁代"，"'今圣历方兴'是指梁朝而言"。假如这样，正文所论述的便是十一个朝代了，与赞文的"十代"岂不大相矛盾？思想方法极为缜密的刘勰，行文绝不至于如此疏忽吧。只此一端，叶先生的论点已不攻自破。

真是无独有偶！施助、广信两先生合写的《关于〈文心雕龙〉著述和成书年代的探讨》① 一文，为了要说明舍人书成于梁代，也在"皇"字上大做文章：

> 再者，从《文心雕龙》"暨皇齐驭宝，运集休明"一段话来看。历来人们把这段话视为判断《文心雕龙》著述和成书年代的关键。也有许多人主要依据"皇齐驭宝，

① 见《文学评论丛刊》1979 年第 3 辑。

> 运集休明”这两句话，判定“此书作于齐世”①。根据这两句话就做出结论，未免有些武断了，因为根据是不充分的。这两句话的意思无非是：大齐王朝统治下的文运集历代之大成，是美好而光明的。……据《说文》，皇，“大也”；据《风俗通》，皇，“天也”；……特于齐上加一“皇”字，确实是对齐王朝的美称。然而，刘勰历经齐世，梁王与齐皇为同族，……齐梁文学并盛，诸如沈约、江淹、何逊等著名文学家都横跨齐梁二世，称颂齐世是可以理解的。称颂齐世，并不能因此断定刘勰撰《文心雕龙》和成书于齐世。如果说“皇”字只能冠于当代，也未必尽望（?）。屈原《离骚》开篇说：“帝高阳之苗裔兮，朕皇考曰伯庸。”“皇考”是对先父的美称。梁武帝天监②十一年诏曰：“皇王在昔，泽风未远，故端居玄扆，拱默岩廊。”“皇王在昔”是说黄帝时代的事。可见“皇”字并不能说明问题。

这段文章所持的理由，不免有些牵强。“梁王与齐皇为同族”也罢，“齐梁文学并盛”也罢，与刘勰之称颂“皇齐驭宝，运集休明”，好像都没有多大关系。所举的例子，也不够恰当。《离骚》的“皇考”，乃屈原对其先父的美称，与刘勰成书时之尊称当代为“皇齐”，根本不可同日而语；萧衍诏书中的“皇王”二字本平列成词，与“皇齐”之“皇”的词性亦异。怎能相提并论，混为一谈呢？总之，叶晨晖、施助、广信三先生对“皇齐”二字的理解

① 此顾千里《文心雕龙·原道》篇批语。

② “天监”误，当作“大同”。

是欠周到的，已简论如上。至其所进行的考订和论断，也缺乏说服力。秀川、牟通、王楚玉三先生各有长文评论①，笔者就不再辞费了。

（原载《文学遗产》1981 年第 4 期）

---

① 秀川《关于〈文心雕龙〉著述和成书的年代》，见《文学评论丛刊》1980 年第 7 辑；牟通《〈时序〉篇末段发微》，见同上；王楚玉《〈文心雕龙〉撰成于梁初新说商兑》，见《重庆师范学院学报》（哲学社会科学版）1981 年第 2 期。

刘勰卒年初探

刘勰的卒年，言人人殊，向无定论。谭正璧《中国文学家大辞典》“刘勰”条说他是宋宗室刘道怜之孙，卒于宋后废帝元徽元年（公元473年），这显然是把两个根本不同时代而只同姓、名、字的刘勰，混为一人了。现姑就《梁书·刘勰传》末“撰经证功毕，遂启求出家，先燔鬓发以自誓，敕许之，乃于（定林）寺变服，改名慧地，未期而卒”数语，作初步试探，冀有知人论世之助。

按撰经任务，仅由刘勰与慧震二人承担，恐怕不是短期内所能完成。受命的时间，既然是在梁武帝中大通三年（公元531年）四月昭明太子萧统卒后；那么，推断完成的年份，参稽释典就大有必要。宋释志磐《佛祖统纪》卷三十七云：“（大同）四年（公元538年），通事舍人刘勰，雅为（昭明）太子所重。凡寺塔碑碣，皆其所述。是年，表求出家，赐名慧地。”元释念常《佛祖历代通载》卷九云：“辛亥（即中大通三年），刘勰者，名士也，雅为太子所重，撰《文心雕龙》五十篇。……表求出家。先燔须自誓，帝（梁武帝）嘉之，赐名惠（与“慧”通。《太平御览》卷六百五十七引《梁书》即作惠）地。”又释觉岸《释氏稽古略》

卷二云："大同二年（公元536年），梁通事舍人刘勰表求出家，帝嘉之，赐僧法名慧地。"三书所系刘勰出家之年虽然各不相同，但还可以考订。因为，证功毕即祈求出家，变服不久即卒，都是在十二个月之内，传文叙述得非常明白。如果推出刘勰的卒年，志磐、念常、觉岸三家孰得孰失，就昭然若揭了。

史部书中的合传，率以其人的卒年先后为序。《梁书·文学传》下名次，刘勰列在谢几卿之后、王籍之前，可见他的卒年是介于谢、王二人之间的。无征不信，试通过史实来印证。

《谢几卿传》云："普通六年（公元525年），诏遣领军将军西昌侯萧深（当作"渊"，此避唐高祖李渊讳改）藻督众军北伐；几卿启求行，擢为军师长史，加威戎将军。军至涡阳，退败。几卿坐免官。居宅在白杨石井，朝中交好者，载酒从之，宾客满坐。时左丞庾仲容亦免归，二人意志相得，并肆情诞纵。……不屑物议。湘东王在荆镇，与书慰勉之。……几卿未及序用，病卒。"谢几卿免官后与庾仲容的诞纵行径，《庾仲容传》也有记载："（仲容）迁安西武陵王谘议参军，除尚书左丞，坐推纠不直免。……唯与王籍、谢几卿情好相得。二人时亦不调，遂相追随，诞纵谋饮，不复持检操。"考武陵王萧纪以大同三年（公元537年）闰九月改授安西将军、益州刺史（见《梁书·武帝纪》下），仲容盖未随府；除尚书左丞不久，即坐事免归。其时疑在大同四年。谢几卿和他"肆情诞纵"，当亦不出是年之外。因"不屑物议"，故湘东王萧绎在荆镇（萧绎自普通七年（公元526年）十月至大同五年（公元539年）七月都在荆镇。见《梁书·武帝纪》下）"与书慰勉"。几卿答书，满腹悲愤，绝望哀鸣，溢于言表。传末谓其"未及序用，病卒"，大概就是大同四年秋冬之际死的吧（由书中"忽焉素秋"，"老使形疏，疾令心阻，沈滞床簟，弥历七旬"等语推定）。

《王籍传》云："（籍）历余姚、钱塘令，并以放免。……迁中散大夫，尤不得志。遂徒行市道，不择交游。湘东王为荆州，引为安西府谘议参军，带作塘令。不理县事，日饮酒。人有讼者，鞭而遣之。少时，卒。"考萧绎在荆镇于大同元年（公元535年）十二月进号安西将军，至五年七月，始入为护军将军、安右将军、领石头戍军事（见《梁书·武帝纪》下）。王籍被引为西府谘议参军，带作塘令，当在萧绎尚为安西将军期内。又《梁书·谢征传》谓征于"大同二年（公元536年）卒官。……友人琅邪王籍集其文为二十卷"。这就不难看出：王籍之卒必在大同二年谢征已卒之后，大同五（公元539年）年七月萧绎尚未离开荆州之前，断限是极其清楚的。

综上所述，刘勰名次既厕于谢几卿、王籍之间，其卒年固不应先于谢几卿或晚于王籍。《佛祖统纪》谓刘勰于大同四年出家，当属可信（念常、觉岸两家系年，与《梁书·文学传》下所列名次先后不符）。《梁书》言其"变服……未期而卒"，是刘勰从出家到卒的时间没有超出十二个月之外。如果这段时间跨了两个年头的话，那么，刘勰之卒不在大同四年，便是次年了。

《文心雕龙》成于齐和帝之世（公元501～502年，清人刘毓崧《通义堂文集》卷十四有专文论证）。刘勰当时"齿在逾立"。假定为三十二三岁，再往上推算，他生于宋泰始六年（公元470年）左右，至梁大同四、五年（公元538～539年）间，约六十八九岁。年近古稀，在南朝文学家中，不能不说是高龄啊！

（原载《四川大学学报》（哲学社会科学版）1978年第4期）

刘勰《灭惑论》撰年考

“文化大革命”前，一些研讨刘勰世界观的文章，往往各取所需，摘引《灭惑论》里的个别辞句作为“本证”，来论断刘勰的世界观如何如何，好像持之有故，无懈可击。夷考其实，乃大谬不然。因为，《灭惑论》和《文心雕龙》的内容既不相同，写作的时间亦复各异，无区别地混为一谈，是不够妥当的。

《文心雕龙》成书于齐和帝中兴元、二年（公元 501 ~ 502 年）间，清人刘毓崧有翔实的考订（见《通义堂文集》卷十四《书〈文心雕龙〉后》)，已为古代文论研究者所公认，无须再赘。《灭惑论》撰于何时，尚无专文论述。本文拟作初步试探，就正于专家、读者。

唐释神清《北山录》卷二《法籍兴》篇评道佛之争时说：“是以道则有《化胡经》《夷夏》《三破》《十异》《九迷》；释则有《灭惑》《驳夷夏》《破邪》《辩正》。纷然陵驾，既悖而往，亦悖而复。”宋释德珪《北山录注解随函》卷上“夷夏”条云：“《夷夏论》，道士顾欢作。”“三破”条云：“‘身’‘家’‘国’，亦是顾道士作也。”“灭惑”条云：“刘思协（当由“勰”字误为“思协”二字）造《灭惑论》，破顾道士《三破论》。”又卷下“顾欢”条云：“顾道士作《三破论》《夷夏论》等谤佛。”可见《灭惑论》这篇文章，是刘勰针对顾欢的《三破论》而作的。对不戴黄冠的顾欢斥之为道士，是不是释德珪的个人成见呢？曰：否。我们只翻阅梁释僧佑辑的《弘明集》六、七两卷，如宋朱昭之《难顾道士〈夷夏论〉》、朱广之《谘顾道士〈夷夏论〉》、释慧通《驳顾道士〈夷夏论〉》、释僧愍《〈戎华论〉折顾道士〈夷夏论〉》、南齐谢镇之《与顾道士书》和《重与顾道士书》，都不约而同地斥顾欢为道士（这几篇题目不知是否为释僧佑所标）。这自然是当时那些崇信佛学和削发为僧的人，对道教鼓吹者顾欢的蔑称，同时也是当时道佛之间剧烈斗争的反映。难怪顾欢的《夷夏论》和《三破论》一问世，马上就引起强烈的反响啊！

刘勰的《灭惑论》既然是针对顾欢的《三破论》而作。先了解一下顾欢其人，就大有必要。《南齐书》卷五四《高逸·顾欢传》云：“顾欢，字景怡，吴郡盐官人也。……永明元年，诏征欢为太学博士，同郡顾黯为散骑郎。黯字长孺，有隐操，与欢俱不就征。欢晚节服食……自知将终……克日死，卒于剡山。……世祖诏欢诸子撰欢《文议》三十卷。”（《南史》卷七五《隐逸上·顾欢传》同）永明为齐武帝萧赜年号，世祖是他的庙号，在位凡十一年（公元483～493年）。传文既言“世祖诏欢诸子撰欢《文议》”，是欢之卒及其《三破论》的断限，都在永明十一年之前①。“佛道二家立教既异，学者互相非毁”（《顾欢传》中语），当时已蔚然成风；顾欢是“意党道教”（同上）的，所撰《夷夏论》，曾招致各方诘难（见《顾欢传》及《弘明集》六、七两卷）。触类

① 《太平御览》卷六百六十四引《真诰》云：“顾欢……齐永平（“明”之误）中，卒于剡山。”（今《真诰》无此文）可见顾欢是在永明十一年之前的某一年死去的。

以推，刘勰之造《灭惑论》，应距《三破论》问世之日不远。我们从此下推至中兴元二年间，相距当在十年以上。这就是说，《灭惑论》写成的时间比《文心雕龙》早。

《灭惑论》全文，载今本《弘明集》第八卷中。《出三藏记集》卷十二所录《弘明集》子目，也有《灭惑论》在内。唐释智升《开元释教录》卷六谓释僧佑的《出三藏记集》撰于齐代。那么，《弘明集》必先已辑成然后才得著录；而《灭惑论》的写成又在《弘明集》辑成之前，更是不言而喻的了①。这就不难看出：被收在齐代即已辑成的《弘明集》里的《灭惑论》，其写作时间，无论如何都要比成书于齐代最后两年内的《文心雕龙》早。

今本《弘明集·灭惑论》后，收有释僧顺的《释〈三破论〉》一篇（《出三藏记集》所录《弘明集》子目无此文，当是后来增加的），其题下云："本论，道士假张融作。"（藏经本作"答道士假称张融《三破论》"）对原作者不称名道姓，而斥之为道士，与卷六明僧绍那篇《正二教论》（《出三藏记集》所录《弘明集》子目在第四卷）题下的"道士有为《夷夏论》者，故作此以正之"如出一辙。一方偏见，原无足怪。所可异者，袁粲驳顾欢的《夷夏论》曾"托为道人通公"（见《顾欢传》），顾欢撰《三破论》又"假称张融"，相似乃尔，绝非偶然。原来，张融在宋代即"有早誉"（见《南齐书》卷四一《张融传》）；先后写的文章又"多

---

① 《出三藏记集》所录《弘明集》子目，当是原本次第。全书只十卷，《灭惑论》为第五卷最后一篇。现在通行的十四卷本，大概是释僧佑入梁后重新编辑的，故所补多梁代作品，如"神灭"与"神不灭"论难诸文即近两卷。篇帙既增，《灭惑论》遂移至第八卷中。至碛砂藏本目录《灭惑论》下题"记室刘勰"，正文《灭惑论》下题"东莞刘记室勰"；吴惟明本则均题"梁刘勰"。后人追题，未足为训。犹《文心雕龙》本成于齐，而题为"梁通事舍人刘勰彦和述"（元至正本）或"梁通事舍人刘勰"（明弘治本）一样。

为世人所惊”（见《南齐书》及《南史》卷三二《张融传》）。故曾经因撰《夷夏论》而遭到围攻的顾欢，再撰《三破论》时不自署其名，却打着当时颇负盛名的张融的旗号来招摇。这不仅可以扩大影响，而且还是最好的挡箭牌。学术史上这样的事例本不罕见，顾欢只是其中的一个罢了。

刚才的推测，是说张融还活着的时候，顾欢盗用了他的大名以欺世。持异议者则认为：写了猛烈攻击佛教的“破身”“破家”“破国”的《三破论》的道士顾欢，想要借重张融的名气，势必在齐明帝建武四年（公元 497 年）张融已死之后始能动笔。否则，“嗜僧言，多肆法辩”（见《南齐书·张融传》）的张融，是不会缄口不言的。也就是说，《三破论》原非出自顾欢之手。这种说法，即使能够成立，《灭惑论》写成的时间比《文心雕龙》早的论断，仍然是站得住脚的。理由是：由中兴元、二年（公元 501、502 年）上推至建武四、五年（公元 497、498 年），相距还是有三四年之久。

综上所述，刘勰写的《灭惑论》，不管是在永明十一年（公元 493 年）前或建武四年（公元 497 年）后，为时都比《文心雕龙》成书早，这是无庸置疑的。由于它们各自的内容和写作的时间不同，不仅“言非一端，各有所当”；即以创作思想而论，也不可能前后完全一致，毫无变化。同一葛洪，所撰《抱朴子》内外篇，一属道家，一属儒家（见《抱朴子·外篇·自叙》）。还是由于它们各自的内容和写作的时间不同，而判若天渊。假设我们要研讨葛洪的世界观，能不能把《抱朴子·内篇》所说的“道”与《抱朴子·外篇》谈到的“道”等同起来呢？当然不能。同样的道理，要研讨刘勰的世界观，也绝不能把《灭惑论》所说的“道”与

《文心雕龙》谈到的“道”相提并论。因为它们本来就是两码事，牵强比附，终不免于方枘圆凿，是龃龉难入的啊！

1979 年 5 月 12 日于四川大学寓楼学不已斋

(原载《古代文学理论研究丛刊》1979 年第 1 辑)

《文心雕龙》研究中值得商榷的几个问题

科学的春天已经到来，心情分外舒畅。一有闲暇，便随意翻阅“文化大革命”前有关《文心雕龙》的论文和专著。玉田采璞，所获实多。从总的倾向看，这些作品都是力图遵循批判继承的原则来进行研究。各抒所见，盛极一时。分析既不断深入，范围也逐步扩大，这的确是非常可喜的现象，首先应该充分肯定。但个别论著中，还有瑜不掩瑕之处；在原文的理解上，也存在着见仁见智的差异。传抄成习，随手择要摘录，并略下己意，以便继续探讨。夏日正长，爰组织成文，就正于专家、读者。

一

古代的文学批评家，由于历史的局限，对作家作品的看法，总不免要为时代风尚所囿，而产生某些偏见。刘勰自然也未例外。《文心雕龙》中没有提到陶渊明，似乎应该从这方面去探索，才有可能得出较为正确的论断。可是，有些研究者却多方为之疏通证明，替其开脱。如说：

> 盖陶公隐居息游，当时知者已鲜，又颜、谢之体，方为世重，陶公所作，与世异味，而《陶集》流传，始于昭明，舍人成书，乃在齐代，其时《陶集》尚未流传，即令入梁，曾见传本，而书成已久，不及追加。故以彭泽之闲雅绝伦，《文心》竟不及品论。①

这段话里，除“颜、谢之体，方为世重，陶公所作，与世异味”足以说明问题外，其余的论点都难于成立。我们知道，陶渊明虽“隐居息游”，但当时的达官如檀道济、王弘，文豪如颜延之，高僧如释慧远，对他都非常尊重，相与周旋。何法盛的《晋中兴书》②、檀道鸾的《续晋阳秋》③、沈约的《宋书》、萧统的《陶渊明传》和佚名的《莲社高贤传》，都先后有所记载。怎能说是“知者已鲜”？同时，鲍照的拟古诗中有《学陶彭泽体》一首，江淹的《杂体诗》中也有《拟陶征君田居》一首，时间都比萧统编纂《陶渊明集》为早；而且都是在向陶诗的特殊艺术风格学习，将其与其他的前代名家名作同等看待。这就不难看出：《陶渊明集》尚无定本的时候，陶诗即已展转流传，鲍照、江淹才有从事拟作的典范，萧统也才有“更加搜求”（《〈陶渊明集〉序》）的可能。这

① 刘永济：《文心雕龙校释》，中华书局1962年版。

② 《文选·陶征士诔》“颜延年”下李善注引《晋中兴书》曰：“延之为始安郡，道经寻阳，常饮渊明舍，自晨达昏。及渊明卒，延之为诔，极其思致。”（此条《古典文学研究资料汇编——陶渊明卷》失收）

③ 《艺文类聚》卷四及卷八一引《续晋阳秋》曰：“陶潜尝九月九日无酒，坐宅边菊丛中，摘菊盈把，坐其侧久；望见白衣至，乃王弘送酒也。即便就酌，醉而后归。”（又见《初学记》卷四、《太平御览》卷三二及卷九九六）又《太平御览》卷六九七引《续晋阳秋》曰：“江州刺史王弘造陶渊明，（渊明）无履，弘从人脱履以给之；语左右为彭泽作履。左右请履度，渊明于众坐伸脚令度。及履至，着而不疑。”（以上两条《古典文学研究资料汇编——陶渊明卷》亦失收）

样的事例，文学史上本极常见，不独陶渊明一人的作品为然。强调“圆照之象，务先博观”（《文心雕龙·知音》）的刘勰，在写作《文心雕龙》时未必于陶渊明的作品竟毫无所知；即使书成之后才得寓目，假如他真能认识陶诗的价值的话，也未始不可以“追加”上去。葛洪的《抱朴子·外篇》道及郭璞的《南郊赋》①，便是很好的例证。那么，陶渊明没有得到刘勰的品题，显然不是这位研究者说的那些理由所能解释得通的了。

为刘勰不曾论列陶渊明作辩护的另一说法，则为：

> 刘勰的《文心雕龙》一个字也没有提到他（按指陶渊明），那不能怪到刘彦和，因为《文心雕龙》一书有自己的体例，它不批评宋以后的作家。②

《文心雕龙》的“体例”到底是怎样的呢？原作者曾附有详明的小注：

> 《文心雕龙·才略》篇评介历代作家，都一一道出名字，只到东晋为止，接着说：“宋代逸才，辞翰鳞萃，世近易明，无劳甄序。”宋齐两代是彦和所认为的“近世”，他只概括批评这两代的文风，却不会对具体作家给以“甄序”。而在当时，一般人都把陶渊明当作刘宋时代的人，沈约把他列入《宋书·隐逸传》，《诗品》说“宋征

① 葛洪的《抱朴子》于东晋元帝建武元年已写定，《外篇·钧世》又道及郭璞的《南郊赋》，可能是后来修改过的缘故（郭璞之赋奏上于元帝太兴元年，见《北堂书钞》卷五七、《初学记》卷一二引《晋中兴书》）。

② 湛之：《读〈陶渊明资料汇编〉》，《文学遗产》第433期。

士陶潜”。到了唐代才把他正式写进官修的《晋书》中。现在有些报刊论文以《文心雕龙》不提及陶渊明为书中一疵，那是不明了刘彦和著书的体例和齐梁当时人的看法的缘故。

刘勰评介作家真的“只到东晋为止”吗？恐怕还不完全是这样。《时序》篇论述刘宋时代的文坛，就有“王、袁联宗以龙章，颜、谢重叶以凤采，何、范、张、沈之徒，亦不可胜（按此下当有“数”字）也”几句。尽管都是称姓而未道名，但“王、袁、颜、谢、何、范、张、沈”八家的姓总是列举了的。特别要注意的是所提到的“颜、谢”，无论如何都有颜延之、谢灵运两人在内。既然那八家的姓都可以稍事点缀，却偏偏把“陶”姓撇开，这也能说是“体例”使然？如果再从全书中不曾论及鲍照来看，刘勰的观点和态度，更是昭然若揭。至于说当时“一般人都把陶渊明当作刘宋时代的人”，并举沈约的《宋书》和钟嵘《诗品》作证，好像持之有故，其实还是不免于主观、片面。颜延之的《陶征士诔》，明称陶渊明为“有晋征士”，这难道不算是刘宋时人的看法？《晋中兴书》和《续晋阳秋》都分别载有陶渊明的事迹①，两书的作者均刘宋时人，远在房乔诸史家之前。这又大可说明把陶渊明当作晋人看待，也不是唐修《晋书》的创例。当然，陶渊明的身世，究竟属晋属宋，今天本无争辩的必要，这里无非借以指实这

---

① 《北堂书钞》卷七八引《晋中兴书》云：“陶潜为彭泽令，督邮察县，吏入白：当板履而就谒。潜曰：‘吾不能为五斗米折腰，向乡里小人。’于是挂冠而去。”同书同卷又引《续晋阳秋》云：“陶潜除彭泽令，姓（性）好学，善酒。在县使种秫谷，曰：‘吾常醉足矣。’”（以上两条《古典文学研究资料汇编——陶渊明卷》亦失收）

位同志的论证不够充分罢了。

此外，还有同志反复强调《文心雕龙》的“断限”，以证成入宋的陶渊明不被刘勰“甄序”为“符合历史事实”①；也有疑心《文心雕龙》的“原本残缺”② 的。前者的持论虽较上面所举的那段文章为详，用意却相去不远；后者则纯出揣测，并无佐证。这里就不再事辞费了。须得进一步研讨的，倒是那一时期对陶渊明的看法的问题。

形式主义文学盛行的南朝时代，陶渊明的诗歌，虽曾为鲍照、江淹所矜式，向它学习；而一般的作家、评论家则狃于习俗，未予重视，或重视不够。从钟嵘“世叹其质直”（《诗品》）和裴子野“爰及江左，称彼颜、谢”（《雕虫论》）的论述，已可看出当中的消息。这里再作如下的印证：（一）号称“文章之美，冠绝当时”（《宋书·颜延之传》）的颜延之，与陶渊明的情谊素厚，应该是“奇文共欣赏”的知音嘛，但他那篇“极其思致”（《晋中兴书》）的《陶征士诔》，只是在“人德”方面竭力推崇，而于文学成就则仅以“文取指达”四字相许。所评虽嫌简阔，却充分反映了他对陶渊明在创作上的总评价。（二）沈约的《宋书》列陶渊明于《隐逸传》，于其文学造诣无一语涉及；《谢灵运传论》所概述的历代文学演变，不是说“降及元康，潘、陆特秀”；就是说“爰逮宋氏，颜、谢腾声”。根本就未提到陶渊明。这大概是因为陶渊明的“文取指达”，比不上潘岳、陆机的“缛旨星稠，繁文绮合”；颜延之的“体裁明密”和谢灵运的“兴会标举”吧。（三）萧子显的《南齐书·文学传论》在品列宋代作家时，一则曰“颜、谢

① 郭预衡：《〈文心雕龙〉评论作家的几个特点》，《文学评论》1963 年第 1 期。
② 黄海章：《中国文学批评简史》，广东人民出版社 1962 年版。

并起，乃各擅奇”；再则曰“休、鲍后出，咸亦标世”。陶渊明还是没有数上。也许他认为陶渊明的诗作尚未达到“擅奇”“标世”的境地。（四）钟嵘品诗，陶渊明虽得预其“宗流”，但仍置之中品。所称誉的“冠冕”，是“陆机为太康之英，安仁、景阳为辅；谢客为元嘉之雄，颜延年为辅”。（五）萧统为陶渊明编订集子和写序文，极力称其“文章不群，辞采精拔，跌宕昭彰，独超众类，抑扬爽朗，莫之与京”（《陶渊明集序》）。算是一改旧观，有了新的认识和估价。可是《文选》里选录陶渊明的作品，却远远比不上陆机、潘岳、谢灵运、颜延之四家的多。尤其是陆机、谢灵运的诗歌，登选的篇数超过了任何一家（陆为五十二首，谢为四十一首）。若与陶渊明被选的八首相较，那真是不可同日而语。（六）萧纲对陶渊明的作品本极爱好，跟刘孝绰佩服谢朓的诗歌一样，是常“置几案间，动静辄讽味”（《颜氏家训·文章》篇）的，应该予以较高的评价嘛，实则不然。他在《与湘东王书》中所标榜的“古之才人”，于汉、魏则称“扬、马、曹、王”，于晋、宋只举“潘、陆、颜、谢”（《梁书·文学上·庾肩吾传》）。陶渊明还是落在所谓的“才人”之外。这都足以表明：萧统弟兄心目中的陶渊明，仍然不能与陆机、潘岳、谢灵运、颜延之四家相匹敌的。

综上所述，可见刘勰没有论及陶渊明，显然是与当时的风尚有关（这与唐人选唐诗不选杜甫的作品①有相似处）。如果再参照《明诗》篇所揭示的那两条标准——“四言正体，则雅润为本；五言流调，则清丽居宗”。那么，陶渊明“文取指达”的四言、五言，是不会被刘勰许为“雅润”“清丽”的。其未加品列，也就不

① 高仲武《中兴间气集》、殷璠《河岳英灵集》、芮挺章《国秀集》等都没有选杜甫的诗作。

足为奇了。无庸讳言，这正是刘勰的时代局限的反映，确属书中一疵，我们必须实事求是地予以批判。“体例”“断限”等说法，恐怕也替刘勰开脱不了吧！

二

《文心雕龙》里面的许多术语，往往跟我们今天所使用的不同；有的且已淘汰，早就无人使用了。我们遇到这类“难题”，必须仔细探索，郑重将事，绝不可以牵强附会，混淆古和今的界限。例如文学作品的风格问题，刘勰的确是谈到过，《体性》篇就是关于这方面的专著（其他篇里也偶一涉及）。但要在《文心雕龙》全书中去找像现在所使用的“风格”这个词儿，那就无异于缘木求鱼了。

本来，“刘勰并没有给我们下一个风格的定义”① 的提法是合适的。某同志似乎觉得还不够，非进一步找到个来历不可。弋钓之余，果有所获。他的原文如下：

> 吴调公同志说：“刘勰并没有给我们下一个风格的定义。”诚然是这样的，可是刘勰是不是明白地提出了“风格”的字眼呢？这他是提出来了的。刘勰在《议对》篇说：“汉世善驳，则应劭为首；晋代能议，则傅咸为宗。然仲瑗博古，而铨贯有叙；长虞识治，而属辞枝繁。及陆机断议，亦有锋颖，而谀辞弗剪，颇累文骨。亦各有

① 吴调公：《刘勰的风格论》，《文学遗产》第376期。

> 美，风格存焉。”现在我们论文章风格，一般地说，就是指作品中一种特有的情调；换句话说，就是作家一系列作品中的内容和形式的主要特征的统一表现，刘勰在这里论应劭、傅咸、陆机等作家的作品，认为是“亦各有美，风格存焉”。认为这些作家各有着独特的艺术表现，所以说“风格存焉”。刘勰这样来明确风格的意义是十分确当的。①

照这位同志的作法，不仅在《文心雕龙》中发现了“风格”一词的源头，而且也发现了刘勰对“风格的意义”有“十分确当”的见解。其实何尝如此。首先，《议对》篇“亦各有美，风格存焉”的“风格”，与《章表》篇“章以造阙，风矩应明”的“风矩”，基本上无大异。如果把它们对调一下，“亦各有美，风格存焉”换作“亦各有美，风矩存焉”；“章以造阙，风矩应明”换作“章以造阙，风格应明”，彼此毫无隔阂，都可以讲得通。可见《议对》篇的“风格”二字，不能强解为跟“现在我们论文章风格”的“风格”一样。其次，刘勰的这几句话，本是评论应劭、傅咸、陆机三家所作的“议”体文章的。而这种文章的写作，在刘勰看来，有其特殊目的和要求。所以他紧接着说：“夫动先拟议，明用稽疑，所以敬慎群务，弛张治术。故其大体所资，必枢纽经典；采故实于前代，观通变于当今；理不谬摇其枝，字不妄舒其藻。……然后标以显义，约以正辞，文以辨洁为能，不以繁缛为巧；事以明核为美，不以深隐为奇。”应劭、傅咸、陆机三家的“议事”之文，虽然没有完全达到这个标准，存在着缺点，但也各有

① 舒直：《关于刘勰的风格论》，《文学遗产》第392期。

各的优点和作用。因此，他下的总评语是“亦各有美，风格存焉”，绝不是在谈三家的“独特的艺术表现”。再次，刘勰的风格理论主要集中在《体性》一篇，把这里的几句话拿去和《体性》篇对照，言各有当，说的并不是一回事。通过上面简单的分析，可以看出这位同志的说法似乎是站不住脚的。

另有一位同志也在《文心雕龙》里找“风格”二字的来历。大概时间晚一点的缘故，又多找到一处。看来是费了功夫的。顺便将他的原文抄在下面：

> 用“风格”一词来评文，当以刘勰为始。刘勰在《文心雕龙》里两次使用了这一词儿。《议对》篇说：“汉世善驳，则应劭为首；……亦各有美，风格存焉。”《夸饰》篇说：“虽《诗》《书》雅言，风格训世，事必宜广，文亦过焉。”……由上引的下一条看来，显然是指诗文的风范格局而言的。他的意思是说，《诗》《书》是雅言，它的风范格局可以作为后代的典范，与下文所说的“大圣所录，以垂宪章”意思是完全一致的，以此来理解《议对》篇中的风格，也是合适的①。

《议对》篇的“风格”与我们今天所说的风格涵义不同，已如上述。至于《夸饰》篇的“风格”二字，原来就有疑问，更不能引以为证。据明谢恒钞本，“格”字本作“俗”；顾广圻亦校作“俗”。这里应作“风俗”，才讲得下去。因为单是《诗》《书》的“风格”，不可能起“训世”的作用。“风”是动词，读上声，与

① 周祖譔：《刘勰的风格论简说——读〈文心雕龙〉札记》，《热风》1962年第2期。

“讽”字的音义并同。“风俗”，即《诗大序》“风，风也，教也；风以动之，教以化之”的意思（慧皎《高僧传序》：“明《诗》《书》《礼》《乐》，以成风俗之训。”语意与这里的“《诗》《书》雅言，风俗训世”同）。“不思误书”而曲为之说，是否企图把刘勰说成既有一套风格的理论，又有风格一词的首创之功哩？

三

曲解术语，古今不分，是牵强附会的一面；另一种表现，则为缴绕时代，先后不分。如某部专著里，就有两条类似的情况：

篇（按指《指瑕》）中所举陈思、安仁之瑕，亦见《金楼子》及《颜氏家训》，此《序志》篇所谓不以同为病也。①

钟嵘《诗品》，列子建于上品，谓“其源出于《国风》，骨气奇高……卓尔不群”。又曰：“陈思之于文章，譬人伦之有周、孔。”其推许之至如此。其论子桓，则列之中品，谓“其源出于李陵，颇有仲宣之体则……不然，何以铨衡群彦，对扬厥弟？”此论与舍人不同，殆即本篇（按指《才略》，下同）所指“俗情抑扬”乎？本篇“位尊灭才，势窘益价”二语，最足说明此故。而钟评抑子桓太甚，故舍人独持异议②。

① 刘永济：《文心雕龙校释》，中华书局 1962 年版。
② 刘永济：《文心雕龙校释》，中华书局 1962 年版。

"不以同为病"和能"独持异议"，确是刘勰的卓越处，也是《文心雕龙》的成功因素之一。可惜所举的例证，有些不大对头。《文心雕龙》成书于齐末，刘毓崧《道义堂文集》卷十四有翔实的考证，这位研究者明明是知道的；萧绎和颜之推的身世都比刘勰晚，也一定是知道的，钟嵘与刘勰的年岁虽然相值，但《诗品》的写成却后于《文心雕龙》，这也是大家所公认的。既然这样，怎么能够因为《金楼子·立言》下篇和《颜氏家训·文章》篇举有"陈思、安仁之瑕"，就说成是刘勰的"不以同为病"呢？又怎么能够说刘勰的"独持异议"，是因为钟嵘《诗品》的"抑子桓太甚"呢？当《文心雕龙》写成之日①，萧绎尚未降生②；刘勰死去之年③，颜之推才七八岁④；《诗品》杀青的时候⑤，《文心雕龙》即早已流传。岂有时代晚些的著作，会被时代早的人预见的道理！那么，看到《金楼子》《颜氏家训》与《文心雕龙》的相同处，就认为是《序志》篇所说的"旧谈"；看到钟嵘与刘勰的不同论点，就认为是《才略》篇所指的"俗情"，未免太不考查时代，倒置先后了。何况《金楼子》多因袭前人成文，不注明所出，《立言》下篇"管仲有言：……可不慎欤；古来文士，……不其嗤乎"一百八字，可能是袭自《文心雕龙·指瑕》篇；《颜氏家训》中某些文学主张，往往与《文心雕龙》的论点相同或相近，也可能是受了刘勰的影响。这样说来，倒不是刘勰"同"于萧绎、颜之推，而是萧绎、颜之推"同"于刘勰啊。

---

① 中兴元年或次年（公元501～502）。

② 萧绎生于天监七年（公元508）。

③ 约在大同四、五年（公元538～539）。

④ 颜之推生于中大通三年（公元531）。

⑤ 约在天监十二年至十八年之间（公元513～519）。

刚才所举那样忽略了时代先后的例子，也许由于只注意在证明刘勰“同乎旧谈”和“异乎前论”的观点所致。某部文学史的执笔者，为了说明“《文心雕龙》的积极战斗作用”，也引了《金楼子》下篇中的几句来证成其说：

> 他（按指刘勰）反对“碌碌丽辞，则昏睡耳目”（《丽辞》），这正和一些形式主义者的论调相对立。例如萧绎的《金楼子》说：“文者，惟须绮縠纷披，宫商靡曼，唇吻遒会，性灵摇荡。”在萧绎看来，文学的首要条件，只是形式的华美，而思想内容却被忽视了。从这些针锋相对的论调，更可以看出《文心雕龙》的积极的战斗作用①。

刘勰的某些主张和“形式主义者的论调相对立”，是事实，也可以举出例证。不过，论调既是相对立，刘勰的另一方的年代，起码应该相值，或者是要早些；否则就不成其为对立面了。萧绎最后写定《金楼子》的时间，约在三十六岁左右②，那时刘勰已经死去。从刘勰这一方来说，《金楼子》不可能成为“针锋相对的论调”的对象。《中国文学史》的这一节是在论述“刘勰和他的《文心雕龙》”，不分时代的前后相提并论，一般读者岂不如堕云里雾中！又如一篇谈刘勰的文学批评的文章，曾这样叙道：

> 两晋作品“辞意夷泰，诗必柱下之旨归，赋乃漆园

① 中国社会科学院文学研究所编：《中国文学史》（一），人民文学出版社1962年版。

② 据《金楼子·自叙》“三十余载泛览众书万余矣”及“三十六年来恒令左右唱之”二语，姑作此臆断。

之义疏”，是由于“自中朝贵玄，江左称盛，因谈余气，流成文体”。(均《时序》篇)①。

《时序》篇的原文本很清楚：“自中朝贵元（玄），江左称盛，因谈余气，流成文体。是以世极迍邅，而辞意夷泰，诗必柱下之旨归，赋乃漆园之义疏。”这里的“中朝”是指西晋，“江左”则指东晋。可见“辞意夷泰，诗必柱下之旨归，赋乃漆园之义疏”，原是“江左”因“中朝”玄谈“余气”而“流成”的“文体”。也就是说，它们是东晋的作品。《明诗》篇说：“江左篇制，溺乎玄风。”断限与此正同。《宋书·谢灵运传论》：“有晋中兴，玄风独盛，为学穷于柱下，博物止乎七篇。”《南齐书·文学传论》：“江左风味，盛道家之言。”也都是指东晋说的。“自中朝贵玄”句，只不过点明一下它的缘起罢了。不审上下文意颠倒起来引，而冠以“两晋作品”四字，岂不是把东晋盛行的玄言文学也包在西晋王朝之内？

像上面所举的三个例子，是提早了时间；也有模糊不清，推迟了时间的。如某同志谈到刘勰对“诗的如何产生”问题时说：

在《时序》篇中，他继承了汉儒的看法，指出：“逮姬文之德盛，《周南》勤而不怨；大王之化淳，《邠风》乐而不淫。幽、厉昏而《板》《荡》怒，平王微而《黍离》哀。故知歌谣文理，与世推移，风动于上，而波震于下者也。”②

① 于维璋：《刘勰论文学批评》，《山东大学学报》1962年第3期。
② 文铨：《关于〈文心雕龙〉和〈诗品〉的异同》，《文学遗产增刊》1962年第11辑。

刘勰“继承了汉儒的看法”是不一而足的。上面引文里的“幽、厉昏而《板》《荡》怒，平王微而《黍离》哀”二句和“风动于上，而波震于下”二句，也确是本汉儒《毛诗》序文为说。但“姬文之德盛，《周南》勤而不怨；大王之化淳，《邠风》乐而不淫”四句，既为《毛诗》的序文所无，也不见于汉代其他著述。其非汉儒的看法可知。黄叔琳和范文澜同志尽管引了《关雎》《汝坟》的《序》和郑玄的《诗谱》作注，毕竟未得其肯綮所在。《左传》襄公二十九年：“吴公子札来聘……请观于周乐。使工为之歌《周南》《召南》。曰：‘美哉！始基之矣，犹未也；然勤而不怨矣。’……为之歌《豳》。曰：‘美哉！荡乎！乐而不淫，其周公之东乎？”瞧，这不是刘勰遣辞之所自出吗？吴季札聘鲁观乐的那年，孔子才八岁，儒家学派尚未创立。从这里还可看出刘勰继承前代遗产的方面之广。这位同志大概过信了黄、范两家的注释，误把春秋时代人的说法混为“汉儒的看法”，因而下了不符合历史事实的断语。

四

《文心雕龙》本是一部最系统最完整的古代文学理论批评巨著，要深入研讨它当中的任何问题，都不能局限在某一篇或某几段，必得贯穿全书，相互发明。寻章摘句，自然有其必要；但不顾上下文意，各取所需，只图把自己的论点说圆的现象，是较为普遍的，有的还很严重。这就不是郭象在注《庄子》，而是《庄子》在注郭象了。如某同志在阐述刘勰有关写作的问题时，有这样一段文章：

> 刘勰认为，“夫设文之体有常，变文之数无方”（《通变》）。因此，“洽闻之士，宜撮纲要”（《诸子》）。这就是说，修养高的人，首先要抓住纲要，像毛主席教导我们“弹钢琴”的方法似的。“晓其大纲，则众理可贯”（《史传》），“故能骋无穷之路，饮不竭之源”（《通变》）。所以说“非辞之难，处辞之（为）难”（《祝盟》）。这就是说，写文章并不难，如何写好它才是难事。要写好文章，又必须掌握文字的技巧，特别是用字的恰如其分。这句话本来指“非辞之难”以执笔，推广到行文的各方面，其根本问题，还在于掌握写作的方法，让笔听你自己使用，做到“得之于心而应之于手”的地步就成功了。但要做到这个地步，首先要了解“处辞”之所以难，是难在取舍分寸之间，这是由于“意少一字则义阙，句长一言则辞妨”（《书记》）的缘故。①

这段文章说得倒头头是道，所引《文心雕龙》的辞句，乍一看去，好像也很妥帖。夷考其实，只有开始和最后的两处还对；其余都不大伦类，或相距甚远。为了清楚起见，依次加以解说：《诸子》篇的“然洽闻之士，宜撮纲要”，是第二段末承上启下之辞。上文既评介了“诸子”的各个方面，故以“然洽闻之士，宜撮纲要”二句相承。即是说，“诸子”的优缺点虽纷然杂陈，但博学的人，应该抓住它的主要东西；也就是紧接着说的：“览华而食实，弃邪而采正。”可见这里的“宜撮纲要”，是专指学习“诸子”方面而

① 黄肃秋：《论结构和剪裁——〈文心雕龙〉中关于写作问题研究之一》，《新闻业务》1961年第2期。

言，与写作无甚关系。《史传》篇“晓其大纲”的上面，还有“至于寻繁领杂之术，务信弃奇之要，明白头讫之序，品酌事例之条”四句。那么，“大纲”的具体内容，就是指的“寻繁领杂之术，务信弃奇之要，明白头讫之序”和“品酌事例之条”。很显然，这是专就从事史部书著作来说的，并不是在泛论一般的写作。《通变》篇的“故能骋无穷之路，饮不竭之源”二句，都是比喻的话。上句谈的是“变”，接近于今天所说的创新；下句谈的是“通”，接近于今天所说的继承。这位同志信手拈来，跟他自己的文章上下也不怎么协调。《祝盟》篇的“然非辞之难，处辞为难”，同上面“若夫臧洪歃辞，气截云霓；……故知信不由衷，盟无益也。夫盟之大体，必序危机……切至以敷辞，此其所同也”两节极有关系。绝不能割裂开来理解。刘勰的意思是说，“盟”辞要做到“序危机，奖忠孝，共存亡，戮心力，祈幽灵以取鉴，指九天以为正，感激以立诚，切至以敷辞”还不算难；所难的倒在于如何履行它。特别是“处辞为难”句，更是与“臧洪歃辞，气截云霓；刘琨铁誓，精贯霏霜。而无补于晋汉，反为仇雠”遥相呼应的。因为臧洪和刘琨的盟文，尽管一个是“气截云霓”，一个是“精贯霏霜”；但由于他们的同盟者的食言，未履行盟约，结果还是弄得“无补于晋汉，反为仇雠”。所以刘勰郑重提出：“非辞之难，处辞为难”，并且接着又以“后之君子，宜在（存）殷鉴，忠信可矣，无恃神焉”来收篇，更表明了刘勰对盟文的“处辞”一层是何等地重视。不管原文的意思怎样，随便引用和改字（“为难”改为“之难”），又从而为之辞：说什么“写文章并不难，而在于如何写好它才是难事”；“处辞之所以难，是难在取舍分寸之间”。自己的论点倒阐发圆满了，究竟有几分合乎刘勰的原意？

断章取义，以就己意，除刚才举的那段文章外，另有一篇研讨刘勰的创作理论的文章也较为突出。这里只举它谈含蓄问题当中的“第一”部分为例：

> 含蓄总是要求语言的简约的。“称名也小，取类也大”（《比兴》），“一言穷理”“两字穷形”，“以少总多，情貌无遗”（《物色》）。文有尽而意无穷，含蓄的以有限的语言寓无限的内容的特点，可以使创作免去辞繁之累。“物色虽繁，而析辞尚简”（《物色》）；含蓄是达到这个要求的一个极为理想的途径。①

《比兴》篇的“称名也小，取类也大”，刘勰是借用《周易·系辞》下的话句来说明“兴”的表现手法的。它的确切注脚，即下文所说的“关雎有别，故后妃方德；尸鸠贞一，故夫人象义”。“称名也小”，指“关雎有别”“尸鸠贞一”二句；“取类也大”，指“故后妃方德”“故夫人象义”二句。这几句的意思，只是说诗人使用“兴”的手法是因小以喻大，跟语言的简约与否毫不相干。所引《物色》篇各句，更是适得其反。“一言穷理”，原是紧承上句“‘皎日’‘嘒星’”说的；“两字穷形”，也是紧承上句“‘参差’‘沃若’”说的。既然已经是“穷理”“穷形”了，怎么又称为含蓄？“以少总多，情貌无遗”二句，是对上一节所下的总评。意在说明《诗经》的作者善于使用“灼灼”“依依”“杲杲”“瀌瀌”“喈喈”“喓喓”“皎”“嘒”“参差”“沃若”等形容词来描绘自然景物。尽管每处只有一两个字，却能使形象鲜明，惟妙惟肖。刘勰明明是说的“情貌无遗”，却要从含蓄那方面去理解，这岂不与《隐秀》篇“深文隐蔚，余味曲包”的说法大相径庭！

① 于维璋：《刘勰论创作》，《山东大学学报》1962 年第 4 期。

“物色虽繁，而析辞尚简”，诚然“可以使创作免去辞繁之累”，但也未必就能达到“状溢目前”的艺术效果。像这样“以意逆志”地引用原文，未免太随心所欲了。一般读者如果对《文心雕龙》不甚熟悉，以为刘勰的原意就是这样，岂非一误再误！

五

征事数典，是魏晋以降文人日益讲求的伎俩，刘勰自然也未能免俗，在《文心雕龙》中，四部群籍任其驱遣。既为过去注家增加了不少麻烦，也给一般读者带来了很多困难。特别是书阙有间，至今还有不得其解的。这当然需要大家的共同努力，作进一步的研究和抉发。

不过，某些辞句并不深湛，却有体会错了的；有些典故并不冷僻，也有理解错了的。这类例子很多，试先以《神思》篇的几处文句为例：如“规矩虚位，刻镂无形”二句，本极言构思的精微，以见“穷形尽相”之妙。意思是说作品还在想象中那时的酝酿、加工，因尚未出言落纸，作者的多方揣摩，就如加规矩于虚位，施刻镂于无形那样。跟陆机《文赋》的“课虚无以责有，叩寂寞而求音”是差不多的，只譬喻的辞句不同而已。某同志说成是：“当你刚开始思索的时候……虽然有起、承、转、合的行文程序和步骤，但一切方法都不能立刻适应各种要出场的人物、各项待铺陈的事件、各项待说明的道理，规矩几乎等于虚设，刻画、雕塑都有迎接不暇的趋势。”① 不知说到那儿去了。又如“意翻空

① 黄肃秋：《论作家的构思和修养——〈文心雕龙〉中关于写作问题研究之二》，《新闻业务》1961 年第 3 期。

而易奇，言征实而难巧”二句，乃诠释上文之辞。意思是说，托空的想象，不受任何限制，可以恣意驰骋，不难于出奇；作品要用文字来表达，一落言筌，就不是那么无拘无束，容易巧妙的。某同志把它引来证明措词遣句的确切、生动①，未免不伦不类。再如“密则无际，疏则千里”二句，原是紧承上面“是以意授于思，言授于意”而来，说明从构思到遣辞当中关系之密切和重要。“密则无际”，是说“思”“意”“言”三者结合得很好，就能完美无缺；“疏则千里”，则是说相反的结果。某同志解为：“有时候材料多到充满整个空间，也有时候少得零零落落。”② 真是差之毫厘，缪以千里。以上三处都没有用典，尚未得其仿佛，难怪赞文末句“垂帷制胜”的“垂帷”，有些同志要望文生训了。“垂帷”，即“下帷”。“下帷讲诵”是董仲舒的故事，见《史记·儒林·董仲舒传》（《汉书·董仲舒传》同，《前汉纪·孝武皇帝纪》二作“下帷读书”）。束晳《读书赋》：“垂帷帐以隐几，披纨素而读书。”③ 借用董子事而改“下”为“垂”，是“垂帷”与“下帷”相通之证。这里的“垂帷制胜”，是回应篇中“积学以储宝”和“博见为馈贫之粮”两句，也是刘勰再一次地强调学问之于作家的重要性。与其他篇里主张“博学”“博观”的论点也是一致的。某同志译为：“就可以像运筹惟（帷）幄之中，制胜千里之外一样地完成创作的任务了。”④ 也有解为：“帷是军幕；刘勰以军机比喻写作，以为在军事上如能运筹帷幄之中，便可决胜千里之外，就

---

① 刘绶松：《古典文学理论中的风格问题》，《红旗》1962 年第 6 期。

② 黄肃秋：《论作家的构思和修养——〈文心雕龙〉中关于写作问题研究之二》，《新闻业务》1961 年第 2 期。

③ 《北堂书钞》卷九八，《艺文类聚》卷五五引。

④ 赵仲邑：《〈文心雕龙·神思〉试译》，《作品》1962 年第 1 卷第 2 期。

像在写作上如能有卓越的构思，便也能出现优秀的作品。"[①] 看法都不谋而合，如出一辙。其实，将军的运筹帷幄，决胜千里，与作家的"结虑司契"，简直是风马牛不相及，怎能挹彼注兹？何况还有"垂"字莫得着落哩！

翻译《文心雕龙》，比引用它的辞句更难。在某同志所译的几篇里，似有欠妥当处。如刘勰在《比兴》篇所引贾谊《鹏鸟赋》"祸之与福，何异纠纆"的"纠纆"，"纠"为动词，作"绞"字解；"纆"为名词，作"索"字解。另一种解释，则"纠纆"都是名词："纠"为"两合绳"；"纆"为"三合绳"。讲法虽殊，"纆"读为"墨"则一。《汉书·贾谊传》《文选·鹏鸟赋》都有详明的注释和音读。不知怎的，把它译为"绳索相缠"[②]。这样，贾谊的赋文，有韵（"纆"与下面的"极"韵）变为无韵（"缠"不能与"极"韵）去了。又如《物色》篇"一言穷理"的"一言"，本指上句的"皎"字和"嘒"字。"言"作"字"解原为常诂，典籍中不乏其例。刘勰之所以用"言"不用"字"，完全由于与下文"两字穷形"的"字"字相避的缘故。"言"与"字"既为互文，怎么能译"一言"为"一句话"[③] 呢？像这样地理解"一言"的"言"字，试问《书记》篇的"意少一字则义阙，句长一言则辞妨"，又有何译法？再如《熔裁》篇的"凡思绪初发，辞采苦杂，心非权衡，势必轻重"四句，本是说刚开始构思的时候，想说的和想写的往往苦于繁多，心灵不像天秤那么准，势必有过轻或过重的偏向。所以下文接着说："是以草创鸿笔，先标三

---

① 陆侃如、牟世金：《刘勰论创作》，安徽人民出版社 1963 年版。

② 赵仲邑：《〈文心雕龙·比兴〉试译》，《作品》1962 年第 1 卷第 4 期。

③ 赵仲邑：《〈文心雕龙·物色〉试译》，《作品》1962 年第 1 卷第 8 期。

准……。”某同志把“心非权衡，势必轻重”二句译为：“内心如不加以衡量，势必造成轻重不均。”① 这与原来的语意是吻合的吗？

另一同志翻译的篇章最多，值得商榷的地方自然是势所难免的了。这里只就《总术》一篇提出五点不成熟的意见：（一）《总术》篇共分三段，第一段又分三节，“今之常言，有文有笔，……别目两名，自近代耳”为第一节，是驳“文笔”之分的；“颜延年以为笔之为体，言之文也；……非以言笔为优劣也”为第二节，是破颜延之“言笔”之分的；“昔陆氏《文赋》，号为曲尽，……知言之选难备矣”为第三节，是评陆机《文赋》“十体”之分的。这一篇本是综述从《神思》到《附会》所论文术的重要性的，为什么又涉及文体的问题呢？刘勰的意思大概是这样：文术是由文体而来，在强调“研术”之前，应该从过去有关文体的区分说起。《明诗》到《书记》之所以放在上篇论叙，从这里也就可以看出其用意所在。第二段末的“圆鉴区域，大判条例”，上句即指上篇的文体论言，下句则就下篇的创作论言。文体既与文术密切相关，所以他在第一段里加以论述。这位同志认为这一段是“总论文章”，因而把它“分为言、笔、文三种，言是语言，比较质朴，缺少文彩；笔是散文，有文彩；文是韵文，有文彩。这样，所有的文章都可概括地归入这三类。”② 这样的解说，似乎不合原意。（二）第一节后面“夫文以足言，理兼诗书，别目两名，自近代耳”四句，原为刘勰驳斥“文笔”之分的话句。“夫文以足言，理兼诗书”，是所持的理由；“诗”“书”是韵文和散文的代词，“诗”就有韵之文言，“书”就无韵之文言，并非专指《诗经》和

① 赵仲邑：《〈文心雕龙·熔裁〉试译》，《作品》1962年第1卷第9期。

② 周振甫：《〈文心雕龙〉选译》，《新闻业务》1963年第5~6期。

《书经》。“别目两名”的“两名”，是指的“文”和“笔”。这位同志译为：“另一种说法，文采（文）是用来丰富语言（言）的，照理说，《诗》《书》兼有言和文，分成言和文两种称呼，从近代来的。”① 这无异于“郢书燕说”。（三）第二段中的“知夫调钟未易，张琴实难：伶人告和，不必窕槬（梓）之中；动用挥扇，何必穷初终之韵”，都是以音乐的演奏钟和琴相喻。从结构层次上分析，“伶人告和，不必窕槬之中”，是承“调钟”句；“动用挥扇，何必穷初终之韵”，则承“张琴”句。从文字含义上考索，“伶人告和”见《国语·周语》下，“窕槬”见《左传》昭公二十一年，都属于周景王铸“无射钟”的故实，这里用来比方写作的技巧；那么，主张“辞动有配”（《文心雕龙·丽辞》篇赞）的刘勰，于“动用挥扇，何必穷初终之韵”两句，可能也是用了典故的。无征不信，姑以桓谭的《新论》（《琴道》篇）为证：“雍门周以琴见孟尝君，……雍门周引琴而鼓之：徐动宫、徵，挥角、羽；初终，而成曲。孟尝君遂歔欷而就之。”（《文选·豪士赋序》李善注引。《说苑·善说》篇文略同，唯“初”误作“切”）正是这里的最好注脚。只因今本《文心雕龙》误“角”为“用”，误“羽”为“扇”，致面目全非，几不易于索解（明清以来注本不是说未详，就是避而不谈，可见这是全书中比较难解的一处）。这位同志见潘岳《射雉赋》有“候扇举而清叫”一语，遂误认刘勰的遣辞与潘赋相似，“扇”字也是指捕雉的手巾说的，从而把两句译为：“每一挥动手巾，哪能一定从头到尾的叫声都合于韵律。”② 于事于义，俱有未安。（四）第三段里的“虽前驱有功，而后援难继”两句，

---

① 周振甫：《〈文心雕龙〉选译》，《新闻业务》1963 年第 5 ~6 期。

② 周振甫：《〈文心雕龙〉选译》，《新闻业务》1963 年第 5 ~6 期。

是指不“研术”而从事写作所产生的一种毛病，“前驱”和“后援”都是以行军喻行文。

两句的意思是说，前部分虽然写得很成功，后面一差了就配不上，难乎为继。这位同志译为：“虽然前驱者这样做有了功效，跟在后面走的人却难以继续下去。”① 显得太不惬洽。（五）篇末的最后几句，是刘勰对他的创作论所作的简介，“文体多术，共相弥纶”，是说创作的原理原则众多，而又互有关联；“一物携贰，莫不解体”，是说缺少任何一方面（或部分）的研讨，理论的系统就不完整；“所以列在一篇，备总情变”，是说分别写成一些专篇，来详论创作上的各种原理原则及其变化；“譬三十之辐，共成一毂”，是比方他的全部创作理论，系由各个专篇组成的统一体；“虽未足观”，是谦辞；“亦鄙夫之见也”，则寓有自负之意。这些都可以从本篇在下半部中所摆的位置和文意看得出来的。这位同志译为：“何况文章的写作技巧有多种要求，需要共同配合，一个条件不具备，就会破坏整体。所以在一篇里面，全面地总结各种情理变化，好比车轮中的三十条横木，一起合在车毂上组成一个轮子，那样讲写作虽然不值得称美，也是浅陋者的一得之见。”② 把实有所指的话句，说得如此空泛；尤其是对“列在一篇”和“虽未足观，亦鄙夫之见”的原意，好像并未怎么了了。

六

《文心雕龙》流传的时间既久，从事疏证或刊误的也代不乏

① 周振甫：《〈文心雕龙〉选译》，《新闻业务》1963 年第 5 ~6 期。

② 周振甫：《〈文心雕龙〉选译》，《新闻业务》1963 年第 5 ~6 期。

人。这对我们今天的深入研究，的确有莫大便利。但前人和时贤的成果，并不是完全都对，应该有所甄别，择善而从。否则以讹传讹，疑误读者。如《征圣》篇“是以子政论文，必征于圣；稚圭劝学，必宗于经”四句，当中有明代杨慎的臆补，[①]已非刘勰之旧。应从唐写本作“是以论文必征于圣，窥圣必宗于经”为是。因为刘向论文的话既不见于书传，匡衡上疏劝经学的内容也跟这里的文意不合，杨补之不足已可概见；何况还有唐写本的真凭实据。某些同志的翻译和论文，却将错就错，因而未改；甚至信以为真，替其作注。这都不够妥当。又如《辨骚》篇“固知《楚辞》者，体慢于三代，而风雅于战国”的“慢”和“雅”都是误字，当依唐写本改“慢”为“宪”，改“雅”为“杂”。从文意上看，“体宪于三代”，是指《楚辞》的“典诰”方面言；“风杂于战国”，则指其“夸诞”方面言。从词性上看，“杂”是动词，才能与“宪”字相俪。刘勰既认为它是“体宪于三代，而风杂于战国”，所以接着就说：“乃‘雅’‘颂’之博徒，而词赋之英杰也。”某同志没有注意到“风雅”的“雅”字有误，反而说成“《楚辞》乃战国时代的‘风’‘雅’”[②]。自己的论点倒证实了，可惜原“非书意”。再如《通变》篇“魏之策制，顾慕汉风”的“策”字，原出明万历梅刻本的误刊[③]，当依天启梅本作“篇”。“篇制”，犹言篇章、篇翰，泛指一般作品，跟下文“晋之辞章”

---

① 见梅庆生音注本、黄叔琳辑注本《征圣》篇校语。

② 马茂元：《从汉代关于屈原的论争到刘勰的〈辨骚〉》，《文学遗产》第391期。

③ 明万历梅庆生音注本作“策”，有校语云：“元作‘荐’，许无念改。”（按天启梅本则作“篇”，亦有校语云：“元作‘荐’，许无念改。”是许乃改“荐”为“篇”，非改作“策”。）何允中《汉魏丛书》、钟惺评本、陈仁锡奇赏斋本、谢恒钞本等都相沿其误，作“策”；黄叔琳辑注本亦因而未改，遂使刻错了的“策”字承用到现在。

的“辞章”是一样的。《明诗》篇“江左篇制，溺乎玄风”，句法与此相同，亦可证。某同志译为：“魏国的策命和诏制，慕效汉朝的文风。”① 按照刊错了的字来译，就成为魏代慕效汉朝文风的，只有“策命”和“诏制”了，难道这符合刘勰的原意和当时的真实情况？可见一字之误，并不是无关宏旨的。

以讹传讹，不只表现在对原来错了的个别字句上，就是对一篇的段落大意也有跟着别人错了的。如一篇集体撰写的文章，里面就有这样一段：

> 如《指瑕》就是专门批评文病的论文。其中列举曹植、左思、潘岳等人文章中的用字失当之处，是为“用字不当”之病；又举崔瑗、向秀等人文章中的拟人不当之处，是为“比拟不伦”之病。此外，他又“略举四条”以说明造成文章疵病的其他一些原因：（一）“若夫立文之道，惟字与义……斯实情讹之所变，文浇之致弊。”（二）“近代辞人，率多猜忌……虽不屑于古，而有择于今焉。”（三）“又制同他文，理宜删革。……然世远者太轻，时同者为尤矣。”（四）“若夫注解为书，所以明正事理；……而薛综谬注，谓之‘阍尹’，是不闻执雕虎之人也。”②

《指瑕》篇的文意非常清楚，段落也很分明。“繁例难载，故略举四条”，原属上段，所以用了个“故”字；“若夫立文之道”以下

① 周振甫：《〈文心雕龙〉选译》，《新闻业务》1962年第2期。
② 南京大学中文系《中国文学理论史》编写组：《〈文心雕龙〉的文学批评论》，《江海学刊》1961年第7期。

则另为一段，所以用“若夫”二字领起。把上段末的结束语看作下段发端的话，连段落都划分错了。由于这样，刘勰原来在上段里所举的四条例，就差了两条。指实来说：曹植的《武帝诔》和《明帝颂》措词失体，为第一条例；左思的《七讽》立言乖理，为第二条例；潘岳的“悲内兄”和“伤弱子”遣辞不当，为第三条例；崔瑗的《李公诔》和向秀的《思旧赋》比拟不伦，为第四条例。误将前三条例合而为一，已觉非是；又一概说成是“用字不当”，尤嫌笼统。从刘勰举出的文句来看，哪里只是“用字”的问题呢？既然在上段里没有凑足四条例之数，就不得不向下一段想；刚好，下段里正分论了四项。于是得出“此外，他又‘略举四条’以说明造成文章疵病的其他一些原因”的推断来。这样地上下拼凑，段落混淆，也许出于一时的疏忽，或者是照抄故罗根泽先生的《中国文学批评史》(一)① 的缘故吧。可见不细审原书，人云亦云，有时是会上当的。

人云亦云的另一种情况，则为不追查原始资料，而相信别人本已有误的说法。在一篇谈刘勰评论作家的特点的文章里，就有这样的例子：

> 他（按指刘勰）在《序志》篇说：“品列成文，有同乎旧谈者，非雷同也，势自不可异也；有异乎前论者，非苟异也，理自不可同也。同之与异，不屑古今，擘肌分理，唯务折衷。”这就是说，对于古今的旧说，有所继承，也有所批判。正因为如此，他才有可能集旧说之大成，有可能提出新的结论。例如在《宗经》篇里，刘勰

① 古典文学出版社 1957 年版。

就采取了王粲的成文，在《颂赞》篇和《哀吊》篇里，也采用了挚虞的旧说。……都是以前人旧说为基础而加以阐述的。刘勰于前人旧说，或借用，或引伸，或补充，态度相当谨严。有所因袭，却非雷同。①

这段文章的论点是正确的。遗憾的是，所举例证中，如说“《宗经》篇里，刘勰就采取了王粲的成文”，则颇有疑问。王粲的什么“成文”呢？也许是指的那篇《荆州文学记·官志》吧。某同志说得如此肯定，大概是过信了范文澜同志的《文心雕龙注》。范注是这样说的：“陈先生曰：‘《宗经》篇“《易》惟谈天”至“表里之异体者也”二百字，并本王仲宣《荆州文学志》文。’案仲宣文见《艺文类聚》三十八，《御览》六百八。”② 言之确凿，按理不应有误。其实乃大谬不然！《艺文类聚》卷三十八引的王粲《荆州文学记·官志》，根本无此文；《太平御览》卷六百七所引的，也同样没有（《御览》全书中引《荆州文学记·官志》只此一见）。其卷六百八引“自夫子删述……表里之异体者也”二百余字，明标为《文心雕龙》（此据《四部丛刊》三编影印宋本、明抄本、日本喜多村直宽仿宋本和鲍崇城刻本），并非什么《荆州文学记》。陈伯弢先生盖据严辑《全后汉文》（卷九一）为言，范文澜同志亦系移录严书所注出处，都不曾一检《类聚》和《御览》，故为严可均所误。那么严可均又由何致误呢？这就要怪明代倪焕的刻本《御览》或周堂的铜活字本《御览》了。它在卷六百七引《荆州文学记·官志》一则下，即接“夫《易》惟谈天……表里之异体

① 郭预衡：《〈文心雕龙〉评论作家的几个特点》，《文学评论》1963年第1期。
② 见《文心雕龙注》，范文澜校注，人民文学出版社1962年版。

者也”一百八十八字。既有错简，又脱书名，严可均遂误为王粲《荆州文学记·官志》中文。老实说，《类聚》所引《荆州文学记·官志》自“有汉荆州牧曰刘君”至“声被四宇”，凡三百二十八字，其文序赞似全。若参入刘勰这一百八十八字，实不伦类(张溥《汉魏六朝百三家集·王侍中集》所辑录的《荆州文学记·官志》即无此段)。原文俱在，大可覆案。我们无妨这样献疑：刘勰与王粲的时代相隔了三个世纪，创作的风格怎会如出一手？再有，刘勰一采取王粲的“成文”，就多到一百八十八字，几占《宗经》全篇三分之一，还能说是“有所因袭，却非雷同”？尽管《文心雕龙》里有“同乎旧谈”的地方，像《颂赞》《哀吊》两篇采用挚虞的《文章流别论》那样；但也只是祖述其持论，字句则有所改易，并非完全照抄。某同志过信别人之说，不翻检原书，即遽下论断，似觉未妥。倘若有人不明底细，照样称引，以为刘勰确系如此，岂不辗转滋误！

最后，附带谈一下语言使用的问题。在某些同志的论著中，往往拿一些现代文艺理论中的语言去美化《文心雕龙》：如简介《通变》篇赞文的大意，说“作家应该果断地抓住时机，走在时间的前列，注意文学发展的新动向”①；解释《附会》篇“驱万涂于同归，贞百虑于一致”的涵义，不是说“用一个目标把纷纭的思绪统一起来，用一根红线把复杂的材料贯穿起来②”，就是说要避免“事件没有中心，人物失去性格，情节陷于错乱”③；阐述刘勰

① 南京大学中文系《中国文学理论史》编写组：《〈文心雕龙〉的基本文学观点》，《江海学刊》1961年第4期。

② 赵仲邑：《〈文心雕龙·附会〉试译》，《作品》1963年第2卷第2期。

③ 黄肃秋：《论结构和剪裁——〈文心雕龙〉中关于写作问题研究之一》，《新闻业务》1961年第2期。

的风格理论，说“他已经认识到，要求作家必须深入社会生活，使自己的思想感情与时代的精神相合拍”①；推断刘勰要求的“博览”，说“不仅是多读书的问题，而是包含了理论与实践联系的问题”②；论证刘勰要求的“典雅”，说是要“反映群众的呼声，要在人民生活中起着积极的作用”③。这些崇高而美好的话句，太现代化了！一千四百多年前的刘勰，恐怕是既不曾这么想，也不会这么说的吧。像这样地从事美化，不仅非刘勰的初料所及，超出了《文心雕龙》原来的意思，而且还会在读者当中造成一种“古已有之”的不良影响哩！

当然，“文化大革命”前《文心雕龙》的研究是不断在向前进展，取得的成绩也非常巨大。以上所谈的六个方面，只不过聊志所疑，就教方家。见闻有限，水平又低，很可能是“忘己事之已拙”的啊！

《文心雕龙》是我国古代第一部“弥纶群言”的文论巨著，在文学批评史上，它是有重要地位和深远影响的。鲁迅先生曾有很高的评价：“篇章既富，评骘自生，东则有刘彦和之《文心》，西则有亚里士多德之《诗学》，解析神质，包举洪纤，开源发流，为世楷式④。”可是，“四人帮”疯狂反对毛主席关于批判继承文化遗产的学说，大搞“古为帮用”，凡是能为他们篡党夺权造舆论的历史人物，都封为法家，极尽吹捧之能事；反之，则一概斥为孔丘的徒子徒孙，攻击、诬蔑，无所不用其极。主张“原道”“征

① 舒直：《关于刘勰的风格论》，《文学遗产》第392期。
② 黄展人：《〈知音〉初探——〈文心雕龙〉札记》，《文学遗产增刊》1962年第11辑。
③ 俞元桂：《刘勰对文章风格的要求》，《文学遗产增刊》1962年第11辑。
④ 《诗论题记》中语，见《鲁迅研究年刊》1974年创刊号。

圣”“宗经”的刘勰，正好是靶子。一些断章取义、歪曲原意、捏造历史、颠倒黑白的文章，相继出笼，大有把《文心雕龙》“批倒批臭”之势。然而，事与愿违。曾几何时，“四人帮”被钉在历史的耻辱柱上矣，《文心雕龙》固自若也。而那些为“四人帮”效劳的“奇文”，本无与于学术，这里就不再驳斥了。

“神州九亿争飞跃”！全国各条战线都在大干快上，捷报频传。我们必须加速新长征的步伐，坚持批判继承、“古为今用”的原则，对《文心雕龙》作全面、深入的研究，取其精华，弃其糟粕，为发展无产阶级的文学创作和文学批评服务。

1978年7月16日于四川大学东风一楼

（原载《文史》1978年第5辑）

《文心雕龙》有重注的必要

半个多世纪以前，我国最通行最有地位的《文心雕龙》注本，当然要首推黄叔琳的《文心雕龙辑注》。这个本子在“龙学”研究领域里，差不多盛行了两个世纪。直到20世纪30年代，才逐渐由范文澜先生的《文心雕龙注》取而代之。范注流传广、影响大，后来居上，成为权威著作。这是大家所公认的，无须多说。不过，由于成书的时间较早，网罗未周，好些资料作者也没有见到（有的则不可能见到：如元至正本、明弘治本、徐𤊹批校本、王惟俭《训故》本等）；另外，对文字的是正，词句的考索，也有所不足。1949年前，国内外虽曾有专文举正，范注又一再翻版，却未见征引。因而书中某些谬误，至今仍在相承沿用，以讹传讹。可见《文心雕龙》这部古典文学理论名著，确有重注必要。

范注是在黄注基础上发展起来的，固然提高了一大步，有很多优点；但考虑欠周之处，为数也不少。谨略抒管见，就正于各位专家、学者。

一、底本不佳

注解学术著作，遴选好的底本最为重要。范注卷首“例言”头条说：“《文心雕龙》以黄叔琳本为最善，今即依据黄本。”乍一看去，好像不会有问题，应该信得过。夷考其实，乃大谬不然。如《风骨》篇“乃其骨髓峻也”句的“峻”作“畯”，《通变》篇“臭味晞阳而异品矣”句的“晞”作“睎”，《序志》篇“大哉圣人之难见也”句的“也”作“哉”（文化学社版、开明书店版、人民文学出版社版皆然）。不仅与黄叔琳养素堂本不同，而且都是错了的。只有常见的《四部备要》本才作“畯”、作“睎”、作“哉”（翰墨园本虽早已误此三字，但此本及养素堂本范老都未见过，这是由其曾误十四处黄评为纪评推知的），而《四部备要》本书牌上标榜的是“据原刻本校刊”，大概范老误信为真，也在“例言”上声称是“依据黄本”，实际是《四部备要》本。说也奇怪，现在还有译注本、选本相信范注所据为黄本而把它作为底本的呢！

二、断句欠妥

《文心雕龙》在六朝文中，断句并不算难。但要做到每句都断得准，每处标点都使用得当，那就不怎么容易了。如《时序》篇“尽其美者何乃心乐而声泰也”十二字，乃紧接上文“有虞继作，政阜民暇，‘薰风’诗于元后，‘烂云’歌于列臣”四句的赞美之辞。应于“者”字下加“,”号,“也”字下加“!”号。这样,才显出上下辞气摇曳之态。范注却在“何”字处断句并加“?”号,“也”字下加“。”号,则索然寡味矣。考古籍中以“何乃”连文冠诸句首的,如《史记》的《蒙恬传赞》《郦生传》《李将军传》《汲黯传》,《三国志》的《魏书·陈琳传》,《晋书》的《明帝纪》,《南史》的《张融传》《沈昭略传》,《说苑》的《建本》篇,《中论》的《智行》篇,《世说新语》的《轻诋》篇,都有其例(其他书中还有)。而且它们的句尾,都非打“!”号或“?”号不可。这就说明,断句偶有不当,是会损害原著的修辞之美的。

三、《文心雕龙注》与正文含义不一致

《原道》是《文心雕龙》的开宗明义第一篇,“文之为德也大矣”又是统摄全篇的第一句,理解得正确与否,关系至巨。杨慎、曹学佺、王惟俭、梅庆生、钟惺、何焯、黄叔琳、纪昀诸家,对这句都避而不谈,未著一字。范注有所诠释,算是落言筌了。简化“文之为德”为“文德”,已觉非是,又说“文德”二字本《周易·小畜》象辞,则更为牵强。《礼记·中庸》“鬼神之为德其盛矣乎”的“鬼神之为德”,《论语·雍也》“中庸之为德也其至矣乎”的“中庸之为德”,与“文之为德”语式差不多。“文之为德”不能简化为“文德”,犹如“鬼神之为德”“中庸之为德”不能简化为“鬼神德”“中庸德”一样。道理很简单:都不符合各自原有的含义。如果认为这两句例子还不足以说明问题的话,那就另举一例好了。史传载曹操因年荒禁酒,孔融致书诘难。寒暄几句后,便提出“酒之为德久矣”这句主语以冒起下文,与“文

之为德也大矣”的造句和用意极其相似（只是少一“也”字和“大”作“久”）；它说酒之为德，先从“类帝、禋宗、和神、定人”开发端绪；接着就以“天垂酒星之耀，地列酒泉之郡，人著旨酒之德”来说明酒与天、地、人三者的关系；然后又列举与酒有关的著名传说和史实，以颂扬酒之为德①。跟《原道》篇的先从天文、地文说到人文，然后再将人文作为重点铺写一样，精论要语，跃然纸上。特别是最后一段里的“玄圣创典，素王述训，莫不原道心以敷章，研神理而设教，……然后能经纬区宇，弥纶彝宪，发挥事业，彪炳辞义。故知道沿圣以垂文，圣因文而明道，旁通而无滞（涯），日用而不匮”，把人文宣扬得如此伟大，目的就是要突出文之为德。两文的谋篇布局既如出一辙，“酒之为德”与“文之为德”的语言结构又完全相同，“为德”虽各有所指，但都应作功用讲则一。② “文之为德也大矣！”犹言文的功用很大啊！这样的理解，正是与《原道》篇的主旨吻合的。

四、《文心雕龙注》与正文不相应

《声律》篇：“翻回取均，颇似调瑟。瑟资移柱，故有时而乖贰。”范注：“‘胶柱鼓瑟’，《法言·先知》篇文。”按：正文只云“调瑟”“移柱”，并无“胶柱鼓瑟”语；《法言·先知》篇本作“胶柱调瑟”，亦无作“胶柱鼓瑟”者。范注云云，均与正文不相应。《淮南子·齐俗训》篇：“今握一君之法籍，以非传代之俗，

---

① 孔融《难曹公表制酒禁书》已佚，散见《艺文类聚》卷七二，《后汉书·孔融传》章怀注引融《集》，《三国志·魏书·崔琰传》裴松之注引张番《汉纪》。

② 朱熹《中庸章句》：“为德，犹言性情功效。”

譬由胶柱而调瑟也。”[①] 又《泛沦》篇：“譬犹师旷之施瑟柱也，所推移上下者，无尺寸之度，而靡不中音。”这两文既与正文“调瑟”“移柱”相应，成书的时间也比《法言》早。

五、正文未误而以为误

《情采》篇：“间色屏于红紫。”范注：“‘红紫’，疑当作‘青紫’，上文云‘正采耀乎朱蓝’。”按：红本间色，其字未误。若改作“青”，恰好成为正色了。《环济要略》：“正色有五，谓青、赤、黄、白、黑也。间色有五，谓绀、红、缥、紫、流黄也。”[②] 《论语·乡党》：“红紫不以为亵服。”皇侃义疏：“红紫，非正色也。……侃案：五方正色，青、赤、白、黑、黄；五方间色，绿为青之间，红为赤之间，碧为白之间，紫为黑之间，缁为黄之间也。故不用红紫，言是间色也。”《荀子·正论》篇：“衣被则服五采，杂间色。”杨倞注：“服五采，言备五色也。间色，红、碧之属。”《法言·吾子》篇：“或问苍蝇红紫。”李轨注：“红紫，似朱而非朱也。”《南齐书·文学传论》：“亦犹五色之有红紫。”并以红紫为间色。《说文·系部》：“红，帛赤白色。”段玉裁注：“谓如今之粉红、桃红。”范注盖错认红为朱，故疑其字有误。

① 《盐铁论·相刺篇》：“坚据古文以应当世，犹辰参之错，胶柱而调瑟，固而难合矣。”

② 《太平御览》卷八一四引。

六、正文本误而以为不误

《乐府》篇："乐盲被律。"范注："此云'乐盲'，当指大师瞽矇而言。"按："盲"为"胥"之误。唐写本作"胥"，即"胥"之异体。《隶释》卷一《韩敕碑》又卷二《桐柏庙碑》"胥"并作"胥"。《广韵·九鱼》："胥，俗作胥。"《周礼·春官·大司乐》："大胥中士四人，小胥下士八人。"《礼记·王制》："小胥，大胥。"郑玄注并云："乐官属也。"此作"乐胥"，与上句"诗官"相对。《玉海》卷一百六引作"胥"，不误。当据改。范注非是。

七、正文未衍而以为衍

《丽辞》篇："指类而求，万条自昭然矣。"范注："案'万'字衍，'自'为'目'之误，当作'指类而求，条目昭然'，即上所云'四对'也。"按："万条"喻其多，如它篇之言"众条"① "众例"② 然。"万"字非衍文，"自"字亦未误。"指类而求，万条自昭然矣"，盖即触类自能旁通之意。是说由已经论列者类推，并非复述上文之"四对"。范注误。

---

① 《檄移》篇"凡此众条"。
② 《铭箴》篇"详观众例"。

八、正文本衍而以为不衍

《征圣》篇："则圣人之情，见乎文辞矣。"范注："唐写本无'文'字。案'文'谓文章，'辞'谓言辞。义有广狭，似不可删，循绎语气，亦应有'文'字。"按：唐写本无"文"字，与《易·系辞》下合，极是。《抱朴子外篇·钧世》："情见乎辞，指归可得。"亦可证"文"字之衍。"辞"即文辞，古籍中不乏其例。求之过泥，则龃龉难入。纵令此处原有"文"字，亦当以"文辞"连读成义，不得析分为二。前《原道》篇末所引"《易》曰：'鼓天下之动者存乎辞'"句的"辞"字，含义正与此同。最后以"辞之所以能鼓天下者，乃道之文也"作结的"辞"与"文"，刚好各在一句。如谓"辞"为言辞，"文"为文章，"义有广狭"的说法，在这里讲得过去吗？本是衍文，范注又从而为之辞，非是。

九、不明出典误注

《议对》篇："周爰谘谋。"范注："《诗·大雅·绵》：'爰始爰谋。'郑玄笺云：'于是始与豳人之从己者谋。'又'周爰执事'笺云：'于是从西方而往东之人，皆于周执事，竞出力也。''周爰谘谋'，语本此。"按：《小雅·皇皇者华》："载驰载驱，周爰咨谋。"毛传："忠信为周。访问于善为咨。（此二句，系移录前章《传》文。）咨事之难易为谋。"郑笺："爰，于也。"《释文》："谘，本亦作咨。"这才是"周爰谘谋"全句之所自出。范注所引

《大雅·绵》的两处诗句，不仅没有打在点子上，连“谘”字亦无着落，也许是由于不明出典的缘故吧。

十、不审文意误注

《才略》篇：“孙楚缀思，每直置以疏通。”范注：“《晋书·孙楚传》：‘……将军石苞令楚作书遗孙皓。’本传及《文选》均载楚《书》。观其指陈利害，深切著明，措辞率直，无所隐避，殆所谓‘直置疏通’也。‘直置’不可解，‘置’或‘指’之误欤?”按:《才略》一篇所评作者，举的都是他们的代表作。孙楚自然也不例外。“直置疏通”，当是指其诗言，非谓所作《遗孙皓书》。“子荆‘零雨’之章”，沈约《宋书·谢灵运传论》曾称之，钟嵘《诗品》中亦特为标举，萧统《文选》且以入选。“直置疏通”，盖即沈约“直举胸情，非傍诗史”的意思。《宋书·刘穆之传》：“穆之曰：‘……而公（指刘裕）功高勋重，不可直置。’”又《谢方明传》：“（刘穆之）白高祖曰：‘谢方明可谓名家驹，直置便自是台鼎人。’”《梁书·文学下·伏挺传》：“挺致书（徐勉）以观其意，曰：‘……怀抱不可直置。’”《文选》江淹《杂体诗》：“（殷东阳首）直置忘所宰，萧散得遗虑。”并以“直置”二字连文，足见为当时常语。日本空海《文镜秘府论·地卷·十体》篇：“直置体者，谓直书其事，置之于句者是。”援引注此，真是最好不过了。

十一、黄注未误而以为误

《时序》篇："自安、和已下，迄至顺、桓，则有班、傅、三崔、王、马、张、蔡"四句，黄注于"王"下品列"延寿"二字，本来没有错。范注却说："黄注谓'王'为王延寿，延寿附见《后汉书·文苑·王逸传》，似不得列'马、张、蔡'之前。此'王'疑指王充。充传曰：'师事扶风班彪，……遂博通众流百家之言。'章怀注引谢承书曰：'……近汉扬雄、刘向、司马迁不能过也。'"好像持之有故，其实是站不住脚的。《才略》篇："二班、两刘，弈（当作奕）叶继采。……傅毅、崔骃，光采比肩，瑗、实踵武，能世厥风者矣。……马融鸿儒，思洽识高……王逸博识有功，而绚采无力，延寿继志，瑰颖独标，其善图物写貌，岂枚乘之遗术欤！张衡通赡，蔡邕精雅，文史彬彬，隔世相望。"所叙东汉作家，即有王延寿而无王充；各家名次先后，亦与此略同。则"王"为王延寿，当无疑义。《诠赋》篇曾赞扬"延寿《灵光》"（指《鲁灵光殿赋》）为"辞赋英杰"之一，与《才略》篇之称誉"其善图物写貌"，正相吻合。《文选》皇甫谧《三都赋序》："其中高者，至如相如《上林》……王生《灵光》……皆近代辞赋之伟也。"可见王延寿这位赋家，皇甫谧早已推为汉赋高手了。且王充原非文士，而《时序》篇又专论文运升降；《诸子》篇尚未叙及其《论衡》，则此处之非王充，更可知矣。范注殊误。

十二、黄注本误而因仍其误

黄注因仍梅注，范注又因仍黄注，陈陈相因，再三致误。如《比兴》篇“圭璋以譬秀民”句，梅注云：“《卷阿》诗：‘如圭如璋，令闻令望。’”黄注云：“见《大雅·卷阿》篇。”范注云：“《诗·大雅·卷阿序》曰：‘《卷阿》，召康公戒成王也。言求贤用吉士也。’其第十一章曰：‘……如圭如璋，令闻令望，……。’《笺》云：‘王有贤臣……志气则卬卬然高朗，如玉之圭璋也。’”三家的注虽详略不同定为《卷阿》诗则一。但仔细循绎诗文，实与“秀民”无涉，恐非刘勰所指。以其字形求之，“秀”当作“诱”，今本偶脱言旁耳。《大雅·板》：“天之牖民，如埙如篪，如璋如圭，如取如携，携无曰益，牖民孔易。”毛传：“牖，道也。……如璋如圭，言相合也。”郑笺：“王之道民以礼义，则民和合而从之如此。”孔疏：“‘牖’与‘诱’，古字通用。”“天之牖民”，《风俗通义·声音》篇、《北堂书钞》卷十引作“天之诱民”；“牖民孔易”，《礼记·乐记》、《韩诗外传》卷五、《史记·乐书》引作“诱民孔易”。[①] 刘勰用经语多从别本，其原作“诱”无疑。

十三、引书未得根柢

《原道》篇“素王述训”句，黄注引王嘉《拾遗记》，固然不

---

① 王先谦谓三家《诗》“牖”作“诱”，见《诗三家义集疏》卷二二。

是根柢；范注引杜预《春秋左氏传集解序》，同样也非根柢。《淮南子·主术》篇：“（孔子）专行教道，以成素王。”《汉书·董仲舒传》：“孔子作《春秋》，先正王而系万事，见素王之文焉。”《说苑·贵德》篇：“（孔子）于是退作《春秋》，明素王之道以示后人。”《论衡·超奇》篇：“然则孔子之《春秋》，素王之业也。”又《定贤》篇：“孔子不王，素王之业，在于《春秋》。”《中论·贵验》篇：“仲尼匹夫，而称素王。”《释名·释典艺》：“八索，索，素也。著素王之法若孔子者。”所言素王，都比杜预的《序》早。

十四、引书不完整，致与正文不相应

征事数典，必须与正文相应。如《情采》篇“固知翠纶桂饵，反所以失鱼”二句，本出《阙子》。其全文为：“鲁人有好钓者，以桂为饵，锻黄金之钩，错以银碧，垂翡翠之纶，其持竿处位即是，然其得鱼不几矣。故曰：‘钓之务不在芳饰，事之急不在辩言。’”① 范注所引不完整（只引前五句，黄注连首句也未引），致“反所以失鱼”句无着落。又如《指瑕》篇“宝玉大弓，终非其有”二句，黄、范两家均只引《春秋经》定公八年“盗窃宝玉大弓”以注，于事有始无终。当再引定公九年《经》：“得宝玉大弓。”《左传》：“阳虎归宝玉大弓。”才能与正文的“终非其有”句相应。

① 《太平御览》卷八三四引。

十五、引书篇名有误

范注“例言”第四条说：“凡有征引，必详记著书人姓氏及书名卷数。”这点提得很对。书名卷数尚在“详记”之中，篇名应更不例外吧。可是，《原道》篇的三十七条注，就有两条弄错了篇名：如第十五条注所引的《皋陶谟》，当改为《益稷》；又如第三十条注所引的《周易正义序》，当改为“《周易正义》卷首”。原书俱在，大可覆按。像这类错误，由于一般读者不易发觉，还会以讹传讹的。

十六、原著俱在，无烦转引

《辨骚》篇：“羿、浇、二姚，与《左氏》不合。”范注引《困学纪闻》卷六：“刘勰《辨骚》：‘班固以为羿、浇、二姚，与《左氏》不合。’洪庆善曰：‘《离骚》用羿、浇等事，正与《左氏》合。’孟坚所云，谓刘安说耳。”按：《纪闻》所引洪说（卷十七亦引之），见《楚辞补注》卷一附刘勰《辨骚》篇兴祖自注。王氏征引毕既无别说，可直录原著，无烦转引。（郝懿行批校本《文心雕龙·辨骚》篇“羿、浇、二姚，与《左氏》不合”上方，批云：“案《困学纪闻》六卷……谓刘安说耳。”是范注乃转抄郝批也。〔他篇注亦有类似情况〕）

十七、引旧说主名有误

《征圣》篇“秉文之金科矣”句，黄注：“（《文选》）扬雄《剧秦美新》‘金科玉条’注：‘谓法令也。’言金玉，侫辞也。”纪评：“注为王莽而言，此引以赞孔子，则不必存‘侫辞’一句。当引李善注曰：‘言金玉，贵之也。’”（李详补注：“‘言金玉’一句，乃黄注自下己意，《文选注》实无此文。纪谓‘不必存’，似混此语为善注矣。”）范注：“纪评云：‘言金玉，贵之也。”按：“言金玉，贵之也”前，纪昀明明有“李善曰”三字，不知范注何以竟会误为纪评？又《辨骚》篇“固已轩翥诗人之后”句黄注：“（《文选》）班固《典引》：‘甘露宵零于丰草，三足轩翥于茂树。’注：‘轩翥，飞貌。’”（此注盖由吕向的“轩，飞貌；翥，飞也”注文改写的。）范注：“《文选》班固《典引》李善注曰：‘轩翥，飞貌。’”按：《文选·典引》李善注只引《楚辞·远游》“鸾鸟轩翥而翔飞”一句，别无它语。范注未检原书，想当然地把黄叔琳改写成的注文当作李善注，① 不免张冠李戴。像这样的错误，一般读者也是难于发觉的。

十八、引书混淆不清

《附会》篇“寄深写远”句范注：“《世说新语·文学》篇注：

① 《文选》全书中的李注，并无“轩翥，飞貌”之文。《后汉书·班固传》章怀注：“轩翥，谓飞翔上下。”也与黄叔琳所称之注不同。

'袁宏尝与王珣、伏滔同在（桓）温坐，温令滔读其《北征赋》，至"岂一物之足伤，乃致伤于天下"，其本至此便改韵。珣云：今于"天下"之后，移韵徙事，然于写送之致，似为未尽。'"按：通行的《世说新语》为梁刘孝标注（南齐敬胤的注已佚）。范注只有一"注"字，这就没有实践"例言"第四条"详记著书人姓氏"的话了。"注"字下既然用了引号，那么引号内的文字都应与所引书一样才对。可是一展卷并观，却大不相同。倒是跟唐修《晋书·文苑·袁宏传》的叙述，完全吻合。（当中省略了一些字句，这是范注常有的现象。）把《晋书》的原文混入《世说》的注中，这能说是符合著述的体例吗？

十九、引用书未注意版本

引用书必须选择较好的版本，才不致辗转滋误。《奏启》篇"杨秉耿介于灾异"句的范注引《后汉书·杨秉传》："……秉因上疏谏曰：'臣闻瑞由德至，灾应事生。《传》（《左传》襄公二十三年）曰："祸福无门，唯人所召。"（《左传》闵子骞之词）。'"按："《左传》闵子骞之词"七字，乃章怀《注》语，来标其名，已嫌不妥；"骞"本误字，未觉其误照抄，尤非。（"骞"当作"马"，何焯《义门读书记》〔《后汉书》列传第三卷〕有说，"殿本考证"曾引之。其实，好的本子如百衲本"马"字就没有错。）从这里不难看出，注家对引用书的版本还是应该注意一下的。

二十、移录前人校语有误

善本难得，移录前人的校语就极为重要了。《封禅》篇赞“鸿律蟠采”句，范注于“律”字下引黄（丕烈）云：“活字本作‘岳’。”按：顾千里、黄丕烈合校的《文心雕龙》，传录之本非一（谭献、孙诒让、陈准均曾藏有之）。据余所藏者核对，《封禅》篇赞黄丕烈并无校语。只顾千里于“逖听高岳”句下方，墨笔书“岳”“活”“嶽”三字。是所校谓“高岳”之“岳”活字本作“嶽”（凡本书“岳”字，活字本皆作“嶽”，如“四岳”作“四嶽”、“潘岳”作“潘嶽”、“乔岳”作“乔嶽”是），非谓“鸿律”之“律”活字本作“岳”也。长于撰写碑志的刘勰，在四言八句的赞文中竟用了两个“岳”字，恐怕不可能吧。这又说明，移录前人朱墨纷陈的校语，稍不留意，是容易弄错的啊。

范注的美中不足之处，因时间关系就谈到这里，别的不再啰唆了。

最后，简单地提一提重注的初步设想：

第一，广泛收集与《文心雕龙》直接有关而又可以作注的资料。约略估计：从宋代的洪兴祖、罗苹、王应麟到现代的章太炎、刘鉴泉、余季豫等学者，不下七十家。在他们的论著中，凡是用得上的（只限于注释方面的资料），都一一甄录。特别是王惟俭的训故、梅庆生的音注以及郝懿行的批注，正确的部分，更应采纳。（黄注因仍梅注，范注因仍黄注，皆括囊不言。）

第二，刊误正讹，力求允当，尽量避免烦琐和随便移动篇章、轻率改字。全书既以注为主，刊误正讹时，不必罗列过多的版本。(如唐写本的误字脱句，都不宜阑入〔元至正本、明弘治本亦然〕。只要所用底本未误未脱，就可以不管。)

第三，征事数典，务期翔实，切忌望文生训或郢书燕说，更不能张冠李戴。

第四，引文必须规范化，一字一句都要照原书移录（必要时可酌用省略号和括弧)。但不阑入作家长篇作品。引用的书应遴选较好版本。

第五，分段和标点，参考国内外专家论著，择善而从。

第六，全书格式要一律，注的号码标在当句右下角。正文及注均用繁体字缮写。

第七，书成，应列一“引用书目”殿后。

以上发言，主观、片面和错误的地方，一定不少。切盼国内外专家、学者批评、指正。

范文澜《文心雕龙注》举正

《文心雕龙》，向以黄叔琳辑注为善。然疏漏纰缪，所在多有，宜其晚年悔之也。逮范文澜氏之注出，益臻详赡，固后来居上者矣。余雅好舍人书，参稽所至，辄自雌黄，补苴理董，间有用心。书眉行间，久而弥缝如无间然，移录成编，已三易其稿，前人所已具者，不与焉。至范注未当处，亦尝为之举正。所见所闻，容或各异。今姑汇而刊之，聊申愚管云尔。

草木贲华。（《原道》）

范注：陆德明《周易音义》引“傅氏云‘贲，古斑字，文章貌’。”……《吕氏春秋·慎行论·壹行篇》高诱注云“贲，色不纯也”。皆贲为文章貌之证。（第十四条）

明照按：《易·序卦传》：“贲者，饰也。”《说文》同此贲字亦当训为饰。若以为文章貌，则于词性不合。上文雕色之雕，与此贲华之贲，皆当作助词解。（《一切经音义》卷二引“《三苍》云：‘雕，饰也。’”《文选·东京赋》：“下雕辇于东厢。”薛综注云：“雕，谓有雕饰也。”）《书·伪汤诰》：“贲若草木。”枚传云：“贲，饰也。……焕然咸饰，若草木同华。”盖舍人语意所本。

则圣人之情，见乎文辞矣。（《征圣》）

范注：《易·系辞》下："圣人之情见乎辞。"唐写本无"文"字。按"文"谓文章，"辞"谓言辞。义有广狭，似不可删。循绎语气，亦应有"文"字。（第五条）

明照按：唐本无"文"字是也。舍人于上用论语，此用《易·系辞》，并无增改。诚以"辞"即文辞，一言已足，无须更加"文"字。且就语势求之，亦实以无者为胜。今本盖传写者涉上下文字而衍。范氏既引《易·系辞》为注矣，何以不审至此！即令原有"文"字，亦当以"文辞"连读成义，不得析分为二也。《原道》篇："《易》曰：'鼓天下之动者存乎辞。'辞之所以能鼓天下者，乃道之文也。"其"辞"字含义，即与此同。如范氏说，则亦为言辞矣，而与下"道之文也"句，得毋舛驰耶？

妙极机神。（《征圣》）

范注："机"当作"几"。《易·系辞》上："唯几也，故能成天下之务；唯神也，故不疾而速，不行而至。"韩康伯注云："适动微之会则曰几。"（第十四条）

明照按：《易·系辞》上："夫易所以极深而研几也。"《陆氏音义》云："几，本或作机。"是舍人此从或本作也。"研几"之"几"，或本作"机"；则下"唯几"之"几"，当亦作"机"也。匪特此尔！《论说》篇："锐思于机此依明嘉靖本，梅子庚本，何刻《汉魏丛书》本。黄本已改为几矣。神之区。"亦然。孙氏诒让有言："彦和用经语，多从别本。"见《札移》卷十二《征圣篇》"文章昭析"条下。明乎此，庶可以读舍人书矣。

故象天地，效鬼神，参物序，制人纪，洞性灵之奥区，极

文章之骨髓者也。(《宗经》)

范注:《礼记·礼运》:"孔子曰:'是故夫礼必本于天,殽于地,列于鬼神,达于丧祭射御冠昏朝聘。'"……此殆彦和说所本。(第四条)

明照按:舍人此文,统论群经。范氏所引,似有未惬。《汉书·儒林传序》:"古之儒者,博学乎六艺之文。六艺者,王教之典籍;先圣所以明天地,正人伦,致至治之成法也。"又《匡衡传》:"臣闻六经者,圣人所以统天地之心,著善恶之归,明吉凶之分,通人道之正,使不悖于其本性者也。"并较《礼运》之文为当。

夫易惟谈天……表里之异体者也。(《宗经》)

范注:陈先生曰,"《宗经》篇'《易》惟谈天'至'表里之异体者也'二百字,并本王仲宣《荆州文学志》文"。按仲宣文见《艺文类聚》三十八,《御览》六百八。(第十五条)

明照按:《艺文类聚》三十八引王粲《荆州文学官志》无此文,《御览》六百七引王粲《荆州文学官志》亦然。《御览》引王粲《荆州文学官志》文,只此一见。其六百八所引自"自夫子删述"至"表里之异体者也"二百余字,明标为《文心雕龙》,非《荆州文学官志》也。《四部丛刊》三编影印本《御览》,日本喜多村直宽仿宋本《御览》,鲍刻《御览》并然。陈氏盖据严辑《全后汉文》卷九十一为言。范氏所注出处,亦系移录严书。皆未之照耳!又按:《渊鉴类函·文学部》卷一九二及一九三五引王粲《荆州文学官志》文,皆与舍人此文同。并系增补者。然由其《周易》门引"夫易惟谈天……"三十一字,而标为"《太平御览》王粲《荆州文学官志》"推之,则其误自张英诸人始。严氏盖过信《渊鉴类函》之所著录,遂以《御览》六百八引《文心》之文,为仲宣《荆州文学官志》,而参于《艺文类聚》三十八所引者之中耳！《艺文类聚》所引王粲《荆州文学官志》，自“有汉荆州牧曰刘君”至“声被四宇”，凡三百二十八字。其文序赞似全。若益以舍人此文，实不伦类。原文俱在，可覆按也。

故子夏叹书，昭昭若日月之明，离离如星辰之行。（《宗经》）

范注：唐写本“明”字上有“代”字，“行”字上有“错”字。《荆州文学志》无“代”“错”二字。（第二十一条）

明照按：范氏所称《荆州文学志》，乃据严辑《全后汉文》为书，前条已详之矣。“代”“错”二字，当从唐本补。《御览》六百八引此文，即脱代错二字，故严书无之。《韩诗外传》卷二：“子夏对曰：‘诗之于事也，昭昭乎若日月之光明；燎燎乎如星辰之错行。’”《孔丛子·论书篇》：“子夏对曰：‘书之论事也，昭昭然若日月之代明；离离然若星辰之错行。’”并可证。《尚书大传·略说》文，范注已具，故未赘。《韩诗外传》作论诗，赵氏怀玉谓“后人习读《论语》，因而妄改”。《礼记·中庸》：“辟如四时之错行，如日月之代明。”亦其旁证。

是仰山而铸铜，煮海而为盐也。（《宗经》）

范注：“仰”，唐写本作“即”，是。《汉书·货殖传》：“即铁山鼓铸。”师古曰：“即，就也。”（第三十五条）

明照按：范注明而未融。《史记·吴王濞传》：“孝景帝即位，错为御史大夫，说上曰：‘……（今吴王）乃益骄溢，即山铸钱，煮海水汉书濞传无水字。为盐。’”索隐云：“即者，就也。”《汉书》颜注同。《晁错传》语同。此舍人遣词所本也。

乐盲被律。（《乐府》）

范注：《诗·大序正义》引郑答张逸云：“国史采众诗时，明其好恶，令瞽矇歌之。其无作主，皆国史主之，令可歌。”《周礼》瞽矇“掌九德六诗之歌以役大师”。此云乐盲，当指大师瞽矇而言。（第六条）

明照按：“盲”，当依唐写本作“胥”。《玉海》一百六引正作“胥”。梅本校作“胥”。注云：“元作育，许改。”是黄本乃误为盲也。黄注可证《周礼·春官·大司乐》：“大胥中士四人，小胥下士八人。”《礼记·王制》：“小胥，大胥。”郑注并云：“乐官属也。”《尚书大传·略说》：“胥与就膳。”郑注亦云：“胥，乐官也。”即其义。范氏乃就黄本误字为说耳。又下文有“瞽师务调其器”之文。若此原作“乐盲”，即为指大师瞽矇，何不上下一致邪？

马融之广成上林，雅而似赋，何弄文而失质乎？（《颂赞》）

范注：“上林”，疑当作“东巡”。《后汉书·马融传》：“……上《广成颂》以讽谏。……融上《东巡颂》。”（第十八条）

明照按：挚虞《文章流别论》：“若马融《广成》《上林》之属，纯为今赋之体，而谓之颂，失之远矣！”《御览》五八八引据此，则《广成》《上林》并称，始于仲治。舍人既用其语，想亦及见其文。不得以范书本传未载，而疑作“东巡”也。

班彪蔡邕，并敏于致语。（《哀吊》）

范注：“致语”，唐写本作“致诘”，疑“诘”是“结”之误。结，谓一篇之卒章也。（第二十一条）

明照按：唐本作“诘”，是也。宋本《御览》五九六引亦作“诘”。下云：“影附贾氏，难为并驱。”今诵长沙《吊屈原》自“讯曰”以下，有致诘意。叔皮、伯喈所作，虽无全璧；然据《艺文类聚》所引者，《类聚》五八引班彪《悼离骚》，四十引蔡邕《吊屈原》文。

亦皆有致诘之词。残文俱在，不难覆按而知。范氏盖因上有“卒章要切”之文，故疑作结，而以卒章释之耳！

昔华元弃甲，城者发睅目之讴；臧纥丧师，国人造侏儒之歌；并嗤戏形貌，内怨为俳也。（《谐隐》）

范注：“俳”，当作“诽”。放言曰谤，微言曰诽。内怨，即腹诽也。彦和之意，以为在上者肆行贪虐，下民不敢明谤，则作为隐语，以寄怨怒之情；故虽嗤戏形貌而不弃于经传，与后世莠言嘲弄，不可同日语也。（第二条）

明照按：范说非是。“俳”字不误。《说文》：“俳，戏也。”内读曰纳。《荀子·富国篇》杨注“内读曰纳”。内怨为俳者，即纳怨为戏也。“华元弃甲，城者发睅目之讴；臧纥丧师，国人造侏儒之歌；并嗤戏形貌，纳怨为戏也。”上言“嗤戏”，下言“为俳”。义正相承。夫既云“微言曰诽”，则何必曰“讴”曰“歌”。既云“下民不敢明谤，作为隐语，以寄怨怒之情”，则何仅讴“睅目”歌“侏儒”已邪？且下文“俳”字数见，又将何说？即令“俳”为“诽”之误，而内怨亦不当作“腹诽”解也。

遗亲攘美之罪。（《史传》）

范注：《汉书》赞中数称司徒掾班彪云云，安得诬为遗亲攘美？（第十九条）

明照按：傅子：《意林》五引。今本皆错入杨泉《物理论》中，此从严氏可均说。“班固《汉书》，因父得成，遂没不言彪，殊异马迁也！”《颜氏家训·文章篇》：“班固盗窃父史。”是遗亲攘美之说，前有所祖，后有所述；非舍人自我作故也。今检《汉书》赞中称司徒掾班彪者，仅见韦贤、翟方进、元后三传赞。且元、成二纪赞，由其称谓推之，的出彪手；而固乃湮灭不彰，似为其自作者然。茑施松上，则金敞为其外祖，婕妤属其姑矣。舍人以遗亲攘美罪之，实宜。又何诬为？

辅嗣之两例。（《论说》）

范注：“两例”，疑当作“略例”。《隋志》有王弼《易略例》一卷，邢璹序称其“大则总一部之指归，小则明六爻之得失”。彦和或即指此欤？（第二十条）

明照按：“两略”二字之形不近，无缘致误。且此云“两例”，下云“二论”，正以数字相对。岳刻《周易略例》本，于“辩位”之后，“卦略”之前；有“略例”下篇题《汉魏丛书》本同。上下乃相对之词；既有略例下矣，则原必有略例上者。舍人称辅嗣之两例，殆指此言之。惜《易略例》旧面目，他无可考矣！

汉初定仪则，则命有四品。（《诏策》）

范注：上“则”字疑当作“法”。《史记·叔孙通列传》：“定宗庙仪法，及稍定汉诸仪法，皆叔孙生为太常所论著也。”本书《章表》篇“汉定礼仪，则有四品”。本篇则五字为句。“则”字有写作“𠟭”者，传书者误分为二“则”字，因缀于上句而夺去“法”字。（第七条）

明照按：《御览》五九三引“则”字不重，“命”字无。则此固四字为句也。《章表》篇：“汉定礼仪，则有四品。”句法实与此同。以两篇之上下文对比，尤为分晓。又宋本《御览》五九四引《章表》篇“汉定礼仪”句，作“汉初定制”喜多村直宽本同。明钞本《御览》作“汉初定仪”。尤足与此相发。今本则字固误重，而“命”字亦系涉上文衍。范氏引《史记·叔孙通传》文，以证上衍之“则”

字当作“法”，殊有未安。

昔郑弘之守南阳，条教为后所述。（《诏策》）

范注：《后汉书·郑弘传》：“政有仁惠，民称苏息，迁淮阴太守。”……案黄注引《郑弘传》曰：“弘为南阳太守，条教法度，为后所述。”考弘传并无此语，未知其何见而云然？《后汉书·羊续之传》称其“条教可法，为后世所述”，黄注盖误记。窃疑昔郑弘之守南阳，当作昔郑弘之著南宫。本传云：“弘前后所陈有补益王政者，皆著之南宫，以为故事。”据此“阳”是“宫”之误，“南宫”既误“南阳”，后人乃改“著”字为“守”字，不知弘实未为南阳太守也。（第三十七条）

明照按：范注大误。《汉书》卷六十六《郑弘传》：“弘字穉卿，泰山刚人也。兄昌字次卿，亦好学皆明经通法律政事。次卿为太原涿郡太守，弘为南阳太守，昔著治迹。条教法度，为后所述。”此即舍人之所本；亦即黄注之所自出。惜黄氏未著书名，致读者不谙所在，横生异议，为可叹耳！范氏既已误穉卿为巨君《后汉书·郑弘传》“弘字巨君”，复欲移南阳作南宫；不自知其非，而反以黄注为误，具可谓笑他人之未工，忘己事之已拙者矣！

兆民尹好。（《诏策》）

范注：“尹好”，疑当作“式好”。式，语辞也。（第四十二条）

明照按：“尹”字于此固不可解；然与“式”之形不近，何由致误？疑系“伊”之残。《汉书·礼乐志》及《扬雄传》上颜注并云：“伊，是也。”此亦当作“伊”，而训为是。

录图日（《封禅》）

范注：纪评曰“录当作绿。”其说无考。（第三条）

明照按：《正纬》篇：“尧造绿图，昌制丹书。”是“绿图”与“丹书”相对。此亦当作“绿图”，与下“丹书”对。纪氏之说，意盖在此。明嘉靖本正作“绿”，不误。又《墨子·非攻下》篇：“河出绿图。”《淮南·俶真》篇：“洛出丹书，河出绿图。”并其证也。

乃称绝席之雄。（《奏启》）

范注：“绝席”，疑当作“夺席”。《后汉书·儒林·戴凭传》：“帝令群臣能说经者，更相难诘，义有不通，辄夺其席，以益通者。凭遂重坐五十余席。”黄注引《王常传》“常为横野大将军，位次与诸将绝席。”似非其意。（第三十二条）

明照按：“绝夺”二字，形不相近，无缘致误。舍人盖借用范书“绝席”之文，以喻其无纵诡随耳！范氏以文害辞，以辞害意，过矣。又，《来歙传》：“赐歙班坐绝席。”《张禹传》：“每朝见特赞，与三公绝席。”并有绝席之文。

周爰谘谋。（《议对》）

范注：《诗·大雅·绵》：“爰始爰谋。”笺云：“于是始与豳人之从己者谋。”又：“周爰执事。”笺云：“于是从西方而往东之人，皆于周执事，竞出力也。”周爰谘谋，语本此。（第一条）

明照按：《诗·小雅·鹿鸣之什·皇皇者华》：“载驰载驱，周爰谘谋。”毛传云：“忠信为周，访问于善为咨，以上二句，系移录前章传文。咨事之难易为谋。”此舍人之所本也。旧注曾未引及者，盖以三百篇为童而习之之书，能读《文心》者，不患其不知故耳！范氏乃以《大雅·绵》为注，风马牛不相及。匪特词费，且于谘字亦未著训。谘，当依《御览》五九五引作咨，始与诗合。咨已从口，不必再加言旁。下文：“尧咨四岳。”《书记》篇“短牒咨谋。”并作咨。则此必原作咨无疑。传写者以俗乱正耳！

岁借民力。（《书记》）

范注：《释名·释书契》“籍，籍也。所以籍疏疏，条列也。人民户口也。”《左传》襄公二十五年“赋车籍马”注：“籍，疏其毛色岁齿以备军用。”《周礼·天官·叙官司书·正义》：“簿今手版。”此“岁借民力”说所本。（第三十四条）

明照按：范氏征引虽博，无一当者。《礼记·王制》：“古者公田藉而不税。”郑注云：“藉之言借也。借民力治公田。”又“用民之力，岁不过三日”。注云：“治宫室城郭道渠。”此盖“岁借民力”说所本。又《春秋》宣十五年经：“初税亩。”《公羊传》：“古者什一而藉。”何注云：“什一以借民力，以什与民，自取其一为公田。”《左传》：“谷出不过藉。”杜注云：“周法，民耕百亩，公田十亩，借民力而治之。”并其证也。

观此四条。（《书记》）

范注：“四条”疑当作“六条”。（第六十条）

明照按：“四”字固误，然“六”亦未得也。疑原作“众”，非旧本残其下段，即传写者偶夺，故误为四耳。《檄移》篇“凡此众条”是其证也。《铭箴》篇：“详观众例。”《诔碑》篇：“周胡众碑。”亦可证。

才有天资。（《体性》）

范注：“有”当作“由”。（第二十二条）

明照按：“有”字自通，毋庸他改，《玉海》二百一十引亦作有。

淫巧朱紫（《体性》）

范注："朱紫"，当作"青紫"。（第二十四条）

明照按：范氏不知据何云然。《诠赋》篇："如组织之品朱紫。"《定势》篇："宫商朱紫。"亦并以"朱紫"连文。

固知翠纶桂饵，反所以失鱼。（《情采》）

范注：鲁人有好钓者，以桂为饵，锻黄金之钩，错以银碧，垂翡翠之纶。马国翰《辑佚书》七十二曰："《太平御览》卷八百三十四引《阙子》。……"（第十九条）

明照按：范氏引《阙子》文未全，于"反所以失鱼"句不应。彼文下云："其持竿处位即是，然其得鱼不几矣。"《御览》八三四引当据补。不知范氏何以失之眉睫？

贲象穷白，贵乎反本。（《情采》）

范注：《易·贲卦》上九："白贲无咎。"象曰："白贲无咎，上得志也。"王弼注曰："处饰之终，饰终反素，故在其质素，不劳文饰而无咎也。以白为饰，而无患忧，得志者也。"（第二十条）

明照按：《说苑·反质》篇："孔子卦得贲，喟然仰而叹息，意不平。子张进，举手而问曰：'师闻贲者吉卦，而叹之乎？'孔子曰：'贲非正色也，是以叹之。吾思也，质素白当正白，黑当正黑。夫质又何也？吾亦闻之，丹漆不文，白玉不雕，宝珠不饰。何也？质有余者，不受饰也。'"《吕氏春秋·慎行论·壹行》篇有此文小异，与此不恰，故未征引。《孔子家语·好生》篇同。盖舍人语意所本。仅引《易》文，似有未尽。

指类而求，万条自昭然矣。（《丽辞》）

范注：案万字衍，当于求下加豆。“自”为“目”之误，当作“指类而求，条目昭然”，即上所云四对也。(第九条)

明照按：求字下加豆，能读《文心》者，不患其不知，何待词费。“万”字确非衍文，属下句读。范氏自误“自”为“目”，故有是兆说耳！

是夔之一足，踸踔而行也。(《丽辞》)

范注：《韩非子·外储说》左下：“鲁哀公问于孔子曰：‘吾闻古者有夔一足，其果信有一足乎？’”(第十一条)

明照按：《庄子·秋水》篇：“夔谓蚿曰：‘吾以一足，踸踔而行。”即舍人此文之所本。范氏乃引《韩子》之文为注，匪特未审文意，且惑同鲁哀公矣。

依诗制骚，讽兼比兴。(《比兴》)

范注：“讽”当作“风”。楚骚，楚风也。(第七条)

明照按：“讽”字不误。《汉书·艺文志·诗赋略》：“楚臣屈原，离谗忧国，作赋以风。”颜注云：“风读曰讽。”有恻隐古诗之义。王逸《楚辞章句·离骚序》：“《离骚》之文，依诗取兴，引类譬喻。”又《后序》：“屈原履忠被谮，忧悲愁思，独依诗人之义，而作《离骚》；上以讽谏，下以自慰。”即其义也。下文：“炎汉虽盛，而辞人夸毗，诗刺道丧，故兴义销亡。”正承此而言，若改作“风”，则不谐矣。

鸡蹠必数千而饱矣。(《事类》)

范注：数千似当作数十，数千不将太多乎？(第十三条)

明照按：古人为文，恒多夸饰之词，舍人于前篇言之备矣。

如鸡蹠数千，即为太多；则所谓周流七十二君者，其国安在？白发三千丈者，其长谁施乎？《吕氏春秋·孟夏纪·用众》篇：“善学者，若齐王之食鸡也，必食其跖数千而后足。”跖与蹠同。是舍人此从《吕子》也。且本篇立论，务在博见，故言“狐腋非一皮能温，鸡蹠必数千而饱矣”，皆喻学者取道众多，然后优也。范说失之。范氏盖据《淮南·说山》文为说。

仓颉者，李斯之所辑，而鸟籀之遗体也。（《练字》）

范注：“鸟籀”当作“史籀”。《艺文志》云：“《仓颉》七章者，秦丞相李斯所作也。文字多取《史籀篇》。”《说文序》亦云：“斯作《仓颉篇》，取史籀大篆。”《仓颉》所载皆小篆，而鸟虫书别为一体，以书幡信，与小篆不同。（第十三条）

明照按：“鸟”字不误。“籀”即“史籀”简称，“鸟”盖指仓颉初作之书言。《说文序》云：“黄帝之史仓颉，见鸟兽蹄迒之迹，知分理之可相别异也，初造书契。”《吕氏春秋·审分览·君守》篇：“苍颉作书。”高注云：“苍颉生而知书，写仿鸟迹，以造文章。”故舍人简称古文为鸟也。舍人谓之“鸟籀”，正如许君之云“古籀”然也。《说文序》云：“今序篆文，合以古籀。”《情采》篇：“镂心鸟迹之中。”亦以“鸟迹”代替文字。且此文与上相俪；上文云：“《尔雅》者，孔徒之所纂，而诗书之襟带也。”彼以诗书并举，此以鸟籀连称，词性亦同。《说文序》云：“及宣王太史籀，著大篆十五篇，与古文或同或异。依《系传》。……斯作《仓颉》篇，取史籀大篆或颇省改。”或之云者，不尽然之词。是大篆中存有古文之体，而《仓颉》篇亦必有因仍之者。《汉志》云：“文字多取《史籀》篇。”则《仓颉》所载，不尽为小篆，又可知矣。故舍人概之曰“鸟籀遗体”也。鸟虫书自别一体，许君列为亡新时六书之一；虽未著其缘起，然厕于佐书之后，其为后起无疑。舍人岂不是审，而置于史籀之上哉！

虽文不必有，而体例不无。（《练字》）

范注：似当作“而体非不无”。（第十七条）

明照按：“例”字未误，其文意甚显。“体例不无”者，即综言上列四条，缀字属篇，必须练择也。若改作“非”，则下文紧承之“若值而莫悟，则非精解”二句，失所“天”矣！

夫才量学文，宜正体制。（《附会》）

范注：才量学文，量疑当作“优”，或系传写之误。殆由学优则仕意化成此语。（第二条）

明照按：“学优则仕”与此语意各别，何尝由其化成？疑原作量才学文，传写者偶倒耳！《体性》篇：“才有天资，学慎始习。”文意与此略同。

寄深写远。（《附会》）

范注：“写远”当作“写送”。……写送，六朝人语，犹俗言文势耳。（第十一条）

明照按：黄氏叔琳校云：“冯本‘写’下多‘以’字，‘远’下多‘送’字。”今检何刻《汉魏丛书》本，即与黄校冯本合，当从之。范氏谓“写送”犹俗言“文势”，似是而非。《诠赋》篇：“乱以理篇，写送文势。”此依唐写本及《御览》五八七引遍照金刚《文镜秘府论·论文意》篇：“开发端绪，写送文势。”如范氏说，则其下句，并为“文势文势”矣，成何词哉！

薰风诗于元后。（《时序》）

范注："诗于元后"，疑当作"咏于元后"。（第二条）

明照按：诗字自通。

六经泥蟠。（《时序》）

范注：《文选·班固〈答宾戏〉》："泥蟠而天飞者，应龙之神也。"（第五条）

明照按：《答宾戏》文，与此似不惬，且其语亦非蚤出。《法言·问神》篇："龙蟠于泥，蚖其肆矣。"李注云："龙蟠未升，蚖其肆矣。"与此文意方合。

发绮縠之高喻。（《时序》）

范注：绮縠，见《诠赋》篇。（第九条）

明照按：《诠赋》篇："此扬子所以追悔于雕虫，贻诮于雾縠者也。"范氏引《法言·吾子》篇"或曰'雾縠之组丽'"以注，是也。然与此文意则殊，何可挹注？《汉书·王褒传》："上曰宣帝'辞赋大者与古诗同义，小者辩丽可喜。辟如女工有绮縠，音乐有郑卫。'"此舍人"绮縠高喻"之所自出也。范注失之。

既沈予闻。（《序志》）

范注："沈"一作"洗"。《庄子·德充符》："不知先生之洗我以善耶。"陶弘景《难沈约均圣论》云："仅备以谘洗，愿具启诸蔽。"洗闻洗蔽，六朝人常语也。（第二十二条）

明照按：《战国策·赵策》二："赵武灵王曰：'学者沈于所闻。'"《商子·更法》篇："学者溺于所闻。"溺与沈意同。则作沈闻，不无所本。范说非是。卢文弨《抱经堂文集》十四《文心雕龙辑注书后》云："洗沈皆未是，似当作'况'，'况'与'贶'古通用。"其说尤为穿凿。

上所举正，凡三十有七条，皆范氏诠说舍人书之未当者也。至其误黄评为纪评者，亦附著焉。

故知繁略殊形，隐显异术。（《征圣》）

范注：纪评曰："繁简隐显，皆本乎经。后来文家，偏有所尚，互相排击，殆未寻其源。"（第二十四条）

并无诏伶人。（《乐府》）

范注：纪评曰："唐人用乐府古题及自立新题者，皆所谓无诏伶人。"（第三十四条）

原夫颂惟典雅……其大体所底，如斯而已。（《颂赞》）

范注：纪评曰："陆士衡云'颂优游以彬蔚'，不及此之切合颂体。"（第二十三条）

铭者，名也，观器必也正名。（《铭箴》）

范注：纪评曰："李习之论铭，谓盘之辞可迁于鼎，鼎之辞可迁于山，山之辞可迁于碑。……其说甚高，然与观器正名之义乖矣。"（第七条）

扬雄解嘲……枝附影从，十有余家。（《杂文》）

范注：纪评曰："凡此数子，总难免屋上架屋之讥。七体如子厚《晋问》，对问则退之《进学解》，体制仍前，而词义超越矣。"（第二十二条）

构位之始，宜明大体……则为伟矣。（《封禅》）

范注：纪评曰："能如此，自无格不美。"（第二十一条）

若夫骏发之士……虑疑故愈久而致绩。（《神思》）

范注：纪评曰："迟速由乎禀才，若垂之于后，则迟速一也，而迟常胜速。枚皋百赋无传，相如赋皆在人口，可验。"（第二十八条）

良由内听难为聪也。（《声律》）

范注：纪评曰："'由'字下王损仲本有'外听易为□而'六字。"（第七条）

故兴义销亡。（《比兴》）

范注：纪评曰："非特兴义销亡，即比体亦与三百篇中之比差别。大抵是赋中之比，循声逐影，拟诸形容，如鹤鸣之陈诲，鸱鸮之讽谕也。"（第八条）

夫以子云之才，而自奏不学……表里相资，古今一也。（《事类》）

范注：纪评曰："才禀天授，非人力所能为，故以下专论博学。"（第十条）

是以综学在博，取事贵约，校练务精，捃理须核。（《事类》）

范注：纪评曰："徒博而校练不精，其取事捃理不能约核，无当也。"（第十四条）

后世所同晓者，虽难斯易，时所共废，虽易斯难。（《练字》）

范注：纪评曰："六经之文，有三尺童子胥知者，有师儒宿老所未习者，岂有一定之难易哉，缘于世所共晓与共废耳。"（第十二条）

善于适要，则虽旧弥新矣。（《物色》）

范注：纪评曰："化臭腐为神奇，秘妙尽此。"（第十一条）

九代之文……此古人之所以贵乎时也。（《才略》）

范注：纪评曰："上下百家，体大而思精，真文囿之巨观。"（第一条）

明照按：上所列者，凡十有四条，皆黄氏叔琳评语，而范注乃以属诸纪氏。又按：养素堂本，仅有黄评。卢涿州刊于粤者，则朱墨区分，黄评墨字，纪评朱字。各于其党。坊间通行本，亦各冠其姓氏以示异。不知范氏何以致误？

（原载《文学年报》1937年第3期）

书铃木虎雄黄叔琳本《文心雕龙校勘记》后

上海开明书店新印之范文澜《文心雕龙注》，卷首载有日本铃木虎雄《黄叔琳本文心雕龙校勘记》一文，读后颇受启发。唯仅见一斑，未得窥其全豹为歉耳。

吾国之研治《文心》者，代不乏人。然自朱郁仪、梅子庾、黄昆圃、李审言诸家后，于文字之是正，词句之注释，迄今鲜有过之者；盖多以余力为之，非视为专著而载笔也。铃木氏此文，用力甚勤，旁搜远绍，往往为前修所未具。出之东邻，尤足尚已。余浏览舍人书有年，粗知甘苦，故有不能已于言者："校勘所用书目"上章所列"旧籍著录而已亡佚者"（自《隋书·经籍志》至《文献通考》，凡六书），多未周备。如晁公武《郡斋读书志》（衢州本入文说类，袁州本入别集类）、王尧臣等《崇文总目》、郑樵《通志·艺文略》、尤袤《遂初堂书目》（以上四书，并入文史类）、杨士奇《文渊阁书目》（入文集类）、焦竑《国史经籍志》（入诗文评类，清修《四库全书总目》因之）六书（彼邦当有之），皆应采入（余曾列《隋志》至《四库全书总目》，得十八书，目为"历代著录"）。中章所载"钞校注解诸专本"（自敦煌本至黄侃《札记》，凡三十本。然寓目者，仅十二本：中唐本一，明本四，清本五，彼邦冈白驹本一，黄侃《札记》本一。余皆据它书称引或钞者著录)，亦有遗漏（余寓目躬校者：明本九，清本十一，黄本后仅收张松孙本与芸香堂本，公私书目著录而未见者，弗计焉)。彼邦纵罕庋藏，中夏公私书目，亦当涉猎。下章所论“引用及摘录校论诸本”（自《文镜秘府论》至《札》，凡七书)，放失尤众（余曾收得六十七书：唐人书三，宋人书十八，元人书一，明人书二十三，清人书二十二；若袭用或品评舍人书者，不与焉)。其谬误者，三章中亦间有之：（一）马端临《通考》经籍文史类著录《文心》，原采晁公武陈振孙两家说，铃木氏既别标陈书，故列《通考》时，未录陈说，而于晁氏则依然独存；由篇中未载公武《读书志》推之，是不知有其书，或未审《通考》所引晁氏为何人也。（二）何焯所用宋本与阮华山宋椠本，二而一者也(见钱功甫、冯己苍、何义门跋文及《隐秀》篇末黄氏识语)。铃木氏复举，应删其一（可作为子注)。全文虽有上述小疵，足征多所用心。至其校语，就范注所征引者言，亦不乏佳处；且间有与余说暗合者（如《哀吊篇》“华辞未造”之“未”字，《论说篇》“烦情入机”之“烦”字，《章句》篇“改韵从调”之“从”字是)。同治一书而所见时同，斯乃事理之常，无足怪者也。

（原载《燕京学报》1938年第24期）

涵芬楼影印《文心雕龙》非嘉靖本

涵芬楼影印的《文心雕龙》，一单行，一收在《四部丛刊》中，扉页后的书牌均题为“影印明嘉靖刊本”。《四部丛刊书录》还有简要说明：“前后无刻书序跋，审其纸墨，当是嘉靖间刻。”这样地推断，好像持之有故，言之成理，无庸置疑似的。夷考其实，乃万历七年张之象所刻，并非什么嘉靖本。无征不信，试先以万历五年张之象刻的《史通》来印证：

一、张刻《史通》附录有程一枝写给张之象的书信两页，影印本《文心雕龙》卷二后面即有“太学生程一枝校”七字。

二、张刻《史通》半页十行，行十九字；每篇相接，分卷则另起；篇名低上栏二格，作者题署下距底栏一格；版心鱼尾下为书名及卷数，下方两侧为刻工姓名及字数。影印本《文心雕龙》的版式、行款，完全和它相同。

三、张刻《史通》的二十四名刻工中的陆本、张梗、章扞、章国华、袁宸，影印本《文心雕龙》的刻工也有他们在内。两书的字体、刀法也如出一辙，毫无二致。

仅此三点，涵芬楼据以影印者之非嘉靖本，已昭然若揭。如果再与万历七年张之象刻的《文心雕龙》原本展卷并观，立即发现彼此的版式、行款、字体、刻工姓名以及版框的大小宽狭，无一不相吻合。若同真正的嘉靖本如汪一元或佘诲所刻者比对，不仅审其纸墨了无相似处，它们的风格也判若天渊。可见影印本《文心雕龙》的底本，确为万历七年张之象所刻无疑。那么，涵芬楼诸公何以又把它弄错了呢？答案很简单，大概是由于原书“前后无刻书序跋”的缘故吧（张刻《文心雕龙》，我曾见过五部。卷首的张氏序、《梁书·刘勰传》及订正、校阅者名氏数页，都齐全。涵芬楼所藏者独缺，可能是书贾为了骗取高价割去了的）。

（原载《中华文史论丛》1979年第2辑）

《文心雕龙》版本经眼录*

《文心雕龙》问世以来，流传之广，影响之大，版本之多，历代“诗文评”论著未有出其右者。余雅好舍人书，先后寓目各类版本约八十余种，曾一一雠校，分别写有札记，以便参稽。近因稍暇，爰择要理董成文，就正于同行专家。

写　本

唐人草书残卷本　余摄有影印本

甘肃敦煌莫高窟旧物，被匈牙利人斯坦因劫去，今藏英国伦敦博物馆东方图书馆。自《原道》篇赞“龙图献体”之“体”字起，至《谐隐》第十五篇名止。字作草体。册页装，四界，乌丝栏。共二十二页。每页二十行至二十二行不等。卷中“渊”字、“世”字、“民”字均阙笔。“民”字亦有作“人”字者。由《铭箴》篇

* “版本”原作“板本”。

“张昶”误为“张旭”推之，盖出玄宗以后人手。“照”字却不避。屡以所摄影本与诸本细勘，胜处颇多。吉光片羽，确属可珍。实今存《文心》最古最善之本也。

【附注】 潘重规教授《唐写本〈文心雕龙〉残本合校》“详列校文，并附原卷摄影”，翻检甚便。

明谢恒钞本 北京图书馆藏

卷末有冯舒朱笔手跋，知己苍于天启七年（公元1627年），从钱谦益借得钱允治本，而乞谢恒录之者。《隐秀》篇中允治钞补之四百余字，则为己苍自录。字画工雅，疏朗悦目，与为叶林宗所影写之《经典释文》，谅无以异。黑格纸，白文。每半页九行，行二十字。五篇相接，分卷则另起。其款式：

文心雕龙卷第一

梁通事舍人刘勰彦和述

原道第一

【附注】 黄叔琳、黄丕烈所称之冯本，即谢恒钞本；《季沧苇藏书目》《稽瑞楼书目》《铁琴铜剑楼藏书目》所著录之写本，亦即是本也。卷首有三家印记可验。（稽瑞楼主人之孙树杓后改编为《带经堂书目》）

清初清谨轩钞本 北京大学图书馆藏

蓝格。版心下栏有“清谨轩”三字。楷书。白文。不分卷，篇相衔接。每半页九行，行二十字。赞皆略去。所抄《原道》《征圣》《物色》《才略》等四十一篇，亦多删节。由《事类》篇“胤征”之“胤”未阙末笔或改为“允”验之，盖抄于雍正之前；而《原道》《辨骚》《祝盟》《史传》《论说》《神思》《体性》诸篇中之“玄”字皆阙末笔，则抄于康熙之世可知矣。篇末所附短评，语多空泛，几成蛇足。其款式：

文心雕龙

梁 刘 勰 著

原道

清四库全书荟要本　台北世界书局影印本

《荟要》总目五集部四诗文评一《文心雕龙》提要：“今依内府所藏明汪一元刊本缮录。”是《荟要》集部著录之本，应为汪氏私淑轩原刻。然以向所录存之札记相校，则差异较大：如《原道》篇汪本“益稷陈谋”句之“谋”，《荟要》本作“谟”；汪本“褥其徽烈”句之“褥”，《荟要》本作“振”；汪本“木铎启而千里应”句之“启”，《荟要》本作“起”；汪本“莫不原道心裁文章”句之“裁文”，《荟要》本作“以敷”；汪本“旁通而无涯”句之“涯”，《荟要》本作“滞”；汪本“鼓天下之动”句，《荟要》本“动”下有“者”字。若不两相对照，孰能知其尚有差异？此盖馆臣据黄叔琳《辑注》本剜改（《荟要》本所异六字皆与黄本同〔与梅庆生《音注》本同者仅三字〕），殊非汪本之旧。唯书系影印，浑然一色，剜改之迹已不可寻矣。卷首为提要，次即缮录《文心》全书，白文。每半页八行，行二十一字。有剜增、剜减时则否。五篇相接，分卷则另起。其款式：

文心雕龙卷一

梁　刘　勰　撰

原道第一

【附注】　馆臣于缮录本之有错讹衍脱者，其“举正”有剜改、剜增、剜减诸注，故全书每行字数，并非都是二十一字（《四库》本各书皆然）。又按：总目提要属辞有误（如“国朝何允中《汉魏丛书》”是）；集部提要有误字（如“无一定刻”之“定”当作“完”，“受胪于物之野”之“物”，当作“牧”是）。

又文渊阁本　台北商务印书馆影印本

卷首载有方元祯序，知依以缮录者为汪一元本。然与《荟要》集部著录之本不尽相同（如《原道》篇“益稷陈谋”作“谋”，“木铎启而千里应”作“启”是）。岂《荟要》本与文渊阁本之校改者，前后非一人耶？方序后为提要，次即《文心》全书，白文《隐秀》《序志》两篇，均补有阙文，亦非汪本之旧。每半页八行，行二十一字（间有二十二、二十三字者）。五篇相接，分卷则另起。其款式：

文心雕龙卷一

梁　刘　勰　撰

原道第一

【附注】　提要“无一完刻”“完”字未误，“受胪于牧之野”亦误“牧”为“物”。

又文津阁本　北京图书馆藏

提要题内府藏誊本，虽未言明何刻，实即汪一元本也。书中既多剜改，其中固有因录笔误剜改者；然多数则为底本字误校改。则已非所据底本之本来面目矣。卷首为提要，次即《文心》全书。白文。每半页八行，行二十一字。有剜增、剜减时则否。五篇相接，分卷则另起。其款式：

文心雕龙卷一

梁　刘　勰　撰

原道第一

又文溯阁本　辽宁省图书馆藏

格式行款与文津阁本同；所异则几全在剜改处。姑以《原道》篇为例："性灵所钟"此依养素堂本，下同。句之"性"字，文溯本剜改为"四"，文津本则仍作"性"；"益稷陈谟"句之"谟"字，文溯本作"谟"系剜改，文津本则作"谋"；"旁通而无滞"句之"滞"字，文溯本作"滞"系剜改，文津本则作"涯"；"莫不原道心以敷章"句之"敷章"二字，文津本剜改为"敷文"。同出一源，同属一篇，而彼此剜改各异。仅"振其徽烈"句之"振"字，两本俱剜改为"报"。倘非两相对比，孰能知其互有不同乃尔耶？

清四库全书黄叔琳辑注文渊阁本　台北商务印书馆影印本

卷首为提要与黄氏序，无例言。次即《辑注》全书。眉端无黄氏评，书中间有剜改。如《原道》篇"九邱"之"邱"作"丘"，《辨骚》篇"駉虬乘翳"之"駉"作"驷"之类是。因系影印，剜改之迹已不复存。每半页八行，行二十一字。五篇相接，分卷则另起。注附当篇后，低一格，标注辞句大字，余则小字双行；所引书名与原注者其原用之朱笔以示区别者，今亦不可见矣。其款式：

文心雕龙辑注卷一

詹事府詹事加吏部侍郎衔黄叔琳撰

原道第一

又文津阁本　北京图书馆藏

提要题江苏巡抚采进本，当是黄氏养素堂原刻。书中偶有差异，疑为誊录臣工笔误如《原道》篇“以铺理地之形”句“理地”误为“地理”之类是。所致，非《辑注》有异本也。卷首为提要，无黄氏序及例言，次即《辑注》全书。每半页八行，行二十一字。眉端无黄氏评，五篇相接，分卷则另起。注附当篇后，低一格，标题辞句系大写，余则双行小楷。所引书名与原注者概用朱笔，以相区别。其款式：

文心雕龙卷—

梁　刘　勰　撰

吏部侍郎黄叔琳辑注

原道第一

又文溯阁本　辽宁省图书馆藏

卷首为提要与黄氏序及例言。书中亦间有剜改。如《宗经》篇“申以九邱”句之“邱”剜改为“丘”，《辨骚》篇“驷虬乘翳”句之“驷”剜改为“骊”，“翳”剜改为“鹥”之类是。此与文渊、文津本之不尽同者。余尚无异。其款式：

文心雕龙辑注卷一

詹事府少詹加吏部侍郎衔黄叔琳撰

原道第一

【附注】 《四库》所施朱笔，《辑注》本原无。

清郑珍藏钞本 四川省图书馆藏

详为雠校，此本盖出于王谟《汉魏丛书》本，然亦间有不同。楷书。白文。每半页八行，行十六字。五篇相接，分卷则另起。其款式：

文心雕龙目录

彦和刘　勰著

原道卷一

刻　本

一、单刻本

元至正本 上海图书馆藏

卷首有钱惟善所作序，知为元至正十五年刊于嘉兴郡学者。字画秀雅，犹有宋槧遗风。海内仅存之最早刻本也。唯印刷较晚，版面间有漫漶处。《史传》《封禅》《奏启》《定势》《声律》《知音》《序志》等篇皆有漫漶字句。除《隐秀》《序志》二篇有脱文并非各脱一版。足见此二篇之有脱文，非自元至正本始。外，卷五亦阙第九页《议对》篇自“以儒雅中策”之“儒”字起至《书记》篇“详观四书”之“四”字止。版心上鱼尾之上记字数，下鱼尾下面记刻工杨青、杨茂、谢茂（或止有一谢字）姓名。白文。每半页十行，行二十字。五篇相接，分卷则另起。其款式：

文心雕龙卷第一

梁通事舍人刘勰彦和述

原道第一

【附注】 此本1984年上海古籍出版社已影印出版。又按：黄丕烈所校元本，行款悉与此本同，字则有异。当非一刻。伦明所校元本，字既有异，行款亦复不同。首行大题“文心雕龙卷之一”，次行题署“梁通事舍人东莞刘勰撰”。每半页九行，行十七字。则又另为一刻也。

明冯允中本 北京图书馆藏

卷首有冯氏序，知刻于弘治十七年。钱允治跋谓“弘治甲子刻于吴门”者，即此本。缮写者为杨凤。卷尾有“吴人杨凤缮写”六字。刻印俱佳。为有明一代最先之刻本，亦今存海内之孤本也。白文。每半页十行，行二十字。五篇相接，分卷则另起。其款式：

文心雕龙卷第一

梁通事舍人刘勰

原道第一

【附注】 原《故宫周刊》第56期所登《文心雕龙》书影，与此本全同，当为一刻。

明鲁藩翻刻冯本　复旦大学图书馆藏

卷首有朱颐堀序，知翻刻于隆庆三年。序文有“命工翻刻”语。字体、行款悉与冯本同。“梁通事舍人刘勰”题署下多手书“彦和述”三字，盖书贾或收藏者所增，以仿元至正本耳。

明汪一元本　北京大学图书馆藏（有徐𤊹批校）

卷首有方元祯所作序，知刻于嘉靖十九年。钱允治跋谓“嘉靖庚子刻于新安”者，即此本。版心下方有“私淑轩”每页皆然。三字，下栏右方有刻工姓名。序及卷一首页记有黄琏，卷二首页记有黄瑄，卷三首页记有黄玙姓名。此汪氏原刻，极佳。白文。每半页十行，行二十字。五篇相接，分卷则另起。其款式：

文心雕龙卷之一

梁通事舍人刘勰撰　明歙汪一元校

原道第一

明覆刻汪本　四川省图书馆藏

曾见此本五部。字多俗体，如变、辞、来、李、宝、国、乱、体、观、献、会、万之类是。亦有臆补如《哀吊》篇“而霍□暴亡”句之墨钉补刻为“光”是。误刻如《才略》篇“二班两刘”句之“二”误刻为“三”是。者。逊私淑轩原刻多矣。

明佘诲本　北京图书馆藏

卷首有佘氏序，知刻于嘉靖二十二年。钱允治跋谓“癸卯又刻于新安”者，即此本。版心下栏尚留有原私淑轩本刻工姓名，其出于汪氏原刻可知。亦间有不同者。唯精致不如耳。白文。每半页十行，行二十字。五篇相接，分卷则另起。其款式：

文心雕龙卷之一

梁通事舍人刘勰撰

原道第一

明张之象本 北京图书馆藏

此本不止一刻，曾寓目者凡五部，皆互有不同：《序志》篇有阙文，张氏序有“尝梦索源”句此曾为何焯所识、校阅名氏中钱日省之字为“诚卿”者，属第一种；《序志》篇无阙文，张氏序无“尝梦索源”句、钱日省之字为“三孺”者，属第二种。此其大较也。至其他各篇字句之异，则不胜枚举。如《论说》篇第一种本即无“兑为口舌故”及“故舜惊谗说”十字；《辨骚》篇“招魂招隐”句之“招隐”，第一种本作“招隐”，第二种本则作“大招”之类是。大抵第一种本为张氏初刻或原刻，第二种本为张氏改刻或他人覆刻。而此两种刻本中又不完全一致。如《征圣》篇“文章昭晰以象离”句之“晰”字，第一种本作“晰”，第二种本作“哲”，而另一第一种本又作“哲”；《辨骚》篇“气往轹古”句之“往”字，第一、二两种本均作“往”，而另一第一种本又作“性”；《知音》篇“樂饵之止过客”句之“乐”字，第一、二两种本均作“樂”，而另一第二种本又作“藥”之类是。岂张本问世后，万历中刻《文心》者，以张氏为最先。冒刻者非一家欤？然版面尚无异也。卷首有张氏序，知原本刻于万历七年。目录前刻有《梁书·刘勰传》及订正、校阅者名氏，每卷后又附刻校者姓名，为明刻《文心》中创例。今存弘治本、嘉靖本尚未有此。白文。每半页十行，行十九字。五篇相接，分卷则另起。其款式：

文心雕龙卷之一

梁通事舍人东莞刘勰撰

原道第一

又涵芬楼影印本　余藏

此本有二：一单行，一收在《四部丛刊》中，书牌均题为“景印明嘉靖刊本”。《四部丛刊书录》谓原本“前后无刻书序跋，审其纸墨，当是嘉靖间刻”。夷考其实，乃大谬不然。试先以万历五年张氏所刻《史通》证之：第一，《史通》附录有程一枝致张氏书二页，此本卷二后即有“太学生程一枝校”七字。第二，《史通》半页十行，行十九字；每篇相接，分卷则另起；篇名低上栏二格，作者题署下距底栏一格；版心鱼尾下为书名及卷数，下方两侧刻工姓名及全篇字数。此本版式、行款，悉与之同。第三，《史通》二十四名刻工中之陆本、张梗、章扞、章国华、袁宸，此本刻工亦有之。第四，《史通》与此本之字体、刀法毫无二致。仅此四端，涵芬楼据以影印者之非嘉靖本已昭然若揭。如再以万历七年张氏所刻《文心》原本比对，其版式、行款、字体、刻工姓名及版框大小宽狭，无一不相吻合。若与嘉靖间汪一元、佘诲所刻者展卷并观，不但纸墨无相似处，风格亦各异趣。然则此本为张之象之初刻或原刻无疑也。涵芬楼诸公盖为书贾所欺，卷首之张氏序、《梁书·刘勰传》及订正、校阅者名氏数页均被割去（余见张刻本五部皆全）。而铃木虎雄、赵万里、刘永济三家论著皆称之曰嘉靖本，则又为《四部丛刊》书牌所欺耳。

明王世贞批，赵云龙、沈嗣选校本　日本九州大学图书馆藏（冈村繁教授曾以影印本相赠）

书前后无序跋，刊刻年地虽不可知，然审其风格、刀法，谅不出于万历之世。白文。字多俗体、异体。有阙页《诸子》《论说》《封禅》《风骨》四篇均有阙页。每半页八行，行二十字并排刻增字之行则否。五篇相接，分卷则另起。其款式：

文心雕龙卷第一

梁　通事舍人刘　勰　著

明　太史瑯琊王世贞　批

　　虎林后学赵云龙　校

　　檇李沈嗣选仁举　校

原道

【附按】　全书既只有《文心》原文，眉端、行间未著一字，何批校之有？（《艺苑卮言》卷一虽引有五则《文心》，但无批语；《诸子汇函·云门子》所选《刘子》有王氏批语，而所选《原道》《征圣》《辨骚》《情采》《风骨》五篇《文心》，却无批语。《弇州山人四部稿》《续稿》等中，亦未见有涉及《文心》的论述。）书坊盗名欺世，待善价而沽，不足深究。又按：此本版心上鱼尾上有“刘子全书”四字，其下为“文心”二字。盖于《文心雕龙》之外，又刻有《刘子》也。（《刘子》十卷，《旧唐书·经籍志》《新唐书·艺文志》《通志·艺文略》均著录，并注云：“刘勰撰。”明程荣《汉魏丛书》本，又何允中《汉魏丛书》本，又龙川精舍钞本；清程遵岳重刊《汉魏丛书》本，又红杏山房增订《汉魏丛书》本《刘子》，均为刘勰撰。故定《刘子全书》中之另一刻本为《刘子》。）

明王惟俭训故本　北京图书馆藏

卷首有王氏序，知刻于万历三十七年。序后为《南史·刘勰传》、凡例共七条。及目录；卷末为杨慎与张含书并王氏识语。每半页十行，行二十字。篇自为起讫。注附当篇后，所引书未著篇名。低一格，双行。每篇字数，于版心左下栏注明。每卷写刻人，于卷末最后一行注明。如卷一终下方“杨国后写，陈世隆刊”双行小字并排刻。所校正之字，于赞文末句右下方注明。如《原道》篇“民胥以效”隔一格侧注“校一字”三字；《宗经》篇“群言之祖”隔一格侧注“校一百四十四字”七字。全书共“校九百一字，标疑七十四处”，于凡例第七条中明言之。在明人注书中，体例有足多者。其款式：

文心雕龙训故卷之一

河南王惟俭训

原道第一

【附注】　《训故》本向为罕见，明清公私书目中，仅五万卷阁曾一著录（见清光绪华清官舍刊《五万卷阁书目记》卷四）；王渔洋生值清初，去损仲未远，尚历二十余年始访得之（见《带经堂全集》卷九十一，又《古夫于亭杂录》卷一）。其传本之少可知。

明梅庆生万历己酉音注本　余藏

卷首有许延祖楷书顾起元序，知万历三十七年刻于南京。比《训故》本约晚半年。徐𤊹跋称为“金陵善本”者，是也。序后为《梁书·刘勰传》、杨慎与张含书并梅氏识语、凡例共八条、雠校姓氏、音注校雠姓氏及目录；卷末有朱谋玮跋。每半页九行，行十八字。五篇相接，分卷则另起。音校厕正文当字下，双行。注附当篇后，所引书间有篇名。低一格；标注辞句外，均双行。杨慎批点皆仍之，唯以五种符号代其五色耳。其款式：

杨升庵先生批点文心雕龙卷之一

梁　通事舍人刘　勰　著

明　豫　章　梅庆生音注

原道第一

【附注】　此本初印者颇佳，当时即有善本之誉。

又万历壬子复校本　台北“国立中央”图书馆藏

封面题复校音释《文心雕龙》。卷首有曹学佺序，知刻于万历四十年，为梅氏第二次重校改刻之本。曹序后，除新增顾起元、冯允中、方元祯、程宽、叶联芳、乐应奎、佘诲七篇序外，余与万历己酉所刻者同。

【附注】　曹学佺序，当以载此本者为首见。又按：徐𤊹崇祯己卯（十二年）跋：“此本（即汪一元本）吾辛丑（万历二十九年）年校雠极详，梅子庾刻于金陵，列吾姓名于前，不忘所自也。……前序八篇，半由吾钞录，半乃汝父（指延寿）手书，又金陵刻之未收者。”然则新增诸序如冯允中、方元祯、程宽、叶联芳、乐应奎、佘诲六家之作，盖由兴公写寄而补梓者也。

明凌云五色套印本　余藏

此本有梅庆生注，盖刻于万历四十年后卷首有曹学佺序可证。天启二年前，非以梅氏万历三十七年所刻者为底本也。如《铭箴》篇“罕施于代”句，万历梅本作“罕施代”，天启梅本作“罕施于代”，而此本作“罕施于代”；又如《诸子》篇赞“大夫处世”句之“大”字，万历梅本作“大”，天启梅本作“丈”，而此本作“丈”。并其明证。徐𤊹校本附页有“梅庆生重梓有朱之蕃序一篇”识语（天启梅本无此序），是梅氏于万历三十七年后，就原版重校改刻由天启本推之，当系剜换，非另开雕。非一次矣。冯舒校本《通变》篇“乘机无怯”句之“怯”字有校语云：“梅本作怯。”今考万历梅本作“法”，天启梅本作“跲”，而此本与冯已苍所见者同，当属一刻。然则此本其出于梅氏所重校改刻者欤？或以为刻于万历四十年，则非也。卷首有曹学佺序、杨慎与张含书、闵绳初引、凌氏凡例共六条、《梁书·刘勰传》及校雠诸家姓氏。分批评、参评、音注、校正四类。五色套版：正文黑字，杨慎、曹学佺及各家评、校、音、赞，区以四色，分列眉端。校者未著其字。全书分为上之上、上之下、下之上、下之下四子卷注亦别出为四子卷，殿全书后。每半页九行，行十九字。篇各为起讫。其款式：

刘子文心雕龙卷上之上

原道第一

明姜午生覆刻梅庆生万历己酉音注本 复旦大学图书馆藏

卷首除新增傅岩序、杨若题辞及姜氏叙外，余皆与梅庆生万历己酉《音注》本同。又杨若题辞末句为“天启丙寅岁钞”，是此本覆刻于天启六年也。其款式：

杨升庵先生批点文心雕龙卷之一

梁刘　勰撰　明　豫章梅庆生音注
长山姜午生订校

原道第一

明梅庆生天启校定本　余藏

卷首顾起元序为天启二年宋毂隶书，卷一首页版心下栏前后有“天启二年梅子庾第六次校定藏版”十四字，是此本为天启二年梅氏第六次校定改刻者。其爱好之笃，用力之勤，已可概见；然亦未必后出转精也。如《宗经》篇“《书》实纪言”至“表里之异体者也”一大段，万历中所刻者本无大谬；此本几经校定，反而“倒错难通”。固知校雠之难，有如此者。音注、校雠姓氏后增都穆跋一页。余皆如万历本，唯次第稍有不同耳。余见此本约十余部，格式、行款、字体虽一如万历原刻，然纸墨则逊色多矣。由书中间有空白及夹行验之，盖仍就万历原板剜改更换，亦非另行开雕也。刷印既久，故字迹不如万历本清晰。《定势》一篇皆阙，更令人有俄空之感。书名页尚存，所见本皆然。左下方有“金陵聚锦堂梓”字样。

【附注】　此本有覆刻。余经眼者凡三部，字迹均颇清晰，审其纸墨，亦与原刻所印行者不同。

又天启二年校定后重修本　北京图书馆藏

此本余寓目者凡三部。卷首除宋毂隶书顾起元序外，增有洪宽行书曹学佺序；卷末附有谢兆申跋及梅氏识语各一则，皆天启二年校定本所无者。各篇眉端间有曹学佺评，亦为天启二年校定本所无。其尤异者，则为《定势》篇不缺，《隐秀》篇补有四百余字所谓脱文。至《明诗》《史传》《诸子》《奏启》《隐秀》《序志》等篇剜改更换之迹，亦极显著。此本既经重修，字迹清晰，纸墨亦佳，为梅氏第七次校定改刻之本。其音注、校正创始之绩，允堪矜式。曹学佺称为“刘氏之功臣”，洵非过誉。

明陈长卿覆刻梅庆生天启二年校定本　余藏

此本一如梅氏天启二年校定本。卷一首页版心下栏前后有“天启二年梅子庚第六次校定藏版”字样，盖覆刻也。纸墨均较原刻为佳。所见数部，《定势》篇亦皆阙如。原刻有残坏处，此本亦然。卷端书名页完好，左下方有“古吴陈长卿梓”字样。

又重修本　科学院图书馆藏

此本上半部与原刻同。下半部除补有《定势》篇外，眉端复增有曹学佺评。一书而前后差异如是，未审其故。

明梁杰订正本　上海图书馆藏

卷首有曹学佺序。每半页九行，行二十字。篇各为起讫。注解因仍梅氏，间有删节移附每卷后；音则注当字右侧。杨慎、曹学佺评语，梅庆生、许天叙、孙汝澄、谢兆申诸家校语，分列眉端。其款式：

文心雕龙卷一

梁　东莞刘　勰彦和　著
明　成都杨　慎用修　评点
　　闽中曹学佺能始　参评
　　武林梁　杰廷玉　订正

清抱青阁重镌姜午生本　杭州大学图书馆藏

是书原为叶德辉藏。《郎园读书志·集部》卷十六曾有较详评介："此本为康熙三十四年武林书坊抱青阁刻杨升庵评点本，兼刻张墉、洪吉臣二家合注。黄叔琳注亦引及之按此语有误。注中援据各本，订讹补阙，一一注明原书原文。在明人注书，最有根柢。其《隐秀》篇亦阙四百余字。"……坊刻本余向不取，而在康熙中叶民康物阜之时，其校刻之精，实远胜于今日，故特为标出之。后有读者，幸毋忽视焉。"今按：抱青阁本乃就姜午生本原书上版（如卷一首页大题"杨升庵先生"之"生"，姜本作"生"，抱青阁本亦作"生"；同页第九行"为五行之秀"句之"行"，姜本作"行"，抱青阁本亦作"行"，可证。它篇类此状者尚多，不再枚举）。而姜本则又据梅庆生万历己酉本覆刻者。郦廔主人主观臆断，抑扬过实，都缘不曾目睹姜本或梅本致误。又梅氏之八条音注凡例，人所熟知，抱青阁本乃标为"武林周兆斗识"；全书音注、校正，本梅氏多年力作，亦人所公认，抱青阁本乃署为"张墉、洪吉臣参注"。揭箧探囊，欺世盗名，书贾故伎耳，何足多怪！其款式：

杨升庵先生批点文心雕龙

张　墉
梁刘　勰撰　明　参注
洪吉臣

原道第一

日本尚古堂木活字本　北京图书馆藏

此本版心下有"尚古堂"三字，盖其书肆名。卷首载明佘诲误作"余"诲序。由误"佘"为"余"推之，乃据明何允中万历二十年（公元1592年）《汉魏丛书》本排版也。每半页九行，行二十字。白文。五篇相接，分卷则另起。其款式：

文心雕龙卷一

梁　东莞刘勰著　张遂辰阅

原道第一

【附注】 尚古堂本版式行款，悉与何允中《汉魏丛书》本同；其印行之年，必在万历二十年（公元1592年）后。

日本冈白驹校正句读本 余藏有日本汲古书院影印本

卷首有冈白驹序，知刻于日本享保辛亥，当清雍正九年（公元1731年）。盖据尚古堂木活字本开雕。其相异处，非由意改，如《原道》篇"业峻鸿绩"句之"业峻"作"峻业"，《祝盟》篇"黄帝有祝邪之文"句之"祝邪"作"利邪"是。即写刻之误。如《原道》篇"调如竽瑟"句之"竽"误作"竿"，《征圣》篇"鉴周日月"句之"周"误作"同"是。然所校正，亦间有可取者。如《书记》篇"则券之楷也"句之"楷"作"谐"，《时序》篇"顾盼合章"句之"合"作"含"是。每半页九行，行二十字。白文。五篇相接，分卷则另起。其款式：

文心雕龙卷一

梁　东莞刘勰著

原道第一

清黄叔琳辑注本 余藏

原刻为乾隆六年（公元1741年）养素堂本。嗣后覆刻较多，其佳者几于乱真。刊误正讹，征事数典，皆优于王氏《训故》、梅氏《音注》远甚，清中叶以来最通行之本也。卷首有黄氏乾隆三年序（误梅子庾为梅子庚，“例言”及“元校姓氏”同）、《南史·刘勰传》、例言共六条。元校姓氏底本为万历梅本，除增梅庆生、王惟俭两家外，余仍梅氏之旧，故云元校姓氏。及目录；卷末有姚培谦跋。亦有移置卷首者。每卷前均列有参订人姓名，各卷不同卷终并附有“男□校”字样。每半页九行，行十九字。五篇首尾相缀，分卷则另起。注附当篇后，所引书不尽著篇名。低一格；标注辞句外，均双行。眉端间有黄氏评语。《宗经》《隐秀》两篇后附有识语。其款式：

文心雕龙卷第一

北平黄叔琳昆圃　辑注
吴趋顾　进尊光　参订
武林金　甡雨叔

原道第一

【附注】　清顾镇《黄昆圃先生年谱》谓《辑注》撰于雍正九年，因“旧本流传既久，音注多讹，暇日翻阅，随手训释”。一校于吴趋文学顾尊光进，再校于钱塘考廉金雨叔甡。至乾隆三年，又与陈祖范论定之。而云间姚平山培谦始请付梓。所言当属可信，故移录之。

清张松孙辑注本　余藏

卷首有张氏序，知刻于乾隆五十六年（公元1791年）。序后为凡例共八条、《梁书·刘勰传》、杨慎与张含书并梅氏识语、元校姓氏沿用黄本。及目录。此本虽参照梅氏《音注》天启本、黄氏《辑注》刊刻，然亦间有不同，盖据别本或以意改也。注释多所删削，双行厕正文当句下。每半页九行，行十八字。篇自为起讫。其款式：

文心雕龙卷之一

梁刘　勰撰　长洲张松孙鹤坪辑注

明杨　慎批点　男　智莹乐水校

原道第一

清卢坤两广节署本 余藏

原刻为芸香堂朱墨套印。书名页后面书牌题“道光十三年冬刊于两广节署”。左下方有“粤东双门底芸香堂承刊”字样。底本虽由黄氏养素堂本出，然亦间有不同。如《颂赞》篇“仲治《流别》”句之“治”字作“治”（《序志》篇同）；《练字》篇“及李斯删籀而秦篆兴”句之“及”作“乃”；《序志》篇“大哉圣人之难见也”句之“也”作“哉”是。非由意改，即缮写之误。黄评黑字，纪评朱字（系就养素堂本随手施朱品评，并未单独成书）。刻印精工，粲然可观。每半页十行，行二十一字。篇自为起讫。注附当篇后，低一格；标注辞句外，均双行。卷终有“嘉应廪生吴梅修校”字样。第三卷因纸无余幅则否其款式：

文心雕龙卷第一

梁　刘　勰撰

北平黄叔琳注

河间纪　昀评

原道第一

【附注】　此本刚一面世，钱泰吉即撰文评介："河间纪文达公《文心雕龙》评本，涿州卢公坤与《史通》同刻于广州，皆嘉应吴君兰修为之校刻。《史通》削去繁文，注亦删改；此则书仍黄注原文，黄评用黑色，文达评用朱色，文达驳正注语，亦皆备录，纸墨及朱色评，烂然可观，胜姚氏平山所刻多矣。"（见《曝书杂记》卷一）钱氏持论殊失公允，于卢本臆改及校勘不谨之误，此类错误姚平山所刻者皆无。竟未著一字，不免有爱屋及乌之嫌。又纪昀所评之本，旧传为邢赞廷珍藏，但历时已久，不知落何处耳。

清翰墨园覆刻芸香堂本　余藏

芸香堂本流传较少，其版后毁于火。覆刻者以翰墨园本最为通行（书名页后面左下方有"粤东省城翰墨园藏板"字样）。唯刻印不如原刻精工，校勘不谨有误字。如《风骨》篇"乃其骨髓峻也"句之"峻"误为"畯"；《通变》篇"臭味晞阳而异品矣"句之"晞"误为"睎"是（芸香堂本"峻""晞"二字并未误）。《四部备要》本即据翰墨园所刻者排版（亦由《风骨》篇之"畯"字及《通变》篇之"睎"字推知）。因非朱墨套印，眉端黄评每行四字，字体较小，相距疏；纪评每行五字，字体较大，相距密。以此示其差异，俾阅读者不致混淆也。

【附按】　范文澜《文心雕龙注》（文化学社及开明书店本）以黄评为纪评，即因未看清《四部备要》本眉端黄、纪两家评语差异而致误（1958 年人民文学出版社本已由他人予以改正）。

清思贤讲舍覆刻翰墨园本　余藏

此本亦较通行。书名页后面有书牌，知刻于光绪十九年。底本为翰墨园本。《风骨》篇之"峻"字仍作"畯"，《通变》篇之"睎"字已改为"晞"。因非朱墨套板，黄、纪两家评语，则各冠其姓以别之，一目了然。

【附注】 清季成都志古堂、新化三味堂所刻者，均于黄评后补著“原评”二字，其法亦善。

二、丛书本

明胡维新两京遗编本 余藏（原商务印书馆有景印本）

此本由胡维新、原一魁《两京遗编》前后序验之，知刻于万历十年，为明代丛书本中之最早者。白文。每半页九行，行十七字。五篇相接，分卷则另起。其款式：

文心雕龙卷之一

梁通事舍人东莞刘勰彦和著

原道第一

【附注】 商务印书馆《丛书集成》初编收有此本。

明何允中汉魏丛书本 余藏

此本刻于万历二十年。卷首有佘（误为“余”）诲序，盖由佘本出也。白文。每半页九行，行二十字。五篇相接，分卷则另起。其款式：

文心雕龙卷一

梁　东莞刘勰著　张遂辰阅

原道第一

明钟惺合刻五家言本 余藏

五家言即道言《文子》、德言《刘子》、术言《鬼谷子》、辨言《公孙龙子》、文言《文心雕龙》五书，钟惺“合而评之”钟氏《叙五家言》中语。者。其书前有钟氏及蔡复一序，惜皆未署年月。考梅庆生万历《文心雕龙》音注本所列音注校雠姓氏，钟惺即在其中，是伯敬于舍人书固有说也。余见此本凡数部（皆金陵聚锦堂刻)，相其纸墨，均比聚锦堂天启二年所刻梅氏第六次校定《文心》音注本早；而此本《丽辞》篇“微人之学”句所引梅氏“微当作拟”校语，乃出万历本而非天启本天启本已改“微”作“徵”。是此本刻于万历之季，固已信而有征矣。每半页九行，行二十字。篇自为起讫。注因仍万历本，移附每卷后。杨慎、曹学佺、梅庆生、钟惺四家评语，分别列诸眉端。其款式：

合刻五家言文心雕龙文言卷一

梁　东莞刘　勰彦和　著
　　成都杨　慎用修
明　闽中曹学佺能始　合评
　　竟陵钟　惺伯敬

原道第一

又钟伯敬评秘书十八种本　余藏

卷首有曹学佺序。底本盖出梅庆生万历三十七年（公元1609年）后重校改刻者。审其字体软体字。纸墨，比《合刻五家言》本晚，殆刻于天启、崇祯间。每半页九行，行二十五字间有简略夹注。篇自为起讫。钟氏评语《宗经》《事类》二篇无。分列眉端。所评与《五家言》本不同。其款式：

文心雕龙卷一

梁　东莞刘　勰著

明　竟陵钟　惺评

原道第一

明陈仁锡奇赏汇编本　余藏

《汇编》全书前有陈氏序，知刻于崇祯七年（公元1634年）。此本卷首有佘诲序。底本为万历梅本而间有不同，当系写刻之误。如《原道》篇“以铺理地之形”句之“铺”误为“舗”之类是。共选四十七篇，无《隐秀》《指瑕》《总术》三篇。折为二卷。正文与赞多所删节。只十六篇有赞。每半页十行，行二十字。间有简略夹注。篇相连缀，分卷则另起。陈氏评语，分列每篇眉端。其款式：

刘子文心雕龙

原道

明黄澍叶绍泰评选汉魏别解本　四川省图书馆藏

《汉魏别解》十六卷，四十六种，黄澍、叶绍泰同编。此本属其中一种，卷第居十四。字体纸墨与《钟伯敬评秘书十八种》本近似。全书前有叶绍泰序，知刻于崇祯十一年。白文。每半页九行，行二十六字。所选自《原道》《征圣》至《知音》《序志》共三十二篇。有赞。篇自为起讫，后附叶氏评语；眉端评语以陈仁锡为最多，杨慎、曹学佺、陶主敬、黄同德诸家亦间引之。其款式：

梁文

文心雕龙

原道　　　　刘　勰

又叶绍泰增定汉魏六朝别解本 科学院图书馆藏

绍泰初与黄澍同编《汉魏别解》，兹又有所扩充，新增四十七种。故以“增定”二字冠之。此本为其中一种，卷第居四十三。全书前有钟越序，知刻于崇祯十五年（公元 1642 年）。种类虽增，篇目却减。所选《文心》仅有《宗经》《辨骚》《夸饰》《时序》等十二篇，无赞。视原编几少三之二矣。白文。每半页九行，行二十六字。篇自为起讫，后附叶氏评语。其款式：

刘子文心雕龙

宗经　　　　刘　勰梁

清王谟汉魏丛书本 余藏

全书前有陈兰森序，知刻乾隆五十六年（公元 1791 年）。卷首有佘（佘误为“余”）诲序，卷末有王氏跋。此本虽由何允中《丛书》本出，然亦间据别本增、改。如《征圣》篇“虽欲此言圣”句“此言”字下增“‘此言’二字，‘訾’字之讹”八字夹注。《诠赋》篇“合飞动之势”句之“合”字改为“含”之类是。白文。每半页九行，行二十字。五篇相接，分卷则另起，其款式：

文心雕龙卷一

梁　东莞刘勰著　奉新彭瑞麟校

原道第一

清崇文书局三十三种丛书本 余藏

书名页后面有书牌，知刻于光绪三年（公元 1877 年）。无序跋，未审原据何本开雕。非出黄本。白文。每半页十二行，行二十四字。五篇相接，分卷则另起。其款式：

文心雕龙卷一

梁东莞刘勰著

原道第一

【附注】 民国元年（公元1912年）鄂官书处又重刊此本，展卷并观，毫无差异。

民国郑国勋龙溪精舍丛书本 四川大学图书馆藏

全书前有齐耀琳序，知刻于民国七年（公元1918年）。此本书名页后题“用宛平黄氏本校刊”。然与养素堂本相校，无黄氏例言、《南史·刘勰传》及元校姓氏，眉端评语亦无之。字句颇有不同，盖以意改如《原道》篇“洛书韫乎九畴”句“畴”作“童”之类是。或写刻之误。如《原道》篇“雕琢情性”句“性”误“形”之类是。注尚无异。每半页九行，行十九字。五篇相接，分卷则另起。卷终附有李详黄本《补注》二十一页。其款式：

文心雕龙卷第一

梁　刘　勰　纂

北平黄叔琳　注

兴化李　详补注

原道第一

【附注】 《龙溪精舍丛书》，中华人民共和国成立后上海古籍书店，北京中国书店均有重印本。

选　本

广文选　明刘节编　明嘉靖十六年晋江陈氏刊本

卷四十二选有《序志》篇。

【附按】　元至正本、明冯允中本、汪一元本、佘诲本、张之象（初刻或原刻）本、《两京遗编》本、王世贞批本、胡震亨本、谢钞冯校本，自“执丹漆”至“观澜而”三百余字皆阙，杨慎始据《广文选》补（徐𤊹批校汪一元本《序志》篇阙文，亦据《广文选》补）。而《广文选》则又采自《梁书·刘勰传》也。

天佚草堂刊定广文选　明马维铭编　明万历四十六年刊本

卷十五选有《序志》篇。

广广文选　明周应治编　明万历二十四年刊本

卷十七选有《辨骚》篇。

广文选删　明张溥编　明刊本

卷十一选有《序志》篇。

续文选　明汤绍祖编　明万历三十年海盐汤氏刊本

卷二十七选有《神思》《夸饰》《时序》《物色》四篇。

【附按】　《四库全书总目提要》卷一百九十三集部总集类存目三，谓是编“采自唐及明诗文，以续昭明之书”。按《续文选》

中，既选有刘勰《文心雕龙》四篇，则其书之上限，岂能断自唐代？撰《提要》者盖率尔操觚，未之思也夫！

续文选 明胡震亨撰 明万历刊本

卷十二选有《史传》《神思》《夸饰》《物色》四篇。

文体明辨 明徐师曾撰 明万历三年刊本

卷四十八选有《征圣》《辨骚》《明诗》《诔碑》《史传》《诏策》《情采》《养气》《总术》《物色》《程器》十一篇赞。

古逸书 明潘基庆选 明万历四十年刊本

卷二十二选有《物色》篇。

古论大观 明陈继儒辑 明刊本

卷三十五选有《辨骚》《史传》二篇，卷三十七选有《诸子》篇。皆删节。

文俪 明陈翼飞辑 明万历三十八年刊本

卷十三选有《原道》《辨骚》《乐府》《神思》《情采》《夸饰》《物色》《知音》八篇。

诸子汇函 旧题归有光辑 明天启五年远古堂刊本

卷二十四《云门子》选有《原道》《征圣》《辨骚》《情采》《风骨》五篇。

【附注】 《丛书举要》附注：“此书成于书贾之手，题名归有光，恐系托名。”

四六法海　明王志坚编　明天启七年刊本

卷十选有《神思》《风骨》《情采》《夸饰》《物色》五篇。上列十二种选本皆明版，校正错讹衍脱，颇有裨益。

校　本

明徐𤊹校本　北京大学图书馆藏

底本为汪一元私淑轩原刻，已成今世罕见之本；名家手迹，历三百余年而岿然无恙，尤足珍视。观其万历己酉、崇祯己卯两跋，知手校此本者，尚有朱谋玮、谢兆申二家；而各篇所用色笔，又有朱、蓝、黑三种。将何区分，殊难迟定。爰取梅庆生万历己酉《音注》本略为核对，凡梅本校语云“朱改”者，此本率为蓝笔；云“谢改”者，此本率为墨笔。然则此本之蓝笔多为朱谋玮校，墨笔多为谢兆申校乎？其朱笔合为兴公所校，不仅由于类推，校语之末往往著有“徐”，尤可据也。至墨笔校语末亦间著有“徐”字者，盖随手点勘，原非一时，为例不纯，势所难免。于蓝、黑两色笔，皆应作如是观。兴公于舍人书用力甚勤，多所举正，梅本曾列其名，无庸再赘。即以卷首辑录前人之八序与《隐秀》篇钞补之阙文论，亦有可称者焉。八序之四不易见，钞补《隐秀》篇阙文，与传录钱功甫本亦不全同。

明冯舒校本　北京图书馆藏

底本即谢恒所钞者。已苍雠校此本再三，跋中曾具言之。先后所据有“元板”、当即至正十五年（公元1355年）刊者。“弘治甲子本”、即冯允中本。“嘉靖癸卯本”、即佘诲本。“功甫本”、即钱允治本。“谢本”、即谢兆申校本。“梅本”当为万历重刊者。六种；而明刻《御览》及钱谦益所藏赵氏钞本《御览》不与焉。其用力亦云勤矣。凡所批校，皆用朱笔，或于行间，或于眉端，有条不紊，光采烂然。宜其为有清一代收藏家所珍视。黄叔琳辑注虽曾引其说，如《辨骚》篇“《招魂》《招隐》”句下引“冯云：《招隐》，《楚辞》本作《大招》，下云‘屈、宋莫追’，疑《大招》为是”是。然攘为己有者，则不一而足。如《征圣》篇“虽欲訾圣”句下有校语云：“‘訾’字一作‘此言’二字，误。”即袭冯氏说。又《史传》篇“然睿旨存亡幽隐”句于“存亡”下有校语云：“二字衍。”亦袭冯氏说之类是。如未目睹此本，固难发其覆也。

清朱彝尊校本　北京图书馆藏

底本为佘诲本。卷端大题下有识语二行：“丙午以朱笔读一过，于京师；戊申以绿笔读一过，于吴门。”品排楷书，并钤有“彝尊”二字篆文方印。全书用朱绿两色笔圈点，光采悦目。仅于《定势》篇“必颠倒文向”之“向”校为“句”，《事类》篇“靓粉黛于离臆”之“离”校为“胸”而已。其他误脱字句，固未之及也。

清佚名校本　上海图书馆藏

底本为覆刻梅庆生天启二年（公元1622年）校定本。卷端大题下有墨笔识语云：“雍正庚戌（公元1730年）五月二十三小暑日点毕。”是书中用墨笔点校者，如《正纬》篇“纬何豫焉”句之“豫”校为“与”，《通变》篇“天与地沓”句之“沓”改为“杳”是。与此为一人。其用朱笔照黄叔琳辑注本勘误及间下己意者，如《原道》篇“傍及万品”

句之“傍”涂去“亻”旁、《史传》篇“史载笔左右”句圈去“左右”二字是则又是一人，为时亦较前者晚。由已对勘黄氏《辑注》本推知。

清陈鳣校本　北京图书馆藏

底本为黄氏养素堂原刻。所点勘者虽只六处，然皆精审不苟。如《辨骚》篇“驷虬乘翳”句上方：“按《楚词》作‘驷’。”并用朱点“驷”字中心，于其右侧校“驷”。又《议对》篇“鲁桓务议”句上方：“鳣按文当是‘鲁僖预议’。‘预’与‘与’同，转写误为务耳。”并于“桓务”二字右侧用朱校“僖预”二字。是也。

清徐渭仁校本　北京图书馆藏

底本为张之象本。只照梅庆生本勘正误字及移录其音注。

清吴翌凤校本　北京大学图书馆藏

底本为《两京遗编》本。曾为文徵明藏（卷首右下方有其篆文印记）所校脱误字句，多本梅庆生何焯黄叔琳三家之说；间亦自下已意。如《练字》篇“傅毅制《诔》，已用‘淮雨’”下栏批云：“当缺王元长《曲水诗序》用别风事”是。全书朱、黄、黑三色笔分别施用，字迹工整悦目。卷末下方有“吴翌凤家藏文苑”长印一枚。

【附按】　王融《曲水诗序》无用别风事，吴说误。

又与张绍仁合校本　南京图书馆藏

底本为覆刻汪一元本。卷终有加页钞补朱谋㙔、钱允治、冯舒三家跋文六则，末尾题“嘉庆乙亥（公元1815年）三月，枚庵老人吴翌凤借校一过”。书中所夹浮笺二十四枚，审其字迹，即翌凤所书。各篇眉批多系移录冯舒校语。及正文点校，则出张绍仁手，朱笔楷书，极为工整。

清程文校本 北京大学图书馆藏

底本为《两京遗编》本。书中除用朱笔点《原道》至《诠赋》及《议对》数篇外，《颂赞》篇未点完，《诸子》篇只点后半。仅于《征圣》篇“五例微辞以婉晦”之“婉”右侧画一“乚”号及写婉字，《明诗》篇“唯嵇旨清峻”之“旨”右侧画一“乚”号，《练字》篇“别风淮南”之“南”改为“雨”而已。余无可称者焉。第六卷首行右下侧有“程文阅一过”五字。北京大学图书馆所编《李氏善本书目》定为清程文校者，以此。

传录何焯校本 南京图书馆藏

底本为梅庆生天启二年（公元1622年）重修本。书中各篇批校，既均冠有“何云”“何本”“何增”“何定”“何评”或“何钞”等字样；而《辨骚》《明诗》《乐府》《哀吊》《体性》《章句》六篇中，又有“沈本作△”或“沈本改△”之语。是此本乃某氏传录者，非沈岩亲临其师何焯校本也。沈岩原所用底本为“嘉靖间刻的新安者”，见其跋文。卷首《文心雕龙批评音注序》下钤有“马曰璐”三字篆文方印一枚，未审此本即为马氏传录否？

传录郝懿行校本 吉林大学图书馆藏

底本为思贤讲舍本。书皮残存甘鹏云识语数字，知为甘氏传录。郝氏批校共二百二十余则，原未刊布，幸赖此传录之本得以窥其全豹。范文澜注仅明引十许则，其余则有所干没。

传录黄丕烈、顾广圻合校本 杭州大学图书馆藏

底本为翰墨园本。黄、顾两家所据以校者，为元刊本、与上海图书馆所藏、伦明所校者均不相同。明弘治活字本、覆刻汪一元本及谢恒钞冯舒校本。朱墨分校，黄所校元刊本及谢钞冯校本用朱笔、所校活字本及覆刻汪本则用墨笔；顾所校四本，皆用墨笔。一目了然。尤足尚者，所据元刊及弘治活字今已不可复得，有此传校之本，亦仿佛庐山真面也。

【附注】 此传录本之祖本，原为何家所藏及其底本已无从知晓。藏此传录本者，不止一家：谭献曾有一部，称其“足为是书第一善本”。（见《复堂日记》卷五）孙诒让从谭所藏本移录后，于底本“例言”末有简短识语：“光绪元年除日，倩友人录同年谭中义（献）所弆顾、黄合校《文心雕龙》𣊬，记之。诒让覆勘。”钤有“中容校定善本”朱印一方。其书现藏杭州大学图书馆。

百瞻楼郑氏传录顾广圻、谭献合校本　北京大学图书馆藏

底本为明陈长卿覆刻梅庆生天启二年（公元 1622 年）校定本。卷首有“华阳郑氏百瞻楼珍藏图籍”印记。（目录下有“华阳郑言”印）大题下有识语云：“此篇假万松兰亭斋钞本移录顾千里、谭复堂先生评校本。百瞻楼丙寅夏季标识。”顾校用朱笔传录，谭校用墨笔传录，以示区别。《原道》篇眉端有邵校两条，不知为谁。

清褚德仪校本　北京图书馆藏

底本为覆刻汪一元本。曾为谢肇淛藏，卷首序题下有“谢在杭家藏书”篆文长印（卷一卷六首行下亦有）。书中除照黄叔琳《辑注》本点勘误字及改正俗体外，已见甚少。

近人徐乃昌校本　北京大学图书馆藏

底本为覆刻梅庆生天启二年（公元 1622 年）校定本。书中仅

择要移录黄叔琳辑注本原称姚本，以其为姚培谦所刻故也。校语及评语，《定势》篇据黄本钞配，《隐秀》篇所谓脱文亦据黄本钞补。无所发明。

近人傅增湘临校唐写本　北京图书馆藏

底本为梅庆生天启二年（公元1622年）校定本。书皮有傅氏简短识语。余曾比对一过，所校甚略。

又临徐𤊹校本　同上

底本为佘诲本。曾为朱彝尊所藏者。徐兴公手校本原以朱、蓝、黑三色区分，傅氏概用朱笔对临，宜其以二日之力即蒇事也。由卷之四次行有"辛巳五月十八日临徐兴公校本"十三字及卷之十终右下方有"辛巳月十九日校毕傅沅叔记"十二字推知。

近人张孟劬临校胡震亨本　余藏

底本为覆刻黄叔琳《辑注》本。相异字句，皆用墨笔隶书于眉端；较胜者，则以朱笔圈其右侧。精审不苟，即此可见。震亨本传世极少。明清公私书目未见著录（凌云本卷首所列校正姓氏只著其姓字而空其名者，盖据梅本《史传》篇校语故也。梅氏音注本《史传》篇校语四次征引胡本，与此不同者，所据盖震亨之《续文选》卷十二也。

近人伦明校元至正本　北京图书馆藏

底本为芸香堂朱墨套印本。所校虽嫌疏阔，且仅有《原道》至《书记》二十五篇，盖原本已残。然与上海图书馆所藏者对勘，不但彼此文字有异，行款亦截然不同。因知元至正中所刻《文心》，伦氏只言"元至正中嘉兴郡学刊本"，未标明年岁。非止一版也。

204　近人刘咸炘评点本　四川省图书馆藏

底本为成都励志勉学讲舍重刊纪评本。书中除分别照录孙诒让《札移》外，对纪评间亦有不同意见。如“纪评谬”（见《明诗》篇），“此说非”（见《论说》篇），“此评乃以后世字法规古人”（见《神思》篇）。各篇秀句丽辞，则特为圈点，以寄其钦佩之情。

【附注】　刘氏《史学述林》《文学述林》中，均有推崇《文心》短文，独具只眼，不同凡响（其专著《文心雕龙阐释》传世少，难得）。

附　录

詹锳所撰《文心雕龙版本叙录》，曾细阅一过，觉得其中有六处尚须斟酌，聊申管见如下：

一　冯允中的《文心雕龙》是刻活字本吗？

詹文曰："明弘治十七年（公元 1504 年）冯允中刻活字本《文心雕龙》十卷。"《中华文史论丛》第三辑二五页（《〈文心雕龙·隐秀〉篇补文的真伪问题》作"明弘治活字本"）。

今按：明弘治十七年（公元 1504 年）冯允中本《文心雕龙》，乃刻本而非活字本。刻本与活字本，原是两种不同的版本，绝不能合二而一，称之为刻活字本。空谈非征，姑先援引直接资料作为论证。首先，我们只通过弘治本本身即可得三证：①卷端冯允中序首行题"重刊《文心雕龙》序"；②卷十第九行下方标"吴人杨凤缮写"（叶德辉《书林清话》卷七"明人刻书载写书生姓名"条即举此六字作为第一例证）；③卷末都穆跋称郴阳冯公"为重刻以传"。谁都知道，"刊"也，"刻"也，"缮写"也，皆非活字本所宜有，必为刻本可知。其次，再据与弘治本有关资料亦可得二证：①钱允治跋："弘治甲子（公元 1504 年）刻于吴门（见谢钞冯校本《文心雕龙》卷末附页，《读书敏求记》卷四同）；②沈岩跋："吾友子遵（蒋杲字）得弘治刻本于吴兴书贾"（见《皕宋楼藏书志》卷一百十八）。钱功甫、沈宝砚都是精于版本的专家，其言当属可信。詹锳却一则曰活字本，再则曰刻活字本，不仅错误，而"刻活字本"这一用语，也是未之前闻的啊！

【附注】 《天禄琳琅书目》后编卷十一元版集部著录的《文心雕龙》，实即冯允中刻本。彭元瑞虽误为元版，但并未说是活字本或刻活字本（民国二十三年［公元 1934 年］故宫博物院所编《故宫善本书目》曾改列为明刻本）。台北故宫博物院也藏有一部（原昭仁殿旧藏），所编《善本书目》，亦只标为明刊本。

二　朱孝穆即朱谋㙔吗？

詹文曰："王孙孝穆（即朱谋㙔）。"《中华文史论丛》第三辑二八页。

今按：詹锳于所引徐𤊹万历四十七年（公元 1619 年）跋文中的"王孙孝穆"句下加注"即朱谋㙔"四字，好像有所据依。其实，乃强不知以为知。无征不信，最好还是引徐𤊹的另一则跋文来印证："……若郁仪、图南，真以文字公诸人者也。郁仪名谋㙔，石城王裔；图南名谋垏，弋阳王裔。皆镇国中尉，与余莫逆。时万历己酉（三十七年）（公元 1609 年）十一月二十八日，徐惟起（𤊹字）书于临川舟次。"（见《重编红雨楼题跋》卷一。）是徐𤊹交往的明王孙中，除朱谋㙔外，尚有朱谋垏呢！徐𤊹与朱谋㙔、谋垏同时，又是至交，其言绝非自炫自媒，核诸《明史·诸王传二》所载谋㙔、谋垏身世和行径，亦无不吻合。（《明诗综》卷八五朱多条顾以安辑评，对谋垏亦略有评介。）又按：徐𤊹别有一则识语："《隐秀》一篇，诸本俱脱，无从觅补。万历戊午（四十七年）之冬，客游豫章，王孙朱孝穆得故家旧本，因录之。亦一快心也。

兴公识。”（见徐𤊹批校本《文心雕龙·隐秀》篇后。）时间和内容都与詹锳所引跋文同，亦有“王孙朱孝穆”语。然则徐𤊹称朱谋㙔之字先后不同者，盖各据谋㙔当时所用之字的缘故。詹锳或许不熟悉明宗室中有朱谋㙔其人，故于“王孙孝穆”句下径注“即朱谋㙔”四字，未免“误认颜标作鲁公”了。

三　梅庆生音注本是刻于南昌吗?

詹文曰：“梅庆生音注，万历三十七年（公元1609年）刻于南昌。”《中华文史论丛》第三辑二九页。

今按：梅庆生万历己酉《音注》本非刻于南昌，而是在金陵刻的。这除了由梅氏天启二年（公元1622年）第六次校定本卷首黄纸书名页左下方有“金陵聚锦堂梓”六字可以推知外（梅氏凡六次重校改刻音注本，其版皆为万历己酉所刻者，并非另行开雕），徐𤊹的崇祯己卯（十二年［公元1639年］）跋文也是有力的旁证：“此本（即汪一元私淑轩本）吾辛丑年（万历二十九年［公元1601年］）校雠极详，梅子庾刻于金陵，列吾姓名于前（列在雠校姓氏第一排第五名），不忘所自也。后吾得金陵善本，遂舍此少观。前序八篇，……又金陵刻之未收者。”是徐𤊹与梅庆生的万历己酉本直接有关，所言当极为可靠。说是刻于南昌的，最初为冯舒传录的钱允治跋：“按此书至正乙未刻于嘉禾，弘治甲子刻于吴门，嘉靖庚子刻于新安，辛卯（当作辛丑）刻于建安，癸卯又刻于新安，万历己酉刻于南昌，至《隐秀》一篇，均之阙如也。”（见谢钞冯校本卷末附页）在这八句中，记年既误“辛丑”为“辛卯”，则记地有误亦不无可能。且钱氏写此跋时，已七十四岁，记误笔误，势所难免。故刻于南昌说，不如徐跋之确凿可凭。詹锳过信钱跋，似未能择善而从。

四 梅庆生的音注本是谢兆申刻的吗？

詹文曰："万历三十七年（公元1609年）梅庆生音注本是谢兆申刻的。"《中华文史论丛》第三辑三七页。

今按：梅庆生万历三十七（公元1609年）音注本问世以后，一再博得好评（见顾起元、曹学佺序及凌云本"凡例"）。从未有人说是谢兆申所刻。詹锳独持异议，可能是错会了谢兆申、梅庆生两家原文的意思。下面无妨先照钞谢兆申所撰原文并略为说明：

> 始徐兴公𤊹字得是批点本即杨慎批点《文心雕龙》。示予，予因取他刻数正之。……焦太史名竑读予是本，以为善也，当梓。而会梅子庾氏慨文章之道日猥，盍以是书指《文心雕龙》。为则？乃肆为订补音注，使彦和之书顿成嘉本。……子庾别有《水经注笺》，将次第梓焉。姑识之于此。时万历三十有七年，绥安谢兆申撰。（见梅庆生天启二年［公元1622年］重修本卷末。）

"会梅子庾氏慨文章之道日猥""乃肆为订补音注，使彦和之书顿成嘉本""子庾别有《水经注笺》，将次第梓焉"等句，是这段文字的主要意思所在，也是对梅庆生《文心雕龙音注》的极力称赞，故梅在天启二年（公元1622年）校定后重修本卷末将其刊出。下面再照抄梅庆生的识语作何表白：

此谢耳伯兆申字己酉年初刻是书时指《文心雕龙音注》。作也。未尝出以示予。其研讨之功，实十倍予。距今一十四载，予复改补七百余字，乃无日不思我耳伯。六月间，偶从乱书堆得耳伯《雕龙》旧本，指谢氏校本。内忽见是稿，即上面所引者。岂非精神感通乃尔耶："令予悲喜交集者累日夕。因手书付梓，用以少慰云。天启二年（公元1622年）壬戌促冬至日，麻原梅庆生识。"同上。

这段文字可以说是上段文字的注脚，说明他对谢兆申的感激心情和手书付梓的缘由。

谢、梅两家的原文已分别胪列如上，根本没有梅庆生的《音注》本是谢兆申所刻的任何迹象。至全书正文中的夹注称"谢改"者，不一而足。则是最有说服力的内证。如果该书真为谢兆申所刻，是无须自冠其姓的啊！（凡梅庆生本人所校正字句的扼要说明，皆未冠有"梅"字，其他各家如"杨改""杨补""孙改""朱补""朱改""许改"等，则都是冠有姓的。）又按：朱谋玮有则跋文曾说：

《隐秀》中脱数百字，旁求不得，梅子庾既以注而梓之。按指万历三十七年刻本。万历乙卯四十三年夏，海虞许子洽于钱功甫万卷楼检得宋刻，适存此篇，喜而录之。来过南州，出以示余，遂成完璧。因写寄子庾补梓焉。（见梅庆生天启二年重修本《隐秀》篇末。）

这则跋文言简意赅，是梅庆生音注本非谢兆申所刻最直接最明确的外证，谁都会信服的。不知詹锳又将何说？

五 《隐秀》篇补文是照着宋本原样刻的吗?

詹文曰:“最值得注意的是增补的《隐秀》下半篇两版,字的刻法和原版有区别。……最特别的是“恒溺思于佳丽之乡”的“恒”字缺笔作“恒”。胡克家仿宋刻《文选》,“恒”字就缺笔作“恒”,“盈”字也不同。这可见抄补《隐秀》篇时,就照着宋本原样模写,而梅庆生补刻这两版时,也照着宋本的原样补刻。”《中华文史论丛》第三辑三四页。(《文学评论丛刊》第二辑《〈文心雕龙·隐秀〉篇补文的真伪问题》中多“这显然是避宋真宗的讳”一句。)

今按:詹锳的论断,未免有些主观、片面。前面不是已引过朱谋玮的跋文吗,他只是说许重熙“喜而录之”,并未指出许重熙是照原样模写的;朱谋玮本人“写寄子庾补梓”,也未说是照着许重熙所录的原样影写寄去的。詹锳怎能看得出“当年钞补”(《隐秀》篇)时,就“照宋本的原样模写”?而且(《隐秀》篇)补刻的两版,字体和刀法都跟万历三十七年(公元1609年)的《音注》一样。(嗣后校定改刻六次,皆就万历原版剜改更换,非另行开雕。)又怎能说它是“照着宋本的原样补刻”?冯舒的跋文曾说:“一依(钱)功甫原本,不改一字。”巧就巧在“恒溺思于佳丽之乡”句的“恒”字,冯舒就没有缺末笔作“恒”。难道精于校勘的冯舒,在“聊自录之”时,忘却了宋帝的讳字不成?谁都知道,宋代刻画是要严格遵守功令避讳字的。如果说“恒”字是因避宋真宗的讳而缺末笔作“恒”,那么,补文中的“每驰心于玄默之表”和“境玄思澹”两句的“玄”字,何以又不避宋始祖的讳缺末笔作“玄”或改为“元”呢?只此一端,“恒”字缺末笔作

“恒”，是“照着宋本的原样补刻”之说，已不攻自破。何况徐𤊹、冯舒、何焯三家所传录的本子都作“恒”，这正好说明梅庆生是有意为之，以示其出自“宋本”而已。至于“盈”之作“盈”，詹锳也认为是“照着宋本的原样补刻”的，这同样有点臆断。假如我们按照这种说法去翻阅明代刻的几种《文心雕龙》，马上就发现：弘治冯允中本，嘉靖汪一元本和佘诲本，万历张之象本、何允中本和王惟俭本等“不盈十一”的“盈”字，都作“盈”，这是不是都照着宋本的原样刻的呢？恐怕谁也不会这样唐突吧。

六　冯允中本《文心雕龙》是杨凤缮写的吗？

詹文曰：“（冯允中本）《隐秀》篇和《序志》篇缺文和元至正刻本。卷第十末刻‘吴人杨凤缮写’；又《天禄琳琅》后编十一元版（此以明版误作元版）《文心雕龙》十卷，末刻‘吴人杨凤缮写’；又这个本子的卷末正是刻了‘吴人杨凤缮写’。”《文心雕龙义证》版本叙录页一二。

今按：缮写冯允中本《文心雕龙》者，姓杨，名凤。乃单名，非双名也。詹锳以“凤缮”二字为名，大谬！缮写连文，出刘向《战国策书录》（《管子书录》《晏子叙录》《列子书录》《邓析书录》亦有之）。其义与“书”“写”“缮”同。《皕宋楼藏书志》卷一百零九著录《铁崖文集》五卷，为弘治十四年（公元1501年）冯允中刻本，卷末有“姑苏杨凤书于扬州之正谊书院”十三字，是詹锳错标人名之有力旁证。（詹锳于一页之内一而再、再而三地标“杨凤缮”三字为写书生姓名，可见绝非手书之误。）像詹锳这样的错误，实在令人吃惊！

《叙录》全文中，除了上面提出的六处尚须斟酌外；其他还值得商兑者，也不一而足。如断句不当，引文有误，前后失照，叙述版本不够清晰，贪人之功为己力等，以杀篇幅故，就不再赘了。

1997年5月明照于四川大学寓楼
学不已斋，时年八十有八。